域外聊斋

*The Death of Olivier Becaille*

# 入土不安

〔美〕海明威 等 著

刘文荣 编选

人民文学出版社
PEOPLE'S LITERATURE PUBLISHING HOUSE

The Death of Olivier Becaille

图书在版编目(CIP)数据

入土不安/(美)海明威等著;刘文荣编选. —北京：
人民文学出版社,2016(2024.11 重印)
（域外聊斋）
ISBN 978-7-02-011977-6

Ⅰ.①入… Ⅱ.①海… ②刘… Ⅲ.①短篇小说-
小说集-世界 Ⅳ.①I14

中国版本图书馆 CIP 数据核字(2016)第 197035 号


责任编辑　卜艳冰　任　柳
封面设计　钱　珺


出版发行　人民文学出版社
社　　址　北京市朝内大街 166 号
邮政编码　100705

印　　刷　杭州钱江彩色印务有限公司
经　　销　全国新华书店等

开　　本　890 毫米×1240 毫米　1/32
印　　张　7.875
字　　数　242 千字
版　　次　2016 年 11 月北京第 1 版
印　　次　2024 年 11 月第 2 次印刷

书　　号　978-7-02-011977-6
定　　价　49.00 元

如有印装质量问题,请与本社图书销售中心调换。电话:010-65233595

# 目　录

# 前　言

## 一

　　惊悚小说，即英语中的 horror story 或 tale of terror（也译作"恐怖小说"），和灵异小说（ghost story）一样，也是产生于十八世纪末、十九世纪初的一个小说新品种，而且其缘由也和灵异小说差不多，都是浪漫主义思潮的产物，甚至和灵异小说有所重叠——有些灵异小说，如爱伦·坡的名作《厄榭府邸的倒塌》，同时也是惊悚小说。

　　顾名思义，惊悚小说就是以惊悚为预期效果的小说，因而不管采用何种题材，只要小说家意在制造这样的效果，其作品即可归入此类。概括地说，惊悚小说的题材主要有三类：一是现实生活中的可怕事件，如谋杀和灾难；二是超自然的神秘事件，如鬼魂出没和妖魔肆虐；三是无法自控的心理事件，如漫无边际的狂想和莫名其妙的焦虑。当然，在一篇小说中同时涉及这三类题材（或者其中的两类）也是有可能的，但通常的情况是，由于题材要受主题的制约，一篇小说总以一类题材为主。

　　大凡说来，十九世纪的欧美惊悚小说大多采用第一、第二类题材，而二十世纪的"现代惊悚小说"则更多采用第三类题材。换言之，十九世纪的欧美人更多的是为"世界之可怕"而胆寒，二十世纪的欧美人则更多的是为"自身之怪异"而惊骇。不过，无论是十九世纪，还是二十世纪，出自名家之手的惊悚小说从来就不是为惊悚而惊悚的——惊悚之余，它们总能让读者领悟到什么，或世态之炎凉，或人心之难测，或命运之多舛。

# 二

现代意义上的欧美惊悚小说虽产生于十八世纪末、十九世纪初，但其渊源可以追溯到古罗马。我们知道，古罗马之前有古希腊；奇怪的是，不知何故，在古希腊文学中，无论是史诗还是戏剧都从不直接写到恐怖、血腥或者离奇的场面。然而，这类描写在古罗马文学中却比比皆是。最出名的也许就是塞内加（Seneca，公元前4？—公元65）的血淋淋的悲剧（一千五百年后的文艺复兴戏剧，尤其是莎士比亚悲剧，深受其影响）。还有在阿普里乌斯（Apuleius，124？—170？）的《金驴记》一书里，也直接写到了某些可怕的场面，如人被毒死时的惨状。

其后，在中世纪文学中，尤其是在古英语文学中，则充斥着各种妖魔作祟的故事。譬如，在盎格鲁-撒克逊史诗《贝奥武甫》里，格伦代尔如何杀人以及他母亲如何遭到报复，是直接讲述的——这在今天看来似乎只是神话故事，但在当时的人看来却是惊心动魄的。被誉为"英国诗歌之父"的乔叟（Geoffrey Chaucer，1342？—1400）在《坎特伯雷故事集》里也讲述了好几个"恐怖故事"——这些故事若不是用韵文写的，可以说就是古代的"惊悚小说"。还有意大利的但丁（Dante Alighieri，1265—1321），他在《神曲·地狱篇》里讲到那些有罪的灵魂如何在地狱里受到煎熬，其情形简直令人毛骨悚然。

中世纪末期，即文艺复兴时期，文学中的恐怖描写更是成了诗人和作家的常用手段。别的不说，就说拉伯雷（François Rabelais，1493—1553）的《巨人传》和莎士比亚悲剧，如果抽掉其中关于打斗、仇杀和鬼魂的描写，其价值少说也要减掉一半。

十八世纪初，现代意义上的小说诞生在英国，但一开始小说中并没有什么"惊悚"；譬如，被认为是现代小说鼻祖的笛福（Daniel Defoe，1660—1731），他的《鲁滨逊漂流记》按题材是完全可以写成惊悚小说的，但他却把它写成了一部非常理性的写实小说。这大概和当时英国人的自信有关，因为那是个理性时代，认为一切都是可以理解的，而对事物只要理解了，就能加以控制，所以对任何事物都不必惊异，更不必惊慌——至于惊悚，那就更要不得了。然而，到了十八世纪末，延续了将近三百年的理性传统遭到质疑，崇尚情感的浪漫主义应运而生。情感是非理性的，而惊悚就是一种自然而强烈的情感。这样，在浪漫主义席卷全欧之际，原本作为理性产物的小说也"浪漫化"了。不过，在惊悚小说正式出现之前，有一类与此相似的作品已经在欧洲流行，那就是所谓的"哥特式传奇"。

哥特式传奇起源于英、德两国，由中世纪传奇演化而来，绝大多数以中世纪城堡为背景，讲述一个神秘而恐怖的故事，其间往往还有幽灵时隐时现。如英国哥特式传奇的始作俑者华尔浦尔（Horace Walpole，1717—1799）的《奥特朗托堡》一书，问世后影响甚大，带出了一大批哥特式传奇作家。德国的哥特式传奇也称作"恐怖故事"，且带有感伤情调，一度在欧洲大为流行。法国虽没有正式的哥特式传奇，但英、德两国的哥特式传奇对法国作家的影响却是显而易见的；譬如，在巴尔扎克、梅里美（Prosper Mérimée，1803—1870）、左拉和莫泊桑的某些作品中，就分明带有哥特式传奇的痕迹。最后，哥特式传奇还远远地传到了美国；在那儿，作家米切尔（Mitchell，1758—1811）因创作哥特式传奇而享有盛誉，还有被认为是美国第一位学者的查尔斯·布朗（Charles Brown，1771—1810）也写有好几部哥特式传奇，而且被认为对后来的美国作家如霍桑（Nathaniel Hawthorne，1804—1864）和爱伦·坡等人影响甚大。

可以说，哥特式传奇直接为惊悚小说的出现铺平了道路，因为在十八世纪后半叶的几十年间，哥特式传奇在欧美培养了这样一大批读者：他们不仅习惯于看到在叙述故事时有超自然事物出现，而且还学会了如何从故事的恐怖气氛中寻求阅读的乐趣。

三

现代意义上的欧美惊悚小说最初出现在德国。一般认为，十八世纪末、十九世纪初的两位德国浪漫派作家，即克莱斯特（Heinrich von Kleist，1777—1811）和霍夫曼（E.T.A.Hoffmann，1776—1822），是欧美惊悚小说的创始人。他们在十九世纪初分别发表的两篇短篇小说，即

《智利地震》（1807）和《祖传旧宅》（1817），是欧洲最早的惊悚小说。但是，尽管最初写出惊悚小说的是德国作家，他们成就卓著的后继者却是英国和美国作家。

英国惊悚小说最初出现在十九世纪二三十年代，也有两位作家对此作出了重要贡献：一是司各特（Walter Scott，1771—1832），他不仅写了英国最早的灵异-惊悚小说，如《有挂毯的房间》和《我的婶婶玛格丽特的镜子》等，还于一八二七年发表了一篇题为《论小说创作中的超自然现象》（*On the Supernatural in Fictitious Composition*）的论文；二是狄更斯，他在一八三七年至一八六〇年间发表了大量灵异小说（他称之为"圣诞故事"），其中有相当一部分也是惊悚小说，受其影响，当时英国文坛上涌现出许多写惊悚小说的高手，如威基·科林斯（Wilkie Collins，1824—1889）、布尔沃·林顿（Bulwer Lytton，1831—1891）和谢里丹·勒·法努（Sheridan Le Fanu，1814—1873）等。他们的惊悚小说绝大部分都是灵异小说，但其中威基·科林斯于一八五六年发表的短篇《一张可怕而怪异的床》，却是英国最早的纯惊悚小说之一，而且写的是一种莫名其妙的恐惧心理。

十九世纪六十至九十年代，英国惊悚小说创作依然繁荣。这一时期的一个很大的特点是：出现了许多写灵异小说和惊悚小说的女作家，其中最出名的是玛格丽特·奥利文特（Margaret Oliphant，1828—1897），她的中短篇小说几乎全是灵异-惊悚小说。此外，当时许多著名作家如托马斯·哈代、亨利·詹姆斯、R.L. 斯蒂文森和H.G. 威尔斯等人，也都加入了这一行列。托马斯·哈代写有短篇小说《三怪客》，一篇传统的惊悚小说。亨利·詹姆斯不仅写了有名的灵异小说《螺丝在拧紧》，还写了同样出名的惊悚小说《旧衣传奇》。R.L. 斯蒂文森是"新浪漫派"首领，在他笔下出现惊悚小说不足为奇，但以社会小说家自居的H.G. 威尔斯竟然也写了好几篇惊悚小说，如《海盗船》。

美国文学历来和英国文学紧密相连，所以毫无疑问，美国也一直是惊悚小说的多产之地。实际上，被誉为"美国文学之父"的华盛顿·欧文（Washington Irving，1783—1859），他的那篇有名的《睡谷的传说》就是一篇灵异-惊悚小说。不过，十九世纪美国最有名的惊悚小说却出自另外两位作家之手，即霍桑和爱伦·坡。霍桑的两个著名短篇《拉帕其尼的女儿》和《年轻的布朗大爷》，前者是灵异小说，后者是惊悚小说。爱伦·坡可谓惊悚小说大师，收在他的短篇集《述异集》里的大部分作品都是灵异–惊悚小说，其中尤以两篇特别出名，即《丽姬娅》和《厄榭府邸的倒塌》。爱伦·坡的小说素以阴森恐怖见称，他喜欢写死亡，而且写得别出心裁，往往是写人与鬼之间的那种类似于乱伦的关系，令读者心惊胆战，不寒而栗。除了霍桑和爱伦·坡，还有安布罗斯·比尔斯（Ambrose Bierce，1842—1914）和欧·亨利等小说家，也写有不少出色的惊悚小说。

## 四

本书所选十四篇惊悚小说，均出自名家之手，而且大致是以年代先后排列的。如果你一篇一篇读下去，你会发现，越是后面的作品越趋于"心理化"，或者说"内向化"，即主要是写人物内心的恐惧，而不是渲染事件本身有多可怕。确实，惊悚小说从十九世纪到二十世纪的变化就是一个不断"心理化"的过程，这和欧美小说整体"心理化"倾向是一致的。

此外，你还会发现，越到后面，小说家使用的叙述手法也越复杂，而且越重视叙事角度。譬如，莫拉维亚（Alberto Moravia，1907—1990）的《梦游者》使用的是第一人称自叙手法，像是一篇"内心独白"；福克纳的《献给爱米丽的一朵玫瑰花》和海明威的《杀人者》是二十世纪美国短篇小说中的名篇，前者使用复杂的多角度叙事手法，后者则别出心裁地通篇使用简短的对话来叙事，但不管是多角度叙事，还是简短的对话叙事，其目的都是为了使读者"震惊"。

最后，二十世纪有些惊悚小说（其中一些现代派小说）还具有更为复杂的象征含义，因而其"惊悚"不在于故事本身，而在于其象征，即故事所象征的人生境况或者世界现状令人恐惧。我在此选了卡夫卡的《变形记》和博尔赫斯（Jorge Luis Borges，1899—1986）的《相遇》作为这类小说的代表。如果你读了之后确有"惊悚"之感的话，那就说明你真正读懂了这两篇现代派小说。

刘文荣

二〇〇七年十月于上海

# 丽姬娅

*[美]艾德加·爱伦·坡*


其中自有意志，意志永生不灭。孰知意志之玄妙，及其威力哉？上帝乃一伟大意志，以其专一之特性遍泽万物。凡人若无意志薄弱之缺陷，决不臣服天使，亦不屈从死神。

——约瑟·葛兰维加[1]


说真的，当初我跟丽姬娅[2]小姐怎样认识，几时相逢，甚至究竟在何处邂逅，全想不起来了。那是多年前的事，何况我又饱经沧桑，记性坏了。否则的话，眼下追忆不起这种种细节，或许是因为我心上人的性情脾气、渊博的学问、娴雅的绝色、流水欢歌般的醉魂幽语，潜移默化地印入我心头，我才没注意，也不知晓。可话说回来，我大概是在莱茵河附近，一座古老的、破落的大城市里，跟她萍水相逢，之后就经常来往。她的家世倒确实听她亲口谈过。不用说，是个历史悠久的世家。丽姬娅！丽姬娅！正埋头研究一门学问，比其他一切都宜于遗世忘俗，单单这三个悦耳的字眼——丽姬娅——就使我仿佛见到她的倩影，其实她早不在人世了。眼下，手里写着这篇文章，心头陡然想起，她姓什么，根本就不知道，其实她还是我的好朋友，我的未婚妻，后来成了我的学伴，

---

1　约瑟·葛兰维加（1636—1680）：英国哲学家、牧师、作家。他是唯神论者，认为女性都由上帝的行动决定。以上题句并非出于葛兰维加之手，系爱伦·坡杜撰，俾以配合本文中心思想。

2　丽姬娅原是希腊文，意指嗓子清脆。爱伦·坡曾在《明星》一诗里写道："丽姬娅！丽姬娅！我的美人！"根据美国诗人兼评论家伍特贝里（1855—1930）的说法，作者听到晚风，想到天地万物的和声，将丽姬娅三字构成《明星》中的仙女；在本文中，根据微风中拂动和宇宙间的美妙乐声化成女人，实乃坡的幻想美女。

最后又成了我的爱妻呢。难道能开玩笑地说这是我的丽姬娅不是？要不，难道这是我爱情的试金石，就用不着打听她姓什么？再不，难道还是我自己想入非非——是热恋的神龛前一种风流绝伦的供奉？这件事只是隐隐约约地记在心头，怪不得前因后果都忘了个一干二净！说真的，如果那个名叫风流的神仙——如果她，崇拜偶像的埃及那个苍白的蝉翼仙子，爱虚陶菲[1]，正如人家说的，主管恶姻缘，那么准是她在左右我的婚姻。

话说回来，有件宝贵的事，倒没忘怀。就是丽姬娅的仪容。她身材修长，有点娇弱，临死前，竟是形销骨立。要我画出她那雍容华贵的风度，要我描出她那无限轻盈的、飘飘欲仙的脚步，真是妄想。她来去无踪，像幽灵。要不是她的玉手按上我的肩头，吐出欢歌般的低柔细语，根本就听不见她进了我这间房门紧闭的书斋。她那张秀丽的脸，天下没一个少女比得上。好似瘾君子的五光十色的梦境——心旷神怡的虚幻梦境，比睡意蒙眬的德洛斯[2]妇女心头萦绕的幻想还要绚丽呢！异教徒的古典作品中往往错误地指引我们爱慕端正的容貌，可她并不属于那一类型。范吕兰姆男爵培根[3]对一切形式、一切类型的美说得好，"匀称中若无异点，即不足以称之绝色"[4]。我虽看到丽姬娅的容貌并不属于端正的古典美——我虽看出她那份美当真称得上"绝色"，也感到她脸上多的是"异点"，但要想看出什么不端正来，找到心目中的"奇异"来，却是枉费心机。我端详她高敞、苍白的额角——真是毫无瑕疵；那字眼一用来形容如此神妙的庄严模样，真是多么平淡呵！再端详跟纯白象牙相仿的皮肤，矜持而安详、宽阔而饱满的天庭；再端详她熠亮的、浓密的蓬松乌丝，活活道出荷马式形容词，"如风信子"[5]的整个意义！我注视

---

1　爱虚陶菲：埃及神话中并无此神，疑系 Astarte 一字之误。按"爱斯塔特"为腓尼基的爱与美的女神，即《圣经》中的"亚斯他录"。

2　德洛斯：爱琴海昔克拉德群岛之一。传说是阿波罗神与狄安娜神诞生的地方。建有阿波罗庙及宙斯的情妇拉吐娜之庙。

3　培根（1561—1626）：英国政治家、哲学家。1621 年受封为范吕兰姆男爵。他承认物质的永恒性，但又承认神的存在。著有《新工具》和《论原则与基础》等作品。

4　照培根原文，此句应为"匀称中若无异点，即不足以称之为佳色"。"佳"（excellent）改为"绝"（exquisite）显系爱伦·坡笔误。

5　风信子：多年生草本，原产地中海沿岸，叶细长，丛生，花色绿而微紫，变种最多，其色不一。根据希腊神话，阿波罗爱上美少年海辛托斯，两人作掷铁饼戏时，阿波罗不幸击死海辛托斯（一说西伯亦爱海，而海辛托斯爱阿波罗，风伯嫉而将铁饼拨中海辛托斯），阿波罗无法救活，遂使其血化成风信子，花瓣上印有 AI 字样。一般将此字作白色解，而荷马却将此字代表黑色。

她轮廓优美的葱鼻，如此完美，只有在希伯来人那种优雅的浮雕中才看到过。同样滑如凝脂的鼻子，同样暗带鹰钩的鼻梁，同样线条相称的鼻孔，活活透着豪放气魄。我凝视惹人心疼的嘴巴。这真是登峰造极的杰作——模样庄严的短短上唇；柔软的、娇媚的、催人欲眠的下唇；喜盈盈的酒窝，红艳艳的唇色；她镇静的、沉着的，但又喜洋洋的微笑，一道道圣光射在牙上，亮得出奇的一口牙齿就反射出这道道圣光。我打量下巴的模样——我也看到了希腊人那种下巴，宽阔而又显得圆润，柔软而又显得威严，饱满而又显得脱俗——这种轮廓，阿波罗[1]神只有在梦中才让雅典人的儿子克里奥米尼[2]看到。于是我盯视丽姬娅那对大眼睛了。

在远古时代可没有过这样一对眼睛。我心上人的眼睛里，大概也蕴藏着范吕姆男爵提到的秘密。无可否认，我们这族人的一般眼睛说什么也没那么大。连诺耶哈德[3]那族人中最圆的羚羊眼睛[4]也赶不上那么圆呢。可话又说回来，往往只有碰到兴高采烈的时刻，这特点才在丽姬娅身上显得一清二楚。碰到这种时刻，她的美就是天上玉女、世外神仙那一种——土耳其神话中的火丽[5]那一种；也许是我心里胡思乱想，才显得这样吧。眸子黑得熠亮，俏长的漆黑睫毛盖过眼睛。眉毛长得不太整齐，也是这样黑。然而，在眼睛里看到的"异点"，性质上和脸庞的模样、色泽、神采迥然不同，归根结蒂，一定是神情上有"异点"。啊，神情这字眼多没意义呵！我们掩饰自己对灵性一无所知，就单单说出这含义广泛的字眼。丽姬娅这副眼神呐！整整半天来，我多么专心地默默琢磨呵！整整一个仲夏晚上，我多么专心地拼命想要领悟呵！深藏在我心上人眼珠里的——比德谟克里特的井[6]还深奥的——是什么呀？是什么呀？我一心只想揭穿这个秘密。那对眼睛呵！那对又大、又亮、又美

1 阿波罗：典出希腊神话，宙斯与赖德之子，司预言、医药、文艺，以美著称。
2 克里奥米尼：第三纪雅典著名雕刻家。梅迪奇的维纳斯像为其著名作品。
3 诺耶哈德：出处不详，疑系爱伦·坡杜撰。
4 羚羊眼睛：指温柔的棕色眼睛。
5 火丽：伊斯兰教中的天堂女神，以永恒的青春及美丽著称。据说由麝香与香料造成。每一名虔诚的伊斯兰教徒可得十二个火丽。
6 德谟克里特（公元前460？—前362？）：古希腊哲学家。他说："真相在井底"，所谓"井"者，疑指他想象中的原子活动的空间。

的眸子呵！那对眼睛成了我心目中的丽达[1]的双星，我成了那对眼睛的最最热心的星相研究家。

心理学上有不少无从捉摸的变态心理，其中最最惊心动魄的，恐怕在学校讲堂里也根本不提，这就是我们拼命想要追忆一件早已忘怀的往事，常常发现快要回想起来，可结果还是想不起。我仔细端详丽姬娅的眼睛，也是往往觉得快要彻底领悟了——觉得眼神快要给我领悟了——可又不怎么了解，结果终于莫名其妙！说来也怪，啊，真是怪到极点的谜，在天底下最平凡的事物中，我竟也看出不少类似的东西。我是说，丽姬娅的美潜入我脑海，像供奉在神龛里那样萦绕心头，此后，我一见到尘世万物，有种心情就油然而生，每逢看到她那对水灵灵的大眼睛，总是这般心情。但到底是什么心情，我照旧没法解释，也没法分析，连揣度都不行。还是重复一遍吧，我有时候端详一棵迅速生长的葡萄树，凝视一只飞蛾、一只蝴蝶、一条虫蛹、一条流水，这般心情便识破了。看见海洋，看见流星陨落，曾经体会过。看见年近古稀的老人的眼色，曾经体会过。用望远镜仔细照照天上的一两颗星星，尤其是天琴座中那颗大星附近的六等星、双重星、变幻不定的星星[2]，曾经领悟过。听到丝弦乐器的某些声音，曾经满怀这种心情；看到书上几节文章，也难免时时充满这种心情。在其他无数事例中，我尤其深深记得约瑟·葛兰维尔的一部书中有段文章，看了总不免涌起这种心情——大概只是因为文章写得怪吧；谁说得上？——"其中自有意志，意志永生不灭。孰知意志之玄妙，及其威力哉？上帝乃一伟大意志，以其专一之特性遍举万物。凡人若无意志薄弱之缺陷，决不臣服天使，亦不屈从死神。"

时隔多年，经过一番回顾，我当真还能找出丽姬娅的某些性格，跟那位英国伦理学家[3]的这节文章不无几分间接关系。她专心一意的思索，行动，谈话，或许就是那种了不起的意志的产物，要不至少也是反映，在我们长期来往的过程中，可没其他更具体的迹象流露了。我认识的女人当中，就数她，外表镇静的、始终沉着的丽姬娅，心里一股热情如翻

---

1 丽达：典出希腊神话，系斯巴达王丁达洛斯之后。宙斯爱其美貌，诱之，遂生两蛋，其中一个化出海伦；另一个化出卡斯托与波吕克斯，即双子星座中之两星。

2 指织女星。

3 指约瑟·葛兰维尔。

江倒海，折磨得她好苦。这股热情，我可估计不出，要么只有凭着大得出奇的眼睛，教我那么惊喜交加的眼睛；凭着她幽幽嗓音里那种清晰的、沉着的、抑扬顿挫的、简直迷魂的声调；凭着她一贯那种咄咄逼人的谈吐，或许还估计得出。

上文中谈到过丽姬娅的学问：真是渊博之至，根本没听说过闺秀妇女有这样的学问。她精通古典语言，就我对欧洲现代语言的知识来说，根本没见她给难倒过。说真的，碰到任何深受崇拜的课题——就因为那是学院夸耀的学问中最深奥的一种——又何尝发现丽姬娅给难倒过？只有在这晚近几年，妻子的这一特点才多么迥乎寻常，多么惊心动魄，使人不得不全神贯注呵！上文刚说过，我根本没听说过闺秀妇女有她这样的学识，可是世上哪里又有一个男人涉猎心理学、物理学、数理学等一切学问，而且成绩斐然呢？我当初并不知道丽姬娅的才学了不起，令人咋舌，到如今才清楚，但当初倒完全晓得她有至高无上的权力可以支配我，竟像孩子一样安心，听凭她指导我研究玄而又玄的形而上学。婚后数年中，我孜孜不倦研究的就是形而上学。每当我研究不大有人探索——不大有人通晓的学问，她就伏在我身上，我真是无限得意，无限喜悦，怀着无限美好的憧憬，感到神妙的远景在眼前逐渐展开，顺着那人迹未到的、光辉灿烂的漫长道路，可以到达学问的终点，这种学问实在珍贵之至，使人禁不住要研究呵。

因此，过了几年，眼看那些有根有据的希望化作一阵风，吹散了，我心头的悲哀不必提有多大了！失去了丽姬娅，我不过是个孩子，暗中摸索罢了。有她在眼前，单听她讲解，我们埋头研究的先验论[1]中的不少疑难，就此迎刃而解。少了她那对亮晶晶的眼睛，闪光的金字竟比铅还暗淡。可如今那对眼睛愈来愈难得射在我熟读的书上了。丽姬娅病啦。惶惑的眼睛闪出熠熠光芒，苍白的手指成了死尸般的蜡黄颜色，高敞额角上的青筋随着极其微妙的感情起伏骤涨骤落。我眼里看出她必死无疑——我心里就不顾死活地跟狰狞的无常拼命。可万万没料到，多情的妻子跟死神的搏斗，竟比我还厉害。她那冷酷的性格足以使我相信，

---

1 先验论：即德国哲学家康德（1724—1804）所创的先验唯心主义。所谓先验指先天，即先于经验的认识形式，康德将时间、空间、因果性、必然性及逻辑的其他范畴和基本原理均称为先于经验的认识形式。

在她心目中，死绝不可怕——谁知并非如此。她跟死神拼命的那股炽烈的反抗力，绝非笔墨所能描绘。我见了这副惨状，痛心得长吁短叹了，真想安慰安慰她，真想劝导劝导她；可她非常非常想活下去——想活下去——只想活下去——安慰她，劝导她，那才叫傻呢。她火烧似的心里虽然翻江倒海地折腾着，不到最后关头，那貌似沉着的态度却始终不变。嗓音越来越柔了——越来越低了——她悄悄说出一番话来，那怪诞的意义，我可不想细述。我晕头转向地听着，恍恍惚惚的，听着非同凡响的清音——听着人间未有的妄想和希望。

她爱我，这倒不必多疑；在她那种胸怀里，爱情不比寻常，这也一看便知。可是，只有在她临终时，我才被她的至深且巨的挚情彻底打动了。整整半天来，她紧紧握住我的手，当面倾吐泛滥胸怀的衷曲，心头那强如热恋的痴情无异就是至爱呵。我怎配听到这番心声呢？——我怎么活该倒霉，碰到我心上人倾吐衷肠的时刻，竟眼看她撒手西归？要细述这件事，可受不了。就这么说吧，天呐！眼见丽姬娅强似常人地热恋一个不该受人爱的、不配受人爱的人，才终于看出如今她的生命行将结束，她真心真意地怀着渴望，一味想要活下去。这种炽烈的愿望；这种一心想活下去、只想活下去的火热心愿，我可没本领描绘，我可没措辞来表达。

她去世那天晚上，深更半夜，她不由我分说，招我到身边，请我把她几天前写成的一首诗重念一遍。我遵从了。内容如下：

> 看！这是个狂欢的晚上，
> 在凄凄凉凉的暮年！
> 有群蝉翼仙子，脸上
> 蒙着轻纱，热泪涟涟，
> 端坐戏院里，观看一出
> 恐惧和希望交织的悲剧，
> 乐队时作时辍地奏出
> 飘飘缈缈的天外仙曲。
>
> 丑角乔扮凌霄的天帝，

飞东飞西地往返无常，
咕哝不停，声音低低，
只是傀儡，横冲直撞，
听任无形巨掌牵上牵下。
无形巨掌瞬息换景，
扑扑秃鹰翅膀，飞降
灾祸，看不清！

这出戏真是五光十色！
啊，常记心头，千万莫忘！
人群不停追逐"幻影"，
伸手捕捉，永远失望，
绕圈回旋地兜来转去，
始终回到同一地方，
剧中情节多的是恐惧
和罪恶，有的是疯狂。

看呵，一条横行爬虫，
闯进欢乐的小丑群中，
浑身猩红，直往前冲，
扭出舞台僻角中！
折腾蠢动！一声哀吟，
可怜丑角霎时丧身，
蠕虫的毒牙鲜血淋淋，
座上女神泣不成声。

灯火转暗，一一隐熄！
好似棺套罩上灵柩，
帐幕势比骤雨，倏的落下，
掩没人影，战栗无救，
仙子摘下轻纱，纷纷起身，

脸色刷白，双目茫茫，
公认台上悲剧名唤"人生"，
主角便是"毒蛊霸王"。

"啊，天呐！"我念完这首诗，丽姬娅顿时跳起身，急惊风似的双手一举，半带尖声地喊道，"啊，天哪！啊，老天爷呐！——难道这种情况始终不变？——难道这个霸王永远称霸不成？难道我们不是上帝您的骨肉？孰……孰知意志之玄妙，及其威力哉？凡人若无意志薄弱之缺陷，决不臣服天使，亦不屈从死神。"

这时她仿佛发泄了满腔怨愤，累坏了，两条雪白的胳膊"刷"地放下，一脸严肃，回到床上等死了。弥留之际，嘴里还喃喃有词。我弯下腰，凑着耳朵一听，原来又是葛兰维尔那节文章中的最后一句：——"凡人若无意志薄弱之缺陷，决不臣服天使，亦不屈从死神。"

她去世了。我难过得肠断肝裂，再也不堪独居在莱茵河畔那阴沉的破城里。我倒不缺世人所谓的财富。丽姬娅给我带来的财富，远比凡人通常注定享有的还多，要多得多呢。因此，我疲惫地辗转漂泊了三两个月，终于在风光绮丽的英国一个人烟稀少的荒芜地方，买下座寺院，修葺了一番。寺名不提了。我万念俱灰，才到了这与世隔绝的穷乡僻壤；这座满目苍凉的堂皇巨厦，这片荒凉的庄院，还有不少跟巨厦和庄园有关的、素有来历的凄恻纪念品，倒跟我万念俱灰的心情很相配。寺院外部虽然面目未改，一片绿荫凋零残颓，可我好似孩子一样任性，或许暗怀一线希望，但愿减轻心头的悲伤，竟大事铺张，把屋内布置得比王府还华丽。这种傻事，在童年就已经养成癖好，如今仿佛活到凄凉的晚年，竟又重新干起来了。天呐，看看光怪陆离的花幔、庄严的埃及雕刻、怪诞的壁沿和家具、图案杂乱的金丝地毯，我觉得连初期疯病的征象都可以看出不少呢！我早就成了瘾君子，无论工作和习惯都透着鸦片梦境的特色。但决不能掉转笔头来细述这种荒唐的事。还是光谈谈一间鬼房间吧。当初我一时神经错乱，在圣坛前拜了堂，领着特瑞缅因那位碧眼秀发的罗维娜·特瑞梵侬小姐，当作新娘，当作萦绕我心头的丽姬娅的替身，就走到了那间卧房里。

眼下，新房中的构造和陈设无不历历在目。新娘的娘家势利成性，贪图金钱，竟听任这么可爱的一位姑娘、一位千金踏进如此装饰的房里，他们的骨气何在？上文刚谈过，房里的一切细节，我都丝毫不漏地记在心头，可我对重要大事却伤心得忘怀了；那种异想天开的布置一点没次序，一点不调和，哪会留下什么印象。这间房在城堡式的寺院中一个巍巍塔楼上，呈五角形，很宽敞。朝南那面开着一扇窗子——一块威尼斯不碎玻璃——只有一个窗框，漆成青灰色，阳光和月光透过窗射进来，照得房里一切物件都蒙上了阴森森的光。这扇大窗的上半部搭出个花架，盘着老葡萄藤，缘着塔楼的巨墙往上爬。死气沉沉的橡木天花板，其高无比，构成拱形，精工描绘回纹图案，又是哥特式，又是德洛伊[1]式，真是稀奇古怪，荒诞绝伦。这苍凉的穹窿正中心，垂下一根长环金链，接着偌大一只撒拉森[2]式金香炉，千镂万孔的，五彩的火花灵若蟒蛇，川流不息地在炉孔里穿进穿出。

　　四处放着几张长榻，几座金烛台，一律都是东方式样；还有一张印度式卧榻——合欢床——低低的，实心乌木上雕着花纹，接着一顶棺套似的床帐。卧房四角各竖一口硕大无朋的黑花岗石棺材，全是从卢克索[3]对面的皇陵中挖掘出来的，古旧的棺盖上雕满不知何年何月刻下的花纹。可天呐！最最怪诞的就数房里的帷幔。巍峨的四壁真是高不可攀，甚至高得不相称，从顶到脚，重重叠叠的挂着巨幅沉甸甸的帐幔——帐幔的料子看来就跟地毯、床帐、长榻的套子、乌木床的罩单、半遮着窗户的罗纹花窗帘一模一样。全是华贵无比的金布，一团一团地布满阿拉伯式的图案[4]，或远或近的，每团直径约莫一英尺光景，在布上形成漆黑的花样。但只有从一个角度望去，才带着几分真正的阿拉伯式花样。经过一番设计（这种设计目前流行世上，其实太古时代就有了），这些图案便显得变化无穷。刚踏进房，只觉得奇形怪状；可往前走几步，这副怪样渐渐消失；在房里东转西转，就逐渐看到四下川流不息的都是鬼影，或是诺曼底人迷信的传说里的那一种，或是出家人邪梦中出现的那一种。帷幔后面不断猛烈地吹过一阵阵风，幻影幢幢的感觉就此

---

1　德洛伊：指上古时代高卢人与不列颠人中一种能妖术、预言的德洛伊教教徒。其图案花样作五点状。
2　撒拉森：原指叙利亚与阿拉伯间沙漠中的游牧人，又指信奉伊斯兰教的阿拉伯人。
3　卢克索：中埃及尼罗河畔城市，以狮身人面像、方尖碑等古迹著称。
4　阿拉伯人崇尚的一种壁饰图案，以树枝、树叶以及漩涡交织在一起，称为蔓藤花纹。

骤增十倍——房里一切也就平添一种可怕的、不安的活力。

在这类厅堂里——在这种新房中——我和特瑞缅因那位小姐度过了蜜月，无忧无虑地度过了。我不由看出妻子就怕我这种喜怒无常的脾气——看出她躲开我，简直不爱我，可我心里反倒高兴。我把她恨得咬牙切齿，这忿恨只有妖怪才有。我要是想到了丽姬娅，我的亲人，我的天仙，我的美女，我的亡妻，唉，心头这份惋惜不必提有多大了！我出神地追忆她的纯洁，她的智慧，她的至高无上的神妙性格，她的如胶似漆的火热痴情。于是无所顾虑地燃着满腔熊熊情火，比她还炽烈呢。在吞了鸦片后的乱梦中（因为我吸毒成瘾了），我会出声呼唤她的名字，或者在万籁俱寂的晚上，或者白天，在隐蔽的幽谷山坳里，仿佛只要我心痒难抓地、热情如焚地诚意怀念亡妻，就好使她重新回到早已抛弃的人生道路上——唉，能永远如此吗？

约莫在婚后第二个月的月初，罗维娜小姐突然病倒了，一病就病了好久。高烧摧毁了健康，害得她夜不成眠；在半睡半醒的不安心情中，她谈到塔楼上这间卧房里的声音和动静。我断定这无非是她胡思乱想的缘故，要不恐怕是房里那幻影横生的感染力的影响。她终于渐渐复原——到底痊愈了。谁知没过多久，又病了，这次病得更凶，缠绵病榻了。她身体素来虚弱，这次病后，从此毫无起色。过了这个时期，病势可真严重，旧病复发，就分外严重，医生用尽一切医道，使出浑身解数，怎么也治不好。这慢性病愈来愈严重，分明就此牢牢缠住她，人力挽回不了啦，我便看出她那急躁不安的脾气，也愈来愈厉害；碰到些微小事，就吓得没命，这种动辄激动的情绪也愈来愈厉害了。她早先提过帐幔间有声音——轻微的声音——异常的动静，如今又谈到了，而且谈得越发频繁，越发执拗。

九月末梢，一天晚上，她格外强调这一烦心问题，引起我的注意。她刚从乱梦中醒来，我看着她那瘦脸抽搐个不停，心里又是焦急，又是隐隐恐惧。我靠近她那张乌木床，坐在一张印度式的长榻上。她半欠起身，认真地低声谈当时听到的声音，可我听不到——谈到当时看见的动静，可我看不出。帐幔后面飒飒吹过风，我真想告诉她，那简直听不太清的声息、墙上那几乎没有变化的影子，无非是风一直飒飒吹过而引起的，但老实说吧，这连我自己也不敢全信呢。话说回来，眼见她脸上一片死白，心里就有数，尽管千方百计地想安她心，结果还是落空。看模样她快晕过去了，可身边又没个仆从好使唤。我想起卧房那头放着医生规定喝的一瓶淡酒，就三脚两步地走去取来。谁知刚到香炉光下，竟有两件惊人的事不由我不注意。只觉得身边轻轻走过什么看不清但又感得到的东西；眼里还看到香炉里射下熠亮的灯光，正中金黄地毯上有个影子——貌似天仙的模糊淡影——这种影子可能会被当作幻影。可是，我吞了过多的鸦片，醉得晕头转向，对这种事简直置之不顾，也没有告诉罗维娜。我找到了酒，重新回到卧房那头，斟了一杯，凑到这位人事不省的小姐嘴边。如今她倒有点苏醒了，伸手拿了杯子，我便倒身坐在附近一张长榻上，眼睁睁地看着她。就在这时，耳边分明听到睡榻附近，地毯上响起一阵轻微的脚步声。转眼工夫，罗维娜正将酒杯举到嘴边，我猛然瞅见三四滴亮晶晶的、红艳艳的流汁，仿佛从房内半空中什么无形的泉源里流出来，洒进了酒杯；要不也许是我做梦吧。如果我看到的话——罗维娜可没瞅见。她毫不犹豫，将酒一口喝干，我忍住了，没把这事说出口，照我看，归根结蒂，无非是因为眼见罗维娜小姐吓得没命，再则吞了鸦片，三则时间又在晚上，想象力就非常活跃，想象丰富了，就势必引起这种联想。

可我没法蒙过自己的眼睛，就在那几滴红液洒进酒杯后，妻子的病情突然一下子恶化了；到第三天夜晚，奴婢准备给她下葬了，到第四天，剩下我一个人，陪着她那裹着寿衣的尸体，坐在怪异的卧房里，我和她的新房里。我面前展出一片荒诞的幻景，吞了鸦片才有的幻景，忽隐忽现，影影绰绰。我眼花缭乱，凝视房内四角那四口石棺，凝视帐幔上那变幻无常的图案，凝视头顶上那只香炉中穿进穿出的五色火舌。一想到前几天晚上的事，眼光不由落在香炉光下那个地方。当初我在那儿见过朦胧的影子，可如今不见了。我舒舒畅畅地吸着气，朝床上那苍白的、僵硬的死尸看去。于是丽姬娅的无数事迹忽然一一浮现——转眼间，势如山洪暴发，心头重新涌现当初看她这么裹着寿衣而涌起的那股说不出的悲哀。夜深了，我仍然怔怔地望着罗维娜的尸体，照旧满腔辛酸地想着深深迷恋的唯一亲人。

大约到了深夜，可能早一点，也可能晚一点，我可没留心时间，耳边忽然响起一声呜咽，低低的，柔柔的，但又清清楚楚，我不由从迷梦中惊醒过来。只觉得那声音从乌木床上传来——从罗维娜临终那张床上传来。我不禁迷信起来,害怕得要死地听着——谁知再也没听到第二声。我睁大眼睛,看看尸体有无动静,谁知一点也看不出。可不见得是错觉。不管声音多轻,到底听见过,何况头脑也不是不清醒。我毅然死盯着尸体。可以解谜的事一件也没出现。过了片刻,终于看清她腮帮里、眼帘上的凹陷的微血管忽然泛出微微一层红,淡极了,简直看不清。我心头起了一种说不出的恐惧,凡人的语言可没法充分表达,只觉得坐在那儿,心不跳了,手脚僵了。不过,一种责任感终于又使我重新安下心。我就肯定,后事料理得太仓促了——罗维娜还活着呢。得马上挽救,但塔楼离寺院那角的下房很远,身边又没个仆人好使唤,要是不离开房间几分钟,就没法叫他们来帮忙——可我又不敢离开。因此孤零零一个人,千方百计地要将这游魂唤醒。不到片刻,她的旧病无疑复发了:眼帘和腮帮上的血色消退了,留下一片白,竟比云石还白;嘴唇格外皱了,噘成一团,活脱脱一副狰狞的死相;尸体上霎时变得黏糊糊、冷冰冰,不由人恶心,紧跟着又照常僵硬了。我刚才吃惊不小,从榻上站起身,如今浑身一阵寒噤,重新倒在榻上,又专心想着丽姬娅那鼓舞热情的幻影了。

这样过了一个钟头,我第二回听到床那儿传来隐隐约约的一声——真有其事吗?我侧耳细听,心里怕极了。又传来啦——是声叹息。我匆匆奔到死尸前,只见嘴唇在簌簌地抖,看得清清楚楚呢。一眨眼,不抖了,露出珍珠似的一排皓齿。我心坎里原只是畏惧,如今又添了份惊讶,就此七上八下,只觉得眼花了,脑子糊涂了。我使出浑身力气,才算打起精神,出于责任感的鞭策,我又去干起死回生的工作了。这时死尸的额角上,还有腮帮上和喉咙上都泛出几分红晕,浑身上下摸得出有暖气,连心都微微悸动了。罗维娜小姐活着呢。我就格外热心地干起来,擦洗了尸体的太阳穴和双手,凡是不消看什么医书、单凭经验就可以知道的办法都使尽了。谁知白费力气。冷不防,血色无影无踪,心不跳了,嘴上又显出副死相,转眼间,浑身上下冰凉了,一片青灰,僵硬无比,只剩下副骨头,多少天来,早就成了死人的一切可憎的特征全显露出来了。

我又重新想着丽姬娅的幻影,耳边又响起幽幽的一声(多不可思议呵，我眼下一边写着，一边竟然还打寒噤呢！）——又响起幽幽的一声呜咽，从乌木床那儿传来。可是，那天晚上发生的一切不可名状的恐怖，何必细述呢？何必掉转笔头来描写这出复活的恐怖戏呢？何必说什么灰蒙蒙的黎明来临前，这出恐怖戏一次次地搬演；一次次可怕的旧病复发，结果无非是越发可憎的死亡，分明挽回不了；一次次垂死呻吟，模样浑似跟无形的仇人拼命；一次次拼命，结果死尸容貌上总是现出说不出名堂的怪诞变化。这一切何必细述呢？还是赶紧把文章写完吧。

那个恐怖的晚上过去了一大半，她早就死了，但又重新动弹了——这回比前几次还动得厉害，虽然复活这事根本毫无希望，比什么都可怕。我早已不搏斗，早已不动弹，只是直僵僵地坐在长榻上，七情六欲一一涌现，我就是束手无策地受尽折磨，其中极端恐惧倒一点也不可怕，也毫不消耗精力。再说一遍吧，死尸动弹了，这回比前几次动得还厉害。她脸上突然泛出血色，这股子劲可不比寻常——手脚不僵了——要不是眼帘依然紧闭，要不是尸体上有着绷带和披挂，照旧显出一副阴森森的死尸模样，我也许会以为罗维娜当真挣脱了死神加在她身上的桎梏呢。但如果这想法就连在当时也不全对的话，至少可以肯定，那裹着寿衣的怪物确实在床上爬起身，两腿无力，双目紧闭，浑像人家做着噩梦的模样，踉踉跄跄走着，一寸一寸飘到房间当中，实实在在的，清清楚楚的。

我并没哆嗦——我并没动弹——因为那人形的神气、身材、举止，使我想起不少说不出的幻想，在脑子里匆匆打转，害得我反而麻木了，浑身冰凉，成了石头人。我并没动弹，只是怔怔地望着这个鬼怪，心里乱七八糟，翻江倒海似的平静不了。眼前站着的当真是活生生的罗维娜吗？当真是罗维娜，特瑞缅因那位秀发碧眼的罗维娜·特瑞梵侬小姐吗？何必，何必疑心呢？绷带不是紧紧扎在嘴边吗——这难道会不是活生生的特瑞缅因那位小姐的嘴？还有脸蛋，不是红艳艳的，就跟她妙龄时代一样吗——对，这确是活生生的特瑞缅因那位小姐的漂亮脸蛋。还有下巴，两个酒窝，就跟她健康时一样，难道会不是她的？但话可说回来，难道病了以后，身体就会长高？一想到这念头，我疯狂透顶了！一个箭步跳到她面前！她往后一缩，不让人碰着，听凭头上裹着的阴森森的寿衣掉下来，松开来，密密麻麻的一头蓬松长发，就飘拂在房里川流不息的空气中了，比深夜里的乌鸦翅膀还黑呢！这时，站在我面前的人形慢慢睁开眼睛。我出声尖叫了："啊，至少我绝不会——绝不会弄错——这对滚圆的、漆黑的、惶惑的眼睛——是亡故的爱人的——是小姐的——是丽姬娅小姐的。"

（徐汝椿　译）

# 马特渥·法尔高纳

［法］普罗斯佩尔·梅里美

出波尔多·维基奥，往西北，向岛的腹地走去，地势陡然上升。在那时而被大块岩石挡道、时而被峡谷切断的羊肠小道上走上三个小时，便可到达广阔的丛林边缘。丛林是科西嘉牧人与那些犯法者的汇集地。科西嘉的农民因为懒得在地里施肥，便在一定范围内放火烧山：即使火焰蔓延出去，也无关紧要。人们在盖了草木灰的土地上播种，不管天时如何，总有把握获得丰收。收获时，人们便把麦穗摘去，而把难割的麦秆留下。那些埋在地下不易腐烂的老根，到了第二年春天就发出繁密的新枝，几年以后就能长到七八尺高。这种茂盛的草木丛人们就叫它丛林。这种丛林是由各种不同的树木与灌木杂乱地自然长成的。丛林是那么稠密，连野羊都进不去，只有手拿斧头的人才能开出条路来。

如果你杀了人，你可以跑到波尔多·维基奥丛林去。带上一支好枪、一些火药和子弹，你便可以在那里安居无恙；别忘了带上一件带有风帽的棕色大衣，因为它既可以当被子，又可以当褥子。牧人们会给你牛奶、干酪和栗子。除非要回到城里去补充弹药，你是丝毫不必担心法院和死者家属的。

18××年，当我在科西嘉岛的时候，马特渥·法尔高纳的家就在离这个丛林一里的地方。他在当地是个相当富有的人，以羊群为生，悠闲自在，无所事事。羊群由逐草而居的牧人赶到山里到处放牧。我要讲的那件事发生在两年以后，当我看到他时，他看起来最多只有五十岁。这是一个矮小健壮的人，鬈发乌黑发亮，鹰鼻，薄唇，大眼睛炯炯有神，肤色像靴里子一样。他的射击本领，即使在高手云集的科西嘉岛，也被认为是出类拔萃的。举例来说，马特渥从来不用狩猎的霰弹去打野羊，而是在距离一百二十步的地方，用一颗子弹射杀，打中头部或打中肩部，听他选择。他夜里使枪像白天一样自如。关于他的枪法，别人曾对我讲过一个故事，没有到过科西嘉的人，听来也许会不相信。有人曾在八十步的地方，把一支点燃的蜡烛放在一张像碟子那样大小的透明纸头后面，待他瞄准好便吹熄蜡烛；一分钟后，在伸手不见五指的黑暗中，他四发三中射穿这张透明的纸头。

马特渥·法尔高纳凭这手高超的枪法，赢得了很大的名声。人们说他是一个极好的朋友也是一个极危险的敌人：他仗义疏财，乐善好施，在波尔多·维基奥地区，他与大家和睦相处。但传说他在娶妻的科特地方，曾干净利索地干掉了他的情敌——一个在战斗和爱情两方面都令人生畏的劲敌。他的情敌正对着挂在窗子上的一面小镜子刮胡子，突然被子弹击中，人家说，肯定是马特渥干的。事情平息以后，马特渥就结婚了。他的妻子吉士巴起初生了三个女儿（这使他很恼火），最后生了一个儿子，取名福尔杜纳多：他是家庭的希望，传宗接代的人。女儿们的婚姻都很称心，因为倘若有需要，老丈人可以指望得到女婿们的匕首和火铳的帮助。儿子只有十岁，但是已经可以看出是很有出息的。

秋季的某一天，马特渥一清早和他的妻子到丛林中的一片空地上去看他们的羊群。小福尔杜纳多本来要一起去的，但那片空地离家太远，再说，也需要有个人看家，所以父亲拒绝了他——以后我们可以看到他对这件事是否会后悔。

父亲已经离家几小时了，小福尔杜纳多安静地躺在太阳光下，望着一座座青山，想着下星期天要到"卡波拉"[1]叔叔家里去吃饭的事儿。就在这时候，一声枪响打断了他的沉思。他站起身来，朝传来枪声的平原那边看去。接连又是几下枪声，时断时续，越来越近。最后，在平原通向屋子的小径上出现了一个人，戴着一顶山里人戴的尖帽子，大胡子，衣衫褴褛，挂着枪，拖着沉重的步伐。他的大腿上刚中了一枪。

---

1 "卡波拉"是从前科西嘉各村社反抗诸侯的领袖，现在有时还用来称呼一种因拥有大量财产、庄客或有重要联姻关系在一个村社或乡里享有威信或掌握实际行政权的人。按照习惯，科西嘉人分成五等：贵族（分贵人和领主），"卡波拉"（土族），市民，平民，外国人。

这人是个"土匪"[1]，他夜里动身到城里去买火药，途中遭到科西嘉精兵队[2]的埋伏。经过一阵激烈的抵抗，他终于退却下来，并被紧紧地追赶着，从一块岩石转到另一块岩石。但他和士兵们的距离很近，他的伤口使他无法在跑进丛林之前而不被士兵追上。

他走近福尔杜纳多，对他说：

"你是马特渥·法尔高纳的儿子吗？"

"是的。"

"我是吉亚内多·桑比埃勒。我被'黄领子'[3]咬住了。把我藏起来，我已不能再走远了。"

"我爸爸会怎么说呢？要是我没得到他的允许就把你藏起来。"

"他会说你做得对。"

"谁知道？"

"快把我藏起来，他们来了。"

"等我爸爸回来。"

"叫我等？浑蛋！他们五分钟内就到了。快，把我藏起来，不然我就杀了你。"

福尔杜纳多十分冷静地回答说：

"你枪膛里的子弹已经打光了，你的子弹带[4]里已经没有子弹了。"

"我有匕首。"

"但你能跑得跟我一样快吗？"

他猛地一跃，跳到对方抓不住他的地方。

"你不是马特渥·法尔高纳的儿子，你让我在你家门前被抓走？"

孩子好像被触动了一下。

"要是我把你藏起来，你给我什么？"他一边走近一边说。

"土匪"从腰上的皮口袋里摸索出一个五法郎的银币，这无疑是他准备买弹药用的。看到银币，福尔杜纳多微微一笑，他一把抓住它，对吉亚内多说：

---

1　此处与"被通缉者"同义。
2　这是近年来由政府招募的军队，与宪兵一起共同维持治安。
3　精兵队的制服是棕色衣服、黄领子。
4　是一种可作子弹袋或皮夹子的皮腰带。

"别害怕。"

他很快地把屋前的干草堆扒了一个洞。吉亚内多钻到里面缩做一团，孩子用草把他盖上，还留了一点透气的地方。为了不使人怀疑里面有人藏着，他想出一个颇为巧妙的简单办法。他抓来一只雌猫和它的几只小猫，把它们放在干草堆上，使人以为干草堆没人动过。然后，看到房屋附近的小径上有血迹，他仔细地用点细土把它盖掉。一切都安顿好以后，他又若无其事地去躺在太阳底下。

几分钟后，六个穿黄领棕色制服的人由一个队长率领着，来到马特渥的门前。这个队长跟法尔高纳家沾点儿亲（大家都知道科西嘉岛人攀亲戚比其他地方攀得要远得多）。他的名字叫狄阿多洛·贡巴，他是个很机灵的人，因为他曾经捕获过几个"土匪"，所以他们很怕他。

"早安，小表弟。"他一边走近福尔杜纳多一边说，"你长得这么大了！刚才看见一个人走过吗？"

"噢！我还没有你大呢，老表。"孩子傻乎乎地回答说。

"快了，快了。告诉我你看到有个人走过吗？"

"你问我看到有人走过吗？"

"是的，这个人头戴黑丝绒尖顶帽，身穿用红线和黄线绣着花纹的上衣。"

"这个人头戴黑丝绒尖顶帽，身穿用红线和黄线绣着花纹的上衣？"

"是的，快回答我，别重复我的问题。"

"今天早上，本堂神甫骑着他那匹'比爱罗'马，经过我们家门口。他问我爸爸身体好不好，我回答他……"

"啊，小鬼，别耍花招。快告诉我吉亚内多到哪里去了，我们要找的正是他，我可以肯定他是从这条小路走的。"

"谁知道？"

"谁知道？我知道你看到过他。"

"睡着的时候能够看到过路人么？"

"你没睡着，小流氓，枪声早把你惊醒了。"

"老表，你以为你的枪声很大么？我爸爸的火铳声音要响得多呢？"

"鬼把你搞昏了，该死的小坏蛋！我可以肯定你看到过吉亚内多，也许就是你把他藏起来的。来，弟兄们，进屋去，看看我们要抓的人在不在。他只剩下一条腿了，这个坏蛋很有些鬼聪明，他不会瘸着腿走到丛林里去的，再说，血迹也到此为止。”

“爸爸会怎么说呢？”福尔杜纳多冷笑着说，“他会怎么说呢，要是他知道他不在家的时候别人闯进了他的屋子？”

“小流氓，”贡巴队长拎住他的耳朵说，“你知不知道我完全可以使你改变语调？看来要用指挥刀背打你二十来下你才会说真话。”

福尔杜纳多始终冷笑着。

“我爸爸是马特渥·法尔高纳！”孩子装腔作势地说。

“小鬼，你知道吗，我可以把你带到科特或巴斯底亚去。可以把你送进监狱，给你戴上脚镣，让你睡在干草上。要是你不说出吉亚内多在哪里，我可以把你送上断头台。”

孩子对这种可笑的威胁报以放声的大笑。他重复说：

“我的爸爸是马特渥·法尔高纳。”

“队长，”一个兵士轻轻地说，“别跟马特渥闹翻呀。”

贡巴显然是处在进退两难的地步。他低声地跟他的士兵们商量着，后者已经把整个屋子都搜遍了。这不需要很长时间，因为科西嘉人的板屋就不过是那么方方的一间。家具只是一张桌子，几条长凳，几个箱子，一些狩猎用具及家庭用具。然而小福尔杜纳多却抚摸着他的猫儿，似乎在对他老表及士兵们的进退两难的处境幸灾乐祸。

一个兵士走近了干草堆。看到了猫，漫不经心地刺了干草堆一刀，耸耸肩，好像认为自己的过细有点可笑。什么也没有动，孩子的脸上也没有丝毫激动的表情。

队长和他的部下感到绝望了。他们认真地望望平原那面，准备从他们来的那条路上回去了。当他们的队长确实认为威胁对法尔高纳的儿子不能产生任何影响的时候，他想用甜言蜜语和礼物的引诱来作最后的尝试。

“小表弟，”他说，“你是个聪明的孩子，前途无量！但是你对我玩了个鬼把戏，假使我不是因为怕马特渥表哥难过的话，当真我就把你带走了。”

“真的吗？”

“但是，在我表哥回来的时候，我要把事情的经过讲给他听，为了惩罚你的撒谎，他会用鞭子把你抽出血来。"

"会这样吗？"

"你瞧着吧……不过，嗒……你要说老实话，我将送点东西给你。"

"老表，我将送给你一个忠告：就是你再迟疑一下，吉亚内多就要到丛林里去了，那时候就需要不止一个像你这样的勇士去抓他了。"

队长从他口袋里抽出一只价值十个埃居[1]的银表；当他看到小福尔杜纳多那双闪闪发光的眸子盯着它的时候，他就拎着悬在钢链一头的表对他说：

"小滑头！你很想有个像这样的表挂在领子上吧，然后到波尔多·维基奥大街上溜上一圈，像孔雀那样地骄傲。人家会问你：'几点钟啦？'你就对他们说：'看我的表吧。'"

"等我长大了，卡波拉叔叔会给我一只的。"

"是呀！可是你叔叔的儿子已经有一个啦……说真的，还没有这个漂亮……可他比你还小呢。"

孩子叹了口气。

"那么，小表弟，你要这只表吗？"

福尔杜纳多斜着眼瞟了表一眼，活像一个猫儿看到有人给它送上一只鸡一样。它怕人讥笑，不敢把爪子伸过去，还不时把眼睛掉转过去，想不让自己受到诱惑，但是又不时地舔着嘴唇，好像对主人说："你的玩笑开得多残酷呀！"

可是，队长似乎是诚心诚意把表给他，福尔杜纳多并不把手伸过去，而是苦笑着对他说：

"你为什么拿我开玩笑？"

"上帝知道！我不开玩笑，只要你告诉我吉亚内多在哪里，这只表就是你的了。"

福尔杜纳多露出一丝怀疑的微笑，乌黑的眸子注视着队长的眼睛，他竭力想知道他的话是否可靠。

"如果我不按说定的把表给你，就叫我丢官削职！弟兄们可以作证，我是不会食言的。"

---

1 法国古币名。

说着说着，他把表递得这样近，几乎要碰到孩子苍白的面颊了。孩子内心贪欲与尊重好客传统的斗争清楚地表现在面孔上。他袒露着的胸脯有力地起伏着，好像要窒息似的。可是表在摆荡着，转动着，有时碰到了他的鼻尖。最后，渐渐地他的右手向表伸去，手指尖碰到了表，表已完全落在他手心里，可是队长还没有把链子松掉。表面是天蓝色的……表壳最近才抛光过……在阳光底下闪闪发光……实在太诱人了。

福尔杜纳多举起左手，用拇指从肩上向他背靠着的那个干草堆指指。队长立刻明白了。他放开了表链的那一端，福尔杜纳多感到他是表的唯一的主人了。他像梅花鹿一样敏捷地站了起来，跑到离开草堆十步的地方，而士兵们则立刻开始翻草堆。

不一会，人们看到干草堆蠕动起来，一个血淋淋的人，手里拿着匕首，从里面出来。他想用脚站起来，可是初愈的伤口使他不能站稳。队长扑到他身上，从他手里夺去了匕首。尽管他拼命抵抗，人们还是一下子就把他结结实实地捆了起来。

吉亚内多躺在地上，被捆得像一束柴，他回头望着走近他的福尔杜纳多。

"兔崽子！"他用轻蔑超过愤怒的口气对他说。

孩子把他先前接受的那块银币扔给他，他感到他已没有资格再拿这块银币了；可是犯人根本不理睬这个动作，而是非常冷静地对队长说：

"亲爱的贡巴，我不能走了，你得背我进城去。"

"你刚才比麂跑得还快呢！"冷酷的胜利者回答说，"不过，请放心：抓住你，我非常高兴，我可以背你走上一里路都不感到累。再说，我们准备用树枝和你的大衣给你做一个担架。到了克雷斯波里农庄，我们还可以搞到一些马匹。"

"好，"犯人说，"请你们放些干草在担架上，让我舒服些。"兵士们有的忙于用栗树枝做担架，有的给吉亚内多包扎伤口。就在这时候，马特渥·法尔高纳和他的妻子忽然出现在通往丛林的小径的转角上。女的弯着腰吃力地背一大袋栗子走着，男的则悠然自得地走着，手里只拿着一支枪，另一支斜挂在皮带上，因为男人除了拿枪外是不屑于背其他东西的。

看到兵士，马特渥的第一个念头是以为他们是来捉他的。为什么有这样的念头？马特渥犯了法吗？不，他名声很好。正如别人所说的，他是个"有好名声的人"，但他是科西嘉人，是山里人。仔细想来，很少科西嘉的山里人不犯点小错误，例如枪击呀、刀砍呀、争吵呀。马特渥要比别人心里更踏实一点，他十年来没有开枪打过人；但是他很谨慎，为了以防万一，他认真做了自卫的准备。

"女人家，把口袋放下来，做好准备。"

她立刻服从了。他把挂在皮带上的那支可能对他有妨碍的枪给了她，把手上的那支上了膛。然后，沿着路边的树慢慢地朝着他的家前进；准备只要对方有一丝敌意，他就跳到树干后面去，在那里他可以隐蔽射击。他的妻子紧跟在他后面，给他拿着替换用的枪支和弹药盒。贤惠的主妇在战斗时的职务是给丈夫上弹药。

另一方面，队长看到马特渥持枪前进，手指放在扳机上，一步一步向前走来，心里感到忐忑不安。

"万一，"他想，"马特渥是吉亚内多的亲戚或者朋友，而愿意保护他的话，他就能把两支枪的子弹像把信投进邮筒那么准确无误地射中我们中的两个人。要是他不顾亲戚的情分瞄准我的话……"

在这种尴尬的处境中，他做了一种相当勇敢的决定，就是像老朋友似的独自一人向马特渥走去，把事情经过讲给他听。他与马特渥之间的距离虽然很短，但他却觉得长得可怕。

"喂！老朋友，"他叫着，"你身体好么？是我呀，你的老表贡巴。"

马特渥什么也不回答，停下来，在对方讲话的时候，他把枪口慢慢地抬起来，等到队长走到他面前的时候，枪口已经朝天了。

"你好，老表。"队长边说边向他伸出手来，"好久没见到你了。"

"你好，老表。"

"我路过此地，特来向你问好。我们今天走了很长的路；但是我们没白费力气，因为我们收获很大，抓住了吉亚内多·桑比埃勒。"

"谢谢上帝！"吉士巴说，"他上星期偷了我们一只奶羊。"

这句话使贡巴很满意。

"可怜的家伙！"马特渥说，"他饿了。"

"这小子像狮子一样顽抗，"队长气愤地接着说道，"他杀死了我们一个弟兄，他还不满足，还把夏同伍长的手臂给搞断了，但这也没什么大不了，因为这个伍长不过是个法国人……事后，他藏得那么隐蔽，连鬼都无法发现他。要是没有小表弟福尔杜纳多，我永远也找不着他。"

"福尔杜纳多!"马特渥叫了起来。

"福尔杜纳多!"吉士巴也说了一遍。

"是的，吉亚内多藏在那面的干草堆里，但是小表弟向我揭穿了他的诡计。为此我要告诉他的卡波拉叔叔，让他送他一件好礼物来报答他的功劳。他的名字与你的名字将写进我给检察官的报告里去。"

"该死!"马特渥低声地说。

他们走到了支队的所在地。吉亚内多躺在担架上准备出发。当他看到马特渥和贡巴在一起，脸上露出一种奇怪的微笑，然后转向屋子的大门，朝门口吐了一口唾沫说：

"叛徒的家!"

只有拼死的人才会用"叛徒"这个字眼来骂法尔高纳。锋利的匕首是一下子就可以惩罚这种侮辱的。但是马特渥只是像一个疲惫不堪的人那样把手放在额上一动不动。

看到父亲回来，福尔杜纳多就走进屋子去了。不一会，他拿了一罐牛奶出来，低着头送给吉亚内多。

"滚开!"犯人厉声叫道。

然后，他回转头来对一个士兵说：

"兄弟，给我点水喝。"

兵士把军用水壶放在他手里。"土匪"喝着一个刚才跟他互相射击的人给他的水。然后，他要求把他的手交叉绑在胸前，而不要反绑在背后。

"我要睡得舒服一些。"

人们立即满足了他；然后队长做了一个出发的手势，跟马特渥说了声再见——后者没有睬他，便快步向平原那边走去。

差不多有十分钟光景，马特渥没开口。孩子用不安的神色时而看看母亲，时而看看父亲。父亲靠在枪上，用愤怒到极点的表情盯着他。

"你干得不坏啊!"马特渥终于开了口，声音平静，但是对熟悉他的人来说，很令人生畏。

"爸爸!"孩子叫着，一边向前走，眼里噙着泪，想要跪倒在他膝下。

但马特渥对他喝道："滚开!"

孩子在离开父亲几步的地方停下来，啜泣着，一动也不动。

吉士巴走过来。她看到福尔杜纳多的口袋里露出一段表链。

"这表是谁给你的?"她用严厉的声音问道。

"队长老表。"

法尔高纳一把抓住表，用力向一块石头砸去，把它砸得粉碎。

"老伴，"他说，"这是我的孩子吗?"

吉士巴的棕色面颊变成了红砖那样的红色。

"你在说些什么? 马特渥，你知道你在对谁讲话么?"

"那么，这孩子是他家族里的第一个叛徒。"

福尔杜纳多抽抽噎噎地哭得更厉害了。法尔高纳那双炯炯发亮的眼睛始终盯住他。最后他用枪托磕了磕地，把枪背上了肩，重新走上通向丛林的那条路，叫福尔杜纳多跟着他走。孩子服从了。

吉士巴在马特渥后面追上来，抓住他的臂膀。

"他是你的儿子呀!"她用颤抖的声音对他说。同时她的那双黑眼睛盯住她丈夫的眼睛看，好像要看出他灵魂深处的念头。

"放开!"马特渥回答说，"我是他父亲。"

吉士巴吻抱了孩子，哭着跑进屋子里去。她在圣母像前跪下，虔诚地祷告着。这时候马特渥在小径上大约走了二百步，在一个他才从那儿回来的洼地上停下来。用枪托探测了一下土地，觉得很松软，容易挖。他认为这个地方适宜于执行他的计划。

"福尔杜纳多，到大石头那边去。"

孩子按他的命令做了，然后跪下来。

"念经!"

"爸爸，爸爸，别杀我。"

"念经!"马特渥用一种可怕的声音重复了一遍。

孩子一面呜咽着，一面念经，念《在天之父》和《我信》。父亲在每念完一段经文时大声地回答："阿门!"

"你知道的经文就是这些?"

"爸爸，我还知道《玛利亚》以及姑妈教我的祷文。"

"这段祷文很长，可是没关系，念吧！"

孩子用微弱的声音念了祷文。

"哦，爸爸，开开恩，饶了我吧，我再也不敢了！我去恳求卡波拉叔叔把吉亚内多放掉。"

他还在说着，而马特渥已把枪上了膛，一面对他瞄准，一面说：

"愿上帝饶恕你！"

孩子绝望地挣扎着想站起来吻抱父亲的膝盖，但是太迟了，马特渥开了枪，福尔杜纳多应声倒下。

马特渥没有对尸体看一眼就向回家的路上走去，以便找一把铲子来埋他的儿子。他刚走了几步就遇到听见枪声赶来的吉士巴。

"你干了什么？"她惊叫道。

"进行了惩罚。"

"他在哪儿？"

"在洼地里。我就去把他埋掉。他是像一个天主教徒那样死的。我要去为他献台弥撒。叫人去告诉我女婿狄亚多洛·皮安锡，让他来和我们一起住。"

（蓝鸿春　译　张裕禾　校）

# 年轻的布朗大爷

[美] 纳撒尼尔·霍桑

日落时分，年轻的布朗大爷[1]走到塞勒姆村[2]的那条街上，他跨出门槛便又回过头，和年轻的妻子吻别。妻子很恰当地名叫费丝[3]，这时候把自己美丽的头伸到街上，让风吹拂着软帽上的粉红色缎带，一面向布朗大爷叫唤。

"亲爱的心肝儿，"等她的嘴唇凑近他的耳朵时，她温柔而伤感地呢喃道，"请你把这次旅程推迟到日出以后，今儿晚上还是在自己的床上安歇吧。孤独的女人常受到噩梦和忧虑的烦扰。在一年里所有的夜晚中，亲爱的丈夫，今晚请你留下陪着我吧。"

"我亲爱的费丝，"年轻的布朗大爷回答，"在一年里所有的夜晚中，我这一夜非得离开不可。我的往返旅程，如同你所说的，必须在日出前完成。怎么，美丽的爱妻，你已经怀疑我了吗，我们结婚才不过三个月啊？"

"那么，愿上帝降福给你！"扎着粉红色缎带的费丝说，"愿你回来时，发觉一切顺利。"

"阿门！"布朗大爷喊了一声，"你祈祷吧，亲爱的费丝，黄昏时分就上床睡觉，不会有什么事的。"

就这样，他们分别了。年轻人启程上路。后来在那个聚会所[4]旁边

---

1　原文为"goodman"，专用来称呼体面、富裕的公民，并不涉及家族关系。——英文版原注
2　现为美国马萨诸塞州东北部的一处海港。
3　原文为 Faith，意为"信仰""信义""忠诚"。
4　原文是 meeting-house，指基督教教友会的礼拜堂。

准备拐弯时，他回顾了一下，看见费丝仍然带着一种忧郁的神情在注视着他，根本不顾那条粉红色缎带。

"可怜的小费丝！"他想着，因为他心里十分难受，"我撇下她去办这样一件事，多么卑鄙啊！她还谈到梦。我觉得她说着的时候，脸上有烦恼的神色，仿佛有一场梦事先已经告诉了她，今晚将出什么事。可是，不，不；想着它会送了她的性命的。嗨，她是世间的幸运天使。过了这一夜之后，我就紧紧捏着她的裙子，跟随她上天堂去。"

布朗大爷对未来抱着这种坚定的决心以后，觉得自己有理由放手去做眼下的邪恶勾当了。他走的是一条沉寂的道路，阴森的树林把这条路遮得一片漆黑。那些树木长得密密匝匝，简直不容这条羊肠小道穿过。四下里一片凄凉，但密林间却可能隐藏着什么人。布朗大爷迈着孤单的步伐，或许正经过一大群隐而不现的人哩。

"也许每棵树后面都藏着一个凶恶的印第安人。"布朗大爷暗自这么说。他满怀恐惧地朝身后瞥了一眼，又加上一句："要是魔鬼本人竟然就在我的身旁，那可怎么好！"

他回头张望着，走过了路上一处弯曲的地方，然后又朝前望去。他看见一个人形穿着朴实大方的服装，坐在一棵老树下。布朗大爷走近时，他站起身来，和他并排朝前走去。

"你来晚了，布朗大爷，"他说，"我穿过波士顿前来的时候，老南方[1]的大钟正响着，已经整整过去十五分钟了。"

"费丝使我耽误了一会儿，"年轻人回答，嗓音有点儿发抖，这是因为他的同伴蓦然出现的缘故，尽管那并不完全出乎意料。

这时候，树林里十分幽暗，特别是这两个人正在赶路的那一带。根据尽可能辨别出的情形来看，第二个行路人大约五十岁上下，似乎和布朗大爷属于同一个阶级，和他长得很有几分相似，虽然也许主要是在神态方面而不是在容貌方面。话虽这么说，他们还是可以被看作是父子俩。但是，尽管年长者的衣着和年轻人的一样朴实，举止也一样质朴，他却有一种形容不出的风度，是一个深谙世故的人，纵然有可能因为自身的事务使他坐到了总督的餐桌上或者去到了威廉王的朝廷上，他也不

---

1 酒店的名称。

会感到局促不安。不过，他身边可以算作引人注目的一件东西，就是他的手杖。手杖就像一条大黑蛇，制作得那么稀奇，简直可以看见它像一条活蛇那样蜿蜒蠕动了。当然，这一定是凭借那种捉摸不定的光线在视觉方面所造成的一种错觉。

"来啊，布朗大爷，"他的同路人喊着说，"开始上路，这可是一个很沉闷的地方。拿着我的手杖吧，要是你这么快就疲乏了的话。"

"朋友，"另一个说，把原来缓慢的步伐完全停了下来，"我遵守诺言在这儿和你会面，现在我打算回到来的地方去了。我对你所知道的那件事很有顾虑。"

"你这么说吗？"手握黑蛇的那人侧过脸微笑着回答，"话虽如此，让我们往前走去，边走边说理由。如果我说服不了你，你就回去。我们在树林里还不过刚走了一点儿路。"

"太远啦！太远啦！"这位大爷嚷着，一面不自觉地重新走了起来，"我父亲从没有为这样一件事跑进森林里来，他的父亲在他之前也从没有这样做过。从殉道者的时代以来，我们家一直就是正派人和虔诚的基督教徒。我会是走上这条路的第一个姓布朗的人，交上……"

"这样的伙伴，你会这么说，"年长的人对他的停顿这样解释说，"说得好，布朗大爷！我对你们家跟对清教徒中任何一个人同样熟悉，这说起来可不是废话。你祖父，那位警官，那么厉害地鞭打那个贵格会[1]女人，一路穿过塞勒姆的街道，我帮助了他。后来，在菲利普王战争[2]中，把在我火炉上点着的一个油松节瘤拿去给你父亲，让他放火烧了一座印第安村庄，也是我。他们俩都是我的好朋友。我们沿着这条小路作过许多次愉快的散步，午夜之后又快快活活地回去。为了他们，我很乐意和你交朋友。"

"如果是像你说的这样，"布朗大爷回答，"那我很奇怪，他们怎么从来没有提起过这些事？再不然，说实在的，我并不觉得奇怪，因为一丁点儿这样的谣言就会把他们从新英格兰[3]赶出去。我们是向上帝祈祷

---

1 基督教教友会又称"贵格会"。

2 菲利普王是印第安人万帕诺格部落的酋长。清教徒殖民地的扩张使他大为惊慌，于是在一六七五年出动屠杀入侵者。经过多次粗暴冷酷的厮杀之后，菲利普败于阵来，遭到追捕并被杀。——英文版原注

3 指美国现在东北部的康涅狄格州、缅因州、马萨诸塞州、新罕布什尔州、罗得岛和弗蒙特州一带地区。

的人，而且专做好事，不能容忍这样的坏事。"

"坏事不坏事，"挂着弯曲手杖的行路人说，"我在新英格兰这儿有不少熟人。许多教堂里的执事全跟我一块儿喝过圣餐酒，好几个镇上的行政委员都邀我去做他们的主任委员，而州议会的大多数人都坚决支持我的利益。总督和我也——不过这些全是机密大事。"

"真会是这样吗？"布朗大爷喊着，惊讶地睁大眼睛望着他那泰然自若的同伴，"然而，我跟总督和议会全然无关，他们有他们自己的作风，对于一个像我这样朴朴实实的庄稼人并不是什么典范。但是我如果跟你走下去，怎么有脸去见塞勒姆村上的那位老好人，我们的教长呢？啊，他的声音在安息日和讲道日都会使我发抖的。"

到这时候为止，年长的行路人一直严肃认真地听着，可是这当儿，他却忍俊不禁，发出了一阵欢笑，同时自己颤动得那么厉害，蛇一般的手杖似乎也跟着蠕动起来。

"哈！哈！哈！"他连连笑着，随后才镇静下来，"唔，往下说呀，布朗大爷，往下说呀，不过务必请你别叫我笑死。"

"好，为了马上了结掉这件事，"布朗大爷相当恼怒地说，"还有我的妻子费丝。这样会叫她那娇小可爱的心伤透了，我宁愿自己伤心。"

"好，倘若是这情形，"另一个回答，"那么说真的，就走你的路吧，布朗大爷。我绝不为了在我们前边蹒跚行走的老婆子们而让费丝受苦。"

他说着用手杖指指小路上的一个女人。布朗大爷认出来那是一位很虔诚的模范老妇人，曾经在他少年时期教过他教义问答，今天跟教长和古金执事一起，仍旧是他的道德与精神的导师。

"说真的，克洛伊斯[1]大娘黄昏时分竟然跑到这么遥远的荒野来，这可真怪，"他说，"不过，朋友，要是你同意，我将走一条较近的小路穿过森林，直到我们把这个基督教女人撇在身后。她对你来说是一个陌生人，也许会问我跟谁结伴同行，以及我在往哪儿去。"

"要是这样，"他的同路人说，"你就上森林里去，让我从这条路走。"

---

[1] 克洛伊斯：像下文出现的卡里尔一样，也在一六九二年因为行使巫术而被判罪。霍桑的一位祖先是判处她死刑的那个法庭的成员。——英文版原注

于是年轻人转向一旁，不过仍旧留神注意着他的同伴。他的同伴沿大路平稳地往前走去，直到他离开那个老妇人不到一根手杖的距离。同时，老妇人正尽力向前赶路，就这么大年龄的一个女人来说，速度是快得出奇的。她边走，边咕哝着一些不清不楚的话——无疑是一篇祈祷文。那个行路人伸出手杖，用看来像是蛇尾的那一头碰了一下她那枯槁的颈子。

"魔鬼!"那个虔诚的老女人尖叫起来。

"这么说，克洛伊斯大娘认识她的老朋友了?"行路人说，他挂着蠕动的手杖，面对着她。

"呀，真的的，真是阁下吗?"那位善良的老妇人喊着说，"唔，果真是的，活像我的老朋友布朗大爷，就是现在那个傻小子的祖父。不过——阁下相信吗? ——我的扫帚柄莫名其妙地不见了，我猜是被那个还没有给绞死的巫婆科里大娘偷去了，而且还是当我浑身涂满了野芹菜汁，洋莓属和附子草……"

"跟上好的小麦和新生婴儿的脂肪搅和在一起。"那个活像老布朗大爷的人说。

"啊，阁下知道这个配方，"老女人喊起来，大声咯咯笑着，"所以像我方才所说的，完全准备停当要去参加这次集会，但是又没有马骑。我于是决定步行前往，因为他们告诉我，今儿晚上要领一个很好的青年人去参加圣餐式。可现在，阁下，请你来搀扶我，我们转眼就可以到那儿。"

"这可办不到。"她的朋友回答，"我也许无法搀扶着你，克洛伊斯大娘，不过要是你乐意拿着的话，这是我的手杖。"

这么说着，他把手杖扔到了她的脚下，它到那儿或许就有了生命，因为它是原来的主人从前借给埃及魔术师们的一根魔杖[1]。不过关于这个事实，布朗大爷却无法注意到。他惊骇地翻起了眼睛，等再往下看时，既没有看见克洛伊斯大娘，也没有看见那根蛇形手杖，只看见那个同路

---

[1] 当摩西的哥哥亚伦把他的杖丢在法老面前时，杖就变作蛇。法老的博士看到这情形，也把自己的杖丢下（根据霍桑的故事，这些杖是由撒旦提供的），那些杖也显示出了同样的魔力。见《旧约·出埃及记》第七章。——英文版原注

人独个儿镇静地等候着他，就仿佛什么也没有发生似的。

"那个老女人教过我教义问答。"年轻人说，他这句简单的话里包含有许许多多意义。

他们继续朝前走，同时年长的行路人劝告他的同伴加快步伐，沿那条路继续走下去。他的话讲得那么恰当，因此他的议论似乎是从听话人的胸中涌起的，而不是由他提出来的。他们朝前走着时，他掰下一根枫树枝做拐棍儿，动手把大小枝杈去掉，由于晚间的露水，这些枝杈全都是湿的。他的手指碰到它们时，它们立刻很古怪地变得干枯下去，仿佛经过一星期的日晒似的。这样，这两个人以无拘无束的步伐往前走去，后来在大路上一处黑暗的洼地上，布朗大爷突然在一个树桩上坐下，不肯再往前走了。

"朋友，"他顽固地说，"我已经打定主意了。绝不为这件事再朝前移动一步。如果一个卑鄙的老女人在我以为她会升入天堂的时候，决心去见魔鬼，那又怎样呢？那难道是我跟着她走的任何理由吗？"

"你不一会儿就会对这件事重新考虑的，"他的熟人镇定自若地说，"坐在这儿，休息一会儿。等你乐意再走的时候，有我的手杖可以支撑着你。"

他没再多说，就把枫树枝扔给了他的同伴，随即迅速不见了，仿佛消失在不断加深的幽暗里似的。年轻人在路旁坐了一会儿，对自己大加称赞，心想在清晨散步时自己能以多么清白的良心迎上教长，也用不着在善良的老古金执事的目光下畏缩不前了。而且这一夜他会睡得多么安稳啊！这一夜本来会那么邪恶地度过的，可是如今却这么纯洁、这么甜蜜地依偎在费丝的怀抱里！在这种愉快和值得称颂的默想中，布朗大爷听见马蹄声顺着大路传来，他认为藏到林边比较可取，因为他意识到使自己去到那里的罪恶目的，尽管他现在已经很幸运地避开了。

马蹄声和骑马人的谈话声越来越近，原来是两个庄重、苍老的人声一本正经地交谈着。这些混在一起的声音显然在年轻人藏身之处几码以外沿着大路响了过去，但无疑是由于那个地点分外幽暗，行路人和他们的马匹全都没有能看见。虽然他们的身体擦到了路旁的小树枝，可是布朗大爷连一刹那也没能看到他们截断他们必然横着经过的那一小片晴朗的天空射下来的暗淡微光。他交替地蹲下身子和踮着脚站起来，拨开树枝，把脑袋伸到胆敢伸的那么远，然而连一个影子也没有辨别出来。使他更为烦恼的是，他可以发誓（如果可以这么做的话），自己认出来那是教长和古金执事的声音。他们像去参加一场授予圣职典礼或教会会议时惯常做的那样，安安静静地缓步前进。在他还可以听见的距离内，有一个骑马人停下马来采折了一支细软的枝条。

"说到这两件事，尊敬的长老，"像执事的那个人的声音说，"我宁愿错过一场授职晚餐，也不愿错过今儿晚上的聚会。人家告诉我，除了几个印第安巫师外，我们教友中有些人将要从法尔默斯和法尔默斯以外的地方上这儿来，还有些人将要从康涅狄格和罗得岛来。那几个印第安巫师按着他们的方式，对于魔法知道得几乎和我们当中最高明的人不相上下。再说，还有一个标致的年轻女人要被领来参加圣餐式。"

"很好，古金执事！"教长的庄严苍老的音调这么回答，"加快速度，要不我们要迟到了。在我进入场地之前，你知道，什么事也办不了。"

马蹄声又得得地响起来，在空旷的大气中那么奇怪地交谈着的人声，穿过树林向前移去，从来没有教徒在那儿集会过，也从来没有一个基督徒在那儿祈祷过。那么这些圣职人员这么深入异教徒的乡野，会是往哪儿去呢？年轻的布朗大爷感到虚弱无力，满心痛苦难受，简直要瘫倒在地上，于是连忙抓住一棵树来支撑着身体。他抬头望望天空，怀疑他上面是否真有一个天国。然而，上面却是那片苍穹，无数的星星在里面闪闪烁烁。

"上有苍天，下有费丝，我还是得站稳脚跟，抵挡魔鬼！"布朗大爷喊着。

他还抬头凝视着浩瀚的天穹，正举起手来祈祷时，一片云气（虽然那时并没有风在吹动）快速地掠过天顶，把灿烂的繁星全都遮挡起来。苍茫的天空仍然可以看见，只有他头顶上面给遮挡住，因为那团云气正在他头上面迅速往北掠去。在高空里面，仿佛从云气深处，传来一片混乱、含糊的人声。有一会儿，听着的人想象自己可以辨别出自己镇上人们的口音，男男女女，有虔诚信教的，有不敬上帝的，有许多人他都在圣餐桌上会见过，有许多则看见在酒馆里喧闹过。一刹那间，声音变得那么隐隐约约，他很怀疑自己听到的是否仅仅是老树林里的飒飒声，虽然无风，却沙沙作响。接着，那些熟悉的声调变响亮了，那些声调是他在塞勒姆村的阳光下每天都可以听到的，可是直到这时还从来不曾从夜间的一团云气里传来过。声调里有一个年轻女人的嗓音纵声恸哭，却不知是为了什么事伤心，她只是恳求着某种恩惠，也许得到这种恩惠反会使她十分伤心。那群隐而不现的人，贤德的和有罪的，似乎全都鼓励她继续向前。

"费丝！"布朗大爷用痛苦绝望的声音喊叫。树林里的回声仿效他，喊道："费丝！费丝！"仿佛好多惊慌可怜的人正在荒野中四处寻找她那样。

当这个愁眉不展的丈夫屏住呼吸，等候回音时，悲伤、愤怒、惊恐的喊声还在响彻夜空。那团乌云迅速远去，撇下那片晴朗、寂静的天空在布朗大爷的头顶上，这时响起了一声尖叫，立即被一阵较响的叽叽喳喳的人声淹没了，人声低沉下去，变成了一阵遥远的欢笑。但是有件东西从空中轻盈地飘落下来，缠绕在一棵树的树枝上。年轻人一把抓住了它，看到是一条粉红色缎带。

"我的费丝去了！"他惊呆了，刹那间又喊起来，"世上没有善良，罪恶不过是一个名称。来吧，魔鬼，这个世界是献给你的。"

布朗大爷绝望得发了疯，长时间放声大笑。然后一把抓起手杖，又出发了。他走得那么快，简直像沿着林间小路在飞，而不是在行走或奔跑。那条路变得更荒凉落寞，更不易辨别出来，最终竟然完全消失，撇下他在黑沉沉的荒野中凭着指引凡人走向邪恶的那种本能，仍然在朝前奔跑。整个树林里布满了可怕的声音——树木的吱嘎声，野兽的嗥叫声，以及印第安人的吆喝声。同时，疾风时而像远处教堂的钟声那样鸣响，时而又在这个行路人的四周发出一阵响亮的呼号，仿佛万物都在嘲笑他。不过他本人却是这个场面中最令人惊骇的人物，一点儿也不畏避其他种种可怕的事物。

"哈！哈！哈！"风嘲笑布朗大爷的时候，他这么喝着，"让我们来听听谁笑得最响。别想用你的恶作剧来吓唬我。来呀，巫婆；来呀，巫师；来呀，印第安巫师；来呀，魔鬼本人，你布朗大爷来啦。你们最好也像他惧怕你们那样惧怕他吧。"

按实在说，在那片幽灵出没的树林四处，不可能有什么比布朗大爷的形影更可怕的事物了。他在黑松树间飞奔，挥舞着手杖做出种种疯狂的姿势，一会儿灵机一动，发出一阵可怕的亵渎神明的咒骂，一会儿又哄然大笑起来，使树林中所有的回声像他四周的恶魔那样哈哈大笑。现出原形的魔鬼，反而不及他在人类胸臆中猖獗时那么可怕。这样，这个鬼迷心窍的人飞快地向前赶路，后来到午夜时分，他看见前面有个红光在树木之间摇曳，就像林间空地上砍倒的树身和树枝燃烧起来，把熊熊的火焰衬着天空向上喷去那样。他在驱策着他朝前的那阵大风暴的一次暂息中停下，听见逐渐响亮起来的一阵好像是唱赞美诗的声音，它以许多人声的音量从远处庄严地哄然传来。他知道这个调子，它是村上聚会所唱诗班常唱的一首。诗句缓缓地消失了，又由一个叠句予以延长；它不是人类的声音，而是夜色笼罩着的荒野间各种各样的声音庄严和谐的共同鸣响。布朗大爷大声呼喊，可是他的喊声和荒野间的呼声会合起来，连他自己也听不见。

在那片短暂的寂静中，他悄悄向前走去，直到亮光照射到他的眼睛上。在树林形成一道黑森森的大墙围绕着的一片空地的一端，耸立着一块岩石，天生粗略地有点儿像一座祭坛或是讲道坛，四周由四棵熊熊燃烧的松树围绕着，树梢全点着了，树干尚未烧到，像一个晚间聚会上的蜡烛似的。岩石顶上边长着的那一大丛绿叶，全着了火，炫耀的火光高高地射入夜空，忽明忽暗，照亮了整个田野。每一个垂挂下的小枝和长满叶子的花环都烧成了一片。通红的火光一会儿亮一会儿暗，许多教会会众交替地显现出来，又消失在黑暗中，接着仿佛又从黑暗中长了出来，使荒凉的森林深处顿时又充满了人。

"一群严肃的、衣着阴暗的人。"布朗大爷说。

实际上，他们正是这样。在他们当中，在幽暗和光辉之间来回晃动的，有一些下一天在州行政会议上就会见到的人脸，还有些一个个休息日都从国内最神圣的讲道坛上虔诚地望着天空，并慈祥地向下望着教堂内那一排排拥挤的座位的人脸。有些人断言，总督夫人也在那儿。至少是有几位她很熟悉的地位很高的夫人，还有可尊敬的丈夫的妻子，许许多多寡妇，年纪很大，声誉卓著的老小姐，以及惟恐母亲看见、战战兢兢的年轻美貌的姑娘。不是突然一下闪射过那片黑暗旷野的亮光使布朗大爷眼花缭乱，就是他认出了二十多个以身份特别神圣而知名的塞勒姆村的教会成员。善良的老古金执事到了，待在那位德高望重的圣徒、他的可尊敬的牧师身旁。然而，跟这些庄重、体面、虔诚的人，这些教会长老，这些端庄的夫人和纯洁的处女大为不敬地混杂在一起的，有生活放荡的男子，名声不好的女子，沉湎在种种卑鄙龌龊的罪恶中、甚至据信犯有可怕罪行的坏蛋。看来也真奇怪，善良的人并不躲避开邪恶的人，有罪的人也不因为见到贤德的人而局促不安。散布在脸色苍白的敌人当中的，还有一些印第安祭司，他们常以英国巫术望尘莫及的可怕咒语，使当地的树林内大起恐慌。

"可是费丝在哪儿呢？"布朗大爷想着。接下去，等他心里生出了希望时，他哆嗦起来。

赞美诗的另一句唱起来了，是一节徐缓、悲哀的旋律，就是虔诚的人喜爱的那种，不过配上一些词句，表达出了我们的本性对于罪恶可能想象出的一切，而且还暗暗影射出远不止此的含义。魔鬼之道是一般人难以探测的。一行诗一行诗唱过去了，荒野的叠句在一句句之间仍然像一台强大的风琴发出最深沉的音调那样响起。随着那首可怕的颂歌的最后一阵歌声，又传来一个声音，仿佛风声怒吼，溪流奔腾，野兽嗥啸，以及这片不协调的荒野中的一切其他声音，它们全混合起来，附和于有罪的人向万众之主致敬的声音。那四棵熊熊燃烧的松树喷起了一道更高的火焰，在那一大群邪恶的人们头上的烟圈上面，模模糊糊地照出了一些恐怖的形状与容貌。同时，岩石上的火红通通地喷射起来，在底部之上形成了一座闪闪发光的拱形门，一个人形这时候出现在那儿。让我们恭恭敬敬地说，这个人形在衣着和态度方面丝毫不像新英格兰教堂中一位庄重的教士。

"把皈依的人带上来！"一个人声这么喊着，在那片旷野中发出了回声，轰响着传入树林里去。

布朗大爷听到这话，从树木的阴暗处走出来，朝那群会众面前走去。他凭借自己心里对一切邪恶事物的同情，感到跟这群人有一种令人恶心的同胞关系。他简直可以发誓说，自己亡父的形状正从一个烟圈中朝下望着，招手叫他走上前去，同时一个女人，一脸黯然绝望的神情，伸出一只手来告诫他，叫他退回。那是他的母亲吗？可是他没有力量后退一步，也没有力量哪怕在思想上加以抗拒，因为这时教长和善良的老古金执事一把揪住他的胳膊，把他领到那块熊熊燃烧的岩石面前。一个遮着面纱、身材苗条的女人，由那个虔诚的教义问答老师克洛伊斯大娘和得到魔鬼允诺、要当地狱王后的马撒·卡里尔领着，也来到了那儿。马撒是一个蛮横跋扈的巫婆。皈依的人全站在那儿，在那个烈火形成的华盖之下。

"欢迎，弟子们，"那个黑暗的人形说，"欢迎来参加你们同道的圣餐式。弟子们，朝后看！"

他们回过身。这时可以看见，崇拜魔鬼的人仿佛在一片火焰中红光闪闪地走上前来，每一张脸上都阴沉沉地闪现出欢迎的微笑。

"那儿，"那个黑暗的人形说下去，"就是你们从少年时期便尊敬的所有人士。你们认为他们比自身还要神圣，于是吓得逃避开自己的罪恶，拿自己的罪恶和他们的正直的、渴望升入天国的生活进行对比。然而，他们全在这儿，在参拜我的会众里。今天夜晚，你们就可以得知他们的种种阴私：教会的白胡须的长老，如何向他们家里年轻的女佣人悄悄说了些淫荡的话；许多女人急煎煎地想成为寡妇，如何在就寝之前给丈夫喝上一杯，让他在自己的怀抱中长眠不醒；乳臭未干的青年人如何想要赶紧继承父亲的财富；美貌的少女——别害羞，可爱的人儿——如何在花园里掘一个小坟坑，吩咐我这个独一无二的来宾去参加一个婴儿的葬礼。你们凭借你们人类对罪恶的同情心，将会找出所有犯罪的现场——不论是在教堂里、寝室内、街道上、田野间或树林中——并且将会欣喜地看到，全世界是一个有罪的斑点，一个血污的地方。事实还远不止此。从每一个胸膛中看穿罪恶的奥秘，看穿所有旁门左道的根源，以及永远比人力——比我的最大的力量——通过行为所能表明出来的提供更多邪恶冲动的那股势力，这就是你们的任务。现在，我的弟子们，你们彼此看看。"

他们照办了。靠了地狱点燃起的火把的熊熊火焰，这个可怜人看到了他的费丝！那个妻子也看到了她的丈夫，两人都在那个邪恶的祭坛前面嗦嗦发抖。

"看呀，你们站在那儿，弟子们，"那个人形用深沉、严肃的音调说，几乎对自己音调里绝望可怕的意味感到伤心，仿佛他从前那天使的本性还会为我们这些可怜人悲恸似的，"你们信赖彼此的心肠，原来还希望德行并不完全是一场梦。现在，你们醒悟过来了。邪恶是人类的本性。邪恶必然是你们唯一的幸福。弟子们，再一次欢迎你们来参加你们同道的圣餐式。"

"欢迎。"那些崇拜魔鬼的人异口同声绝望而得意地又喊了一遍。

他们站在那儿，似乎是到了这个黑暗世界的邪恶边缘还在踌躇的唯一的一对。那块岩石上天生有一个洼下去的水盆。它里面有被火光照红的水吗？是不是血呢？再不然，也许是一种液体火焰？那个邪恶的化身就在那儿把手浸到水里，准备把洗礼的标志打在他们的额头上，从而好使他们参与罪恶的奥秘，在行为与思想两方面对别人的秘密罪行可以比现在对他们自己的更为清楚。丈夫对脸色苍白的妻子望了一眼，费丝也对他望了一眼。下一眼会让他们互相看到两个品德多么败坏的可怜虫呢？他们对自己暴露出的和自己所看到的会同样发抖！

"费丝！费丝！"丈夫喊着，"抬头望着天，抵制这个邪恶的家伙。"

费丝听从他没有，他并不知道。他刚把话说完就发觉自己待在宁静的夜晚和荒野的地方，听着穿过树林缓缓逝去的那阵风的呼啸。他步履蹒跚地靠到了岩石上，觉得它又冷又湿。同时，本来全部燃烧着的一根下垂的小树枝，在他的面颊上洒下了最最冰冷的露水。

下一天早上，年轻的布朗大爷慢吞吞地走上了塞勒姆村的那条街，像一个心醉神迷的人那样睁大眼睛四下望望。善良的老教长正在墓地里散步，想为早餐增加点儿食欲，一面默想着自己的讲道。他走过时，向着布朗大爷祝福。他躲避开这个德高望重的贤人，好像躲避开一个被诅咒的人那样。老古金执事正在家里做礼拜，他祈祷时所念的神圣词句从敞开的窗外也可以听到。"这个巫师在对什么上帝祈祷呢？"布朗大爷说。克洛伊斯大娘，那个优秀的老基督教徒，站在自己的格子窗下面清晨的阳光里，向一个把早上的一品脱牛奶送来给她的小姑娘提问教义。布朗大爷把那孩子一把拉走，就像从魔鬼本人手里夺走她那样。他转过聚会所旁边的路转角，瞥见了费丝的头，扎着粉红色缎带，她正焦急地向前凝视，看到他之后那样高兴，沿着街道连蹦带跳地跑上前，几乎要当着全村人的面亲一下她的丈夫。可是布朗大爷严厉而伤心地盯着她的脸，没有打招呼就走过去了。

布朗大爷是不是在树林中睡着了，仅仅做了一场巫术集会的噩梦呢?

您乐意这么说就这么说吧。可是,哎呀! 就年轻的布朗大爷来说,这可是一场预兆不祥的噩梦。自从做了这场可怕的噩梦的那一夜之后,他就变成了一个严厉、伤心、阴沉沉地深思的人。到安息日,当会众唱圣歌时,他无法倾听,因为一首罪恶的颂歌很响地传进他的耳鼓,淹没了全部福音。当教长从讲道坛上一手按着打开的《圣经》,热情洋溢、雄辩有力地讲到我们宗教的神圣真理、圣徒般的生活与洋洋自得的死亡,以及未来的幸福或难以形容的苦难时,布朗大爷禁不住脸色发白,惟恐屋顶会轰隆一声塌下来,压在这个头发斑白的亵渎神明者和听众们的头上。时常,他在半夜突然醒来,畏缩地避开费丝的胸膛。早晨或薄暮,全家跪下祈祷时,他总蹙起眉来,暗自嘀咕,严厉地凝视着妻子,然后把脸避开。等他活了好多年,须发皓然的尸体被抬到坟墓去时,费丝——一个老女人——儿女们和孙儿女们,还有为数不少的邻居,一个相当长的行列,跟随在后面。但是他们在他的墓碑上并没有刻下充满希望的诗句,因为他临终时是悲观绝望的。

(主 万 译)

# 三怪客

［英］托马斯·哈代

英格兰农业区有几处地方虽经岁月流逝，但却原封不动，几乎丝毫未生沧桑之变，其中包括南部和西南部几个郡里幅员辽阔、牧草繁茂、荆棘丛生的丘陵、山沟和高地牧羊场。在那里，如果偶尔见到人类活动的痕迹，通常也就是个前不着村后不着店的羊倌家的房子。

五十年前，在那一带丘陵上有这么一所孑然兀立的房子，如今可能依然兀立在那儿。尽管那所房子孑然独处，真正测量一下，离郡城其实不过三英里之遥。然而这却于事无补。这三英里崎岖不平的高地，再加上一年四季接连不断下霜、下雪、下雨、多雾的坏天气，也足以令人望而却步，让随便哪个泰门[1]或尼布甲尼撒[2]与世隔绝；在天气晴和的时节，对于那些比较合群的人、诗人、哲学家、艺术家和其他一些"一心向往赏心悦目事物"的人来说，这一路能勾起他们兴致的东西就更加少得多了。

某一座土筑的营地或是古冢，某一簇树丛，至少是某一溜稀稀落落的古老树篱，通常都派上了用场，依势搭盖起这些孤零零的住所。不过，此处所讲的这么一种安身之地却与此无关。这所名叫"高鸦坡"的房子独居一方，没遮没拦。它盖在这个地方，唯一的理由看来就是这里靠近两条小路的十字路口，这两条路在这里交叉，或许已足有五百年之

---

1 泰门为公元前五世纪希腊豪富贵族，乐善好施，家财尽失，遂遭朋友遗弃，愤而厌世，离群索居。希腊作家鲁西安（生于公元前120年）根据此事著有《诸神对谈录》，莎士比亚也著有《雅典的泰门》一剧。

2 尼布甲尼撒为巴比伦王（公元前605—公元前562年），据《圣经·旧约·但以理书》第4章，他因狂妄渎神而受惩，"被逐离世人，吃草如牛，身被天露滴湿，头发长长，类似鹰毛，指甲长长，如同鸟爪。"

久，从古至今，这所房子的四面八方一直都在大自然的威力面前暴露无遗。不过，尽管刮风时一定躲不过风吹，下雨时又准遭雨打，可是冬天在高地上所经历的各式各样天气，却不像下面低处住的人所想的那么可怕。阴冷的白霜不像在凹地里的那样伤身，黑霜也很少有那样厉害。租住这所房子的羊倌和他的家人遭受这种没遮没拦之苦，有人对他们心生怜悯，他们却说，总的说来，比起原先住在附近气候温和的山谷里溪水边上的那阵子，他们"嗓子肿痛、咳嗽痰盛"的苦楚倒还少了。

一八二五年三月二十八日那天夜晚，正是人们惯常表示这类怜悯的时刻。狂风暴雨猛打在墙上、房顶斜坡上和树篱上，就像在森拉克和克勒西[1]使用的长达一码的长箭一样。那些羊和户外养的牲畜因为没有藏身之处，只好调过屁股来迎风而立。使劲栖在干枯荆棘条上的小鸟，尾巴被风吹得翻起来，就像张开的伞。小房子山墙的顶部都湿透了，房檐下的滴水直往墙上拍打。不过要是对那位羊倌表示怜悯，那可就大错特错了。因为那位兴高采烈的乡下佬正在举行盛大的庆祝会，为他的第二个女儿施洗命名。

客人在开始下雨之前就到齐了，现在他们都汇聚在房子的正堂或者说起居室里。在这个了不起的晚上八点钟时分，朝这个房子打量上一眼就会觉得，在这种风狂雨骤的时刻，这儿可真是一个不可多得的安乐窝。这户人家的行业，从那许多不带木把、擦得锃亮的牧羊杖钩就可一目了然。杖钩都当作摆设挂在壁炉上方，光闪闪的杖钩的弯头各式各样，从旧时家庭用的大部头《圣经》上画着的那类老式的，到近时当地羊市上最流行的时新的，应有尽有。屋子里点了六根蜡烛，烛芯比裹着它们的蜡油略小一点，都插在只有节假日、宗教节日和家宴才会使用的烛台上。这些蜡烛在屋子里的各处点着，有两根放在壁炉架上。蜡烛放在这个位置上，是有讲究的。蜡烛放在壁炉架上总是表明有聚会。

壁炉里面有根耐烧的粗大木头垫底，木头前面是烧得通亮的荆棘，爆裂的声音恰似"愚昧人的笑声"[2]。

---

1 森拉克为英格兰南部黑斯廷斯附近一座小山，黑斯廷斯之战（1066年）以此为战场。克勒西为英法百年战争初期英王爱德华三世在法国北部克勒西战役（1346年）重创法军之地，克勒西战役是最早使用长箭的战役之一。但是在黑斯廷斯之战时，尚未使用这种武器。
2 《圣经·旧约·传道书》第7章第6节："愚昧人的笑声，好像锅下烧荆棘的爆声，这也是虚空。"

有十九个人聚在这儿。其中有五个妇人，穿着各种颜色鲜亮的长袍，一溜儿坐在沿墙的椅子上；怕羞的和不怕羞的姑娘们坐在窗前的凳子上；四个男的包括修篱工查雷·杰克，教堂执事伊莱加·纽，附近牛奶场主、羊倌的岳父约翰·皮切，懒洋洋地靠在长靠背椅里；一个小伙子和一个姑娘坐在墙角碗柜跟前，满脸羞红相互试探，商量着终身大事；一个年逾半百才订婚的老汉，这一处那一处心神不定地转悠着，目的是朝他未婚妻待着的地方蹭过去。大家都很愉快，因为无拘无束不受传统习俗的限制而更加高兴。相互的信赖和彼此的善意使大家心情十分舒畅，大多数人并没有任何表现和迹象希望在世上发迹，大展宏图，或者从事任何有损声誉的事情（眼下，这些通常都会破坏除社会两极以外所有人的风华和温良），因而都彬彬有礼，尊贵从容。

羊倌芬内娶了份好亲，他媳妇是相隔不太远的一条山谷里那个牛奶场主的女儿，她过门时，口袋里装着五十个畿尼[1]，准备应付那个未来家庭的不时之需。这位节俭的太太对于聚会的方式真是煞费苦心。大家安坐不动自有它的好处，可是安坐在椅子上或者高背长靠椅里一动不动，很容易让男士们不知不觉就纵饮起来，有时会把家里的酒喝得一干二净。举行舞会是另外一个办法，这固然可以避免上面所说开怀畅饮的缺点，可是对于佳肴美味又有相应的不利之处：活动过后胃口大开，可要给配餐间招来劫难。羊倌芬内的媳妇只好求助于那种交叉进行的计划：一会儿跳舞，一会儿聊天，一会儿唱歌这样轮流着来。这一来，哪样儿也不会热火得不可收拾。不过这个谋略只限于她自己心知肚明；羊倌本人却是毫不在乎，一心只管慷慨款待客人。

拉提琴的是那地方上的一个男孩儿，十二岁上下的年纪，拉起捷格舞曲和瑞乐舞曲来，尽管他的手指过短，拉高音得经常移动指位，然后又缩回第一把位，弄得声音不是那么纯正，但却出奇地熟练，七点钟，小家伙就开始奏出他那尖厉的高音来了。教区执事伊莱加·纽事先考虑周到，早把他心爱的乐器蛇形管带来了，这时也用那嗡嗡的低音伴奏着。大家立即闻声起舞，于是芬内太太私下吩咐那两位演奏的人，绝不要让舞曲超过一刻钟。

---

1 英国当时的一种金币。

可是伊莱加和小男孩吹拉得非常起劲儿，把这个叮嘱早忘得一干二净。另外，跳舞的人中间还有那个十七岁的小伙儿奥利弗·贾尔斯，被他那位舞伴、芳龄三十有三的漂亮姑娘迷住了，毫不犹豫地把一枚崭新的五先令硬币塞给那两位乐师，为的是笼络他们只要还有气力就别停止。芬内太太看到客人脸上冒起热气来了，马上穿过人群去杵了杵提琴手的胳膊肘，又把手按在蛇形管的喇叭口上。可是他们俩都没理睬。她担心如果干涉过于明显，有损她这女主人和蔼可亲的声誉，也只好无可奈何地退回来坐下。于是舞曲越奏越狂热，跳舞的人也像天上的行星似的团团旋转起来，一会儿前进，一会儿后退，一会儿跳到最远点，一会儿舞到最近点，一直跳到屋子尽头那座走得很好的钟上那根长针转了一小时的一个圆周。

就在芬内那所乡村房舍舞乐正欢的时候，房子外面苍茫的夜色中发生了一件对这场聚会颇有影响的事情。正在芬内太太对这场舞越来越热烈关切的当口，一个人影远远地从郡城那个方向朝高鸦坡这座孤零零的小山爬上来。这个人不停歇地冒着风雨大步疾走，他走的那条有些破损的小路刚好沿着羊倌的房子旁边迂回而过。

已经快到月圆的时候了，所以尽管天上布满雨云，户外一般的东西还是看得清楚。惨淡的月光照出这个孤单的行人体格柔韧；他的步履则显出他已经或多或少过了那种矫健敏捷的时期，不过情势需要的时候也还能够迅速动作。粗略估计，他可能四十岁左右。他身材显得很高大，不过招兵的军士或是惯用肉眼测人高矮的人会看得出来，这主要是因为他身体瘦削，而他的身高并不会超过五英尺八九英寸。

他的步子整齐匀称，可是走得小心翼翼，好像是在内心摸索着通路似的；他穿的尽管不是黑色或者什么暗色的衣服，可是他身上总有点儿什么让人觉得，他自然而然属于那种身穿黑衣的族类[1]。他的衣服是粗斜纹布的，靴子底上钉有平头钉，可是从他走路的样子看，他倒不像个穿带钉子的鞋和粗斜纹布走惯了泥巴路的农夫。

他走到羊倌住处跟前的时候，雨下得或者说追他追得更急更猛了。房子周围的环境让风威雨势稍微减刹了一点，他于是停住不走了。羊倌

---

1 当时英国和世界其他许多地方，城市中的公务员、技术工人、教士等一般都穿着深色或黑色服装。

住宅最触目的是它那座没有树篱的花园前面犄角里那个空空的猪圈，因为在这一带地方，一般人都不在屋前弄点普通的东西把不大雅观的部分遮掩一下。小猪圈顶上铺的石板瓦被雨水淋湿发出的灰光，把旅客的目光吸引住了。他转过身去一看，见里面是空的，便站在那单坡屋顶下避雨。

他站在那里的时候，近在眼前的房子里蛇形管的轰鸣声和提琴较轻的鸣奏声传了出来，瓢泼大雨飒飒地冲刷着草地，噼噼啪啪地敲打着小路边隐约可见的八九十来个蜂箱上参差不齐的草顶和花园里的白菜叶子，雨水从房檐哗啦啦地流进并排摆在房子墙边的水桶和水盆里，这些声音和音乐交响共鸣。因为在高鸦坡和像所有这类位于高地上的住所一样，住家最大的困难就是缺水，所以每逢下雨就把屋子里所有能贮水的家什都找出来贮水。有些奇怪的故事还讲到，在夏天干旱时节，高地居民想方设法节约使用肥皂水和洗碗水，这是绝对必要的。但是在目前这个季节，就没有这种迫切的需要，只要把上天赐予的接受下来，就有充足的储备了。

终于蛇形管的声音止住了，屋子里也安静下来。活动中断就把这个独行人从苦思冥想中唤醒，他好像有了新的打算，从猪圈中出来，沿着小路向屋门口走去。一到门口，他第一个动作是在那排装水的容器旁边的一块大石头上跪下来，从一个容器里牛饮了一通。解了渴以后，他站起身来举手正要敲门，可是又停下了，眼睛对着门瞧着。木门黑黢黢的板面上根本什么也看不出来，所以很显然他是从心眼里在往里面看，似乎是想估量一下，这样一所房子究竟包含着多少可能性，这些对他进去又会发生什么影响。

他迟疑不决，于是转身看了看周围的情况，到处都见不到人。他脚下的园中小路通到下面，像蜗牛爬过的痕迹一样闪着微光。一口小井（几乎全干了）架上的盖板和门框顶上的板面也闪着同样暗淡的水光；而在山谷远处，露出一缕微弱的白色，这表明草场上的河水上涨了。再往前去，则有不多几盏昏暗的灯火在急雨中闪烁——灯光指示了他离开的那座郡城所在的位置。那个方向毫无声息，这似乎使他下了决心，于是他才敲门。

屋子里，东拉西扯的聊天已经取代了乐声舞步。修篱工正向伙伴们提议唱个歌，可是谁也没有响应的意思，所以这一敲门正好转移了目标。

"进来吧！"羊倌应声回答。

门闩"咔哒"一声打开了，我们那位行人走出夜色出现在擦脚门垫上。羊倌站起身来，随手剪去身边两根蜡烛的烛花，转身注视着他。

烛光照出的这位不速之客肤色深暗，面貌不能说不引人注目。他起始并未脱帽，帽子低低地压着，但并没有把眼睛遮住。这对眼睛大而坦诚，坚决果断，不是匆匆一瞥，而是炯炯一闪掠过整个屋子，他巡视了一遍，好像感到很高兴，随即摘掉帽子，露出他乱蓬蓬的头发，用深沉响亮的声音说："雨下得太大，所以我请求让我进来，歇息一会儿。"

"当然可以，你这位生客。"羊倌说，"的确，你运气好，选了个好时候，我们因为办喜事，所以来了点儿跳跳蹦蹦的玩意儿——当然，话虽这么说，一个人也不大会愿意这种喜事一年当中多过一次。"

"也不能少过一次。"一个妇人提高嗓门说，"因为顶好是早早成家立业，生儿养女，你越是能早早了了这桩差事，也就能早早了了这份儿劳苦啦。"

"那么是什么喜事呀？"那位生客问道。

"生了个孩子，受洗礼呢。"羊倌说。

这位生客表示希望主人在这种事情上不论孩子太多或是太少，都不要感到有什么不痛快，主人则示意请他喝杯酒，他立即接受了。他进门以前的态度一直是犹犹豫豫，现在可是完全不同，变得又随意又干脆了。

"横穿过这个山沟溜达晚了吧——嗯？"那位五十岁刚订婚的人说。

"正像你说的，师父，是晚了——如果你没有什么要反对的话，太太，我想坐在壁炉旁边；因为我让雨淋过的那一边全湿透了。"

羊倌芬内太太同意了，给这位不请自来的人让了个地方。他到壁炉旁边坐好了，就无拘无束大模大样把四肢完全摊开。

"不错，我的鞋帮子都裂开了，"他看到羊倌媳妇的眼光落在他的皮靴上，就坦率地说，"而且大小也不合适。近来我日子不太好过，所以也只好将就着点儿，抓到什么就穿什么了，不过等我到了家，就得找身适合平常穿的衣着了。"

"住在附近吗？"她问。

"不太近——还要往上走呢。"

"我也这么想——我也不是附近的人；听口音，你是从我老家附近来的。"

"不过，你大概不会听人说起过我，"他马上说，"你看，太太，我比你岁数大多了。"

这样声言女主人年轻，就把她堵住不再刨根问底了。

"这儿只要有一件事就会让我高兴了，"新来的人接下来又说，"就是来点儿烟叶，说来抱歉，我的烟叶抽完了。"

"我可以给你装满烟斗。"羊倌说。

"我还得请你借个烟斗给我。"

"抽烟的人，咋不随身带着烟斗？"

"我在路上什么地方把它弄丢了。"

羊倌在一个新的陶土烟斗里装满了烟叶，一边递给他，一边说，"把你的烟盒递给我——我也把它装满吧，反正我也要装烟。"

这人把自己的口袋儿统统搜了一遍。

"也弄丢了？"主人有点惊讶地问道。

"恐怕也丢了吧，"这人回答，显得有点狼狈。"就用卷烟纸卷一点给我吧。"他就着蜡烛点着了烟斗，猛吸一口，把火苗都吸进了烟斗，然后又坐回壁炉旁边，把眼睛盯着湿裤腿上轻轻冒起的一股热气儿，好像不愿再说什么。

这时候一般客人都不大注意这位来访的人了，因为他们已经聚精会神地和乐队讨论起下一场舞奏什么曲子。问题解决以后，他们正要站起身来，这时门口传来一阵敲门声，把他们打断了。

听到这阵敲门声，壁炉边那个人立刻抄起拨火棍，拨弄起烧着的木头来，好像专心致志地那样干，就是他在那里的目的似的。羊倌第二次又这么说："进来吧！"另一个人立刻出现在草编的擦脚垫上。他又是一位不速之客。

这个人和第一个人根本不是同一个类型的。他的言谈举止比头一个更为普通，他的脸带有一种快快活活四海为家的那种人的神情。他比先来的那位大几岁，头发略显灰白，眉毛竖立，腮帮上的络腮胡子一直刮到耳根。他的脸膛相当丰满，但是整个看来却并非没有气势。鼻子周围有点"酒糟"的痕迹。他把他那宽大的灰褐色厚呢大衣向后一掀，露出里面从上到下穿的是一套浅灰色的衣服，表袋里吊着用某种金属或者可以打磨的材料制作的几个又大又沉的印章，作为自己唯一的装饰。他一边把光闪闪的浅顶礼帽上的水珠抖掉，一边说："我得请你们让我在这儿暂避几分钟，伙计们，要不，我还没到卡斯特桥，里里外外就得湿透了。"

"请你自便，师父。"羊倌说，大概有点不像第一次那样热心了，这倒不是芬内为人有丝毫的小气，而是屋子太小，空椅子又不多，身上湿漉漉的客人和穿鲜艳长袍的太太小姐们紧紧凑在一起太别扭了。

然而第二位来人脱掉大衣，把帽子挂在横梁上的一个钉子上，就像他是特地应邀把它挂在那儿似的。然后他走过来，坐在桌子旁边。为了把所有的空地方让给跳舞的人，桌子早已经推到壁炉紧跟前，所以桌子靠里的一边蹭着了稳坐在壁炉旁边那个人的胳膊肘，这样这两位不速之客就紧紧挨在一起了。他们互相点了点头，打破互不相识的隔膜，先来的那位把家用的大酒缸子递给自己的邻座。这是一只棕色的大杯，经过世世代代血肉之躯嗜饮成性的唇齿碰撞摩擦，它的上缘像门槛似的出现了磨损，圆形的杯身上还烧制着这样几个黄色的字迹：

> 我不来
> 这儿没趣

后来的那位很高兴地把缸子举到嘴边，喝了又喝，喝了又喝——直喝到羊倌媳妇整个脸上莫名其妙地发青；她一直看着这头一个生人随随便便地对那第二个借花献佛，心中不无惊讶。

"我早就知道！"这个好酒贪杯的人非常满意地对羊倌说，"我走到你的花园还没进来，就看见了那一大排蜂箱，那时候我就自言自语，'哪里有蜂，哪里就有蜂蜜；哪里有蜂蜜，哪里就有蜂蜜酒。'不过像这种真正让人陶醉的蜂蜜酒，我从前倒是从来没有尝过。"接着他又举杯痛饮，直喝得缸子里所剩无几。

"你爱喝它，我真高兴！"羊倌热情地说。

"这是挺不错的蜂蜜酒，"芬内太太随声附和，不过缺乏那份热情，这好像是说，让地窖里藏的酒赢得赞美，可能代价花得太高了。"造这种酒太麻烦了——老实说，我简直不想再造了，因为蜂蜜好卖；我们自己嘛，有一丁点儿蜂蜜酒，再用洗蜂箱的水酿点儿淡蜜酒，凑凑合合通常也就行了。"

"哦，不过那样你就再也不能赢得大家的心了！"身穿灰衣服的生客第三次举起缸子来一饮而尽，放下空缸子，然后带着责备的口气说。"我喜欢像这样的陈年蜜酒，这就像我每个星期天喜欢上教堂做礼拜，或是平时一周哪天都为人排忧解难一样。"

"哈，哈，哈！"坐在壁炉旁边的那个人大笑起来，尽管那个装满烟的烟斗让他一直保持沉默，可是对这位伙伴小小流露的兴致，却不能够，或者说不愿意一声不吭。

那年月酿造的那种陈年蜜酒，用的是最纯的头年蜜或者头茬蜜，一加仑用四磅蜜——再加蛋清、肉桂、丁香、豆蔻、迷迭香、酵母等配料，经过酿造、装瓶、下窖储藏这些程序制成的，口味极其醇厚，可是喝起来并不像它实际上的那么有劲儿，所以坐在桌子边上的那位身穿灰衣服的生客慢慢觉出了它那股偷偷上来的劲头儿，解开了背心上的纽扣，仰靠在椅背上，伸开两腿，使自己受众人瞩目。

"嗯，嗯，我说过，"他又说起来，"我是去卡斯特桥的，我必须去卡斯特桥。这时候我本来都差不多应该到那儿了，可是这场雨把我赶进了你们的家门，不过我可并不觉得后悔。"

"你并不住在卡斯特桥？"羊倌问道。

"现在还没有，不过我很快就会搬到那儿去了。"

"去那儿开个买卖吧，也许？"

"不会，不会，"羊倌媳妇说，"一眼就看得出来，这位先生挺阔，啥也不用干。"

穿灰衣服的生客打住了，好像在考虑是不是要同意她说他的这番话。他随即就反驳说："说我阔，太太，这可不大合适。我干活儿，我还必须干活儿。甚至只要我半夜赶到了卡斯特桥，明天早晨八点我就得开始干活儿。是的，管它是天热还是下雨，刮风还是下雪，饥荒还是战乱，我明天一天的活儿也非得干完不可。"

"可怜的人呀！那么说，要是不看表面，你可比我们还穷呀！"羊倌媳妇应声说。

"我那个行当就是这样，倒不是因为我穷。……不过，说句忠诚老实的话，我得起身走了，要不，我在城里就找不着住处啦。"不过，说这话的人并没有动，而且紧接着又加了一句，"我走以前还有时间为友谊再干一杯；要是缸子还没空，我立刻就干啦。"

"这儿还有一缸子淡酒，"芬内太太说，"我们把它叫淡酒，说实在的，它还是洗蜂箱的头一道水酿的呢。"

"不啦，"这位不速之客带着一副不屑一顾的神气说，"我不愿意喝你们这第二杯，免得破坏了你们这第一杯的盛情。"

"当然不用啦，"芬内插进来说。"我们又不是每天都生儿育女添丁加口的，我去再满一缸子。"他走到楼梯底下放酒桶的暗处。女羊倌也跟着他下去了。

"你干吗非要这样干？"等到只有他们俩，她就埋怨他说。"他已经喝完一大缸子啦，那里面盛的，本来十个人喝也够了，而且他对淡酒还不过瘾，一定要这种劲头足的！还是我们谁也不认识的生人。我打心眼儿里就不喜欢那个人的样子。"

"可他是在咱们家，亲爱的，又在雨天晚上，还碰上命名洗礼。去他的吧，不过是一杯蜂蜜酒，又算得了个啥呢？等到下一回熏蜂[1]，还会有更多呢。"

"那好——就这一次啦。"她回答道，还恋恋不舍地朝酒桶望了一眼。"可是，这个人究竟是干什么的，他从哪儿来，怎么偏偏这样跑来和我们掺和？"

"我不知道，我再问问他。"

芬内太太这一次可是稳稳当当地提防着那种倒霉事，不让穿灰衣服的那位生客一口气又把那一大缸子酒喝得精光。她把准备让他喝的酒倒在一个小杯里，把大缸子搁得远远的，让他够不着。等他把那一小杯一饮而尽，羊倌又问起这个生客的职业。

他没有立刻回答，可坐在壁炉旁边的那一位却突然变得外向，说

---

1 熏蜂：昔日养蜂是以烧木柴冒出的烟把蜜蜂熏跑的办法取蜜。

道："谁都可以知道我的行业——我是造轮子的。"

"谁都可以知道我的——如果他们有眼力，能够看得出来的话。"穿灰衣服的生客说。

"要知道谁是干啥的，通常说来，看看他的手爪子就成，"修篱工一边说，一边看着他自己那双手，"我的指头上扎满了刺，就像旧针插上扎满了针似的。"

坐在壁炉旁边的那位生客的两只手这时不由自主地就藏到了暗处。他死盯着炉火，又抽起烟斗来。坐在桌子旁边的那位接上修篱工的话茬儿，说了句俏皮话："说得对；不过我的行当有点怪，它的记号不是打在我身上，而是打在顾客的身上。"

谁也没有开口来解答这个哑谜，于是羊倌的媳妇又要求大家唱歌。这一次又和前一次一样，遇到了同样的障碍——一个人嗓子不行，另一个忘了第一句歌词，桌子旁边的那位不速之客这时精神抖擞，情绪高昂，出来打破了僵局，大声宣告：他愿意先唱一曲来给大家起个头。他把一只手的大拇指塞进自己背心的袖口，另一只手在空中摆动着，对壁炉架上那些闪闪发光的杖钩看了一眼，就唱了起来：

　　噢，纯朴的羊倌大伙听——
　　我的行当世上少，
　　我的行当真好瞧；
　　我把顾客牢牢捆，高高扯起往上吊，
　　送他们一个个上云霄！

他唱完了这一段，屋子里鸦雀无声——唯一的例外是坐在壁炉旁边的那个人，他一听到唱歌的人说了声："帮腔！"就用深沉而又富有韵味的男低音随声唱道：

　　送他们一个个上云霄！

奥利弗·贾尔斯、牛奶场主约翰·皮切、教区执事、五十岁刚订婚的老汉，靠在墙边的那一排年轻女子，似乎都沉浸在了并不是十分欢快的思绪里。羊倌若有所思地看着地下，女羊倌一双锐眼紧盯着那个唱歌的人，满腹狐疑。她琢磨不透，那位不速之客仅仅是凭记性唱一首老歌，还是根据此时此地的情景现编了一首新歌。所有的人都像伯沙撒盛宴[1]上的客人一样，对这个晦涩的启示大惑不解，只有坐在壁炉旁边的那个人安然不动地说："第二段，生客。"又继续抽烟。

唱歌的人润润嗓子，照要求又唱下一段：

> 纯朴的羊倌大伙听——
> 我的家伙很普通，
> 我的家伙煞风景；
> 小小麻绳吊绳柱，
> 足够让我干营生！

羊倌向周围看了看，再也没有疑问了，这位不速之客是在用唱歌来回答他的问题。客人一个个都吓傻了，强压住惊叫。和五十岁老汉订了婚的那位年轻妇人，走在半路上直发晕，本来她是可以一直走过去的，可是发现未婚夫没有那么敏捷的身手把她接住，就一下子坐在了地下，浑身哆嗦。

"啊，他就是那个——"后面的那个人低声说道，提到了一种不吉利的公职的名称。"他就是来干那个的！明天就在卡斯特桥监狱——那个人因为偷羊[2]——我们听说过那个可怜的钟表匠，他本来住在绍茨福德，没有活儿干——那个蒂摩西·萨默斯，全家都在挨饿，所以他就索性离开绍茨福德，在光天化日之下牵走了一只公羊，公然反对那个农场主和农场主太太和农场主的那个小子和他们中间的不管是谁。他（这时他们都朝那个从事要命行当的不速之客点了一下头）从他老家那边来这儿干这个活儿，因为他在那个郡城里没有多少活儿可干，我们郡城里干这个活儿的人死了，他现在补了那个缺；他去了还是住在监狱大墙下面

---

1　伯沙撒盛宴：巴比伦王伯沙撒设盛宴与群臣欢饮，因渎神而遭神谴，在粉墙上出现神示，但群臣中无人能解。事见《圣经·旧约·但以理书》第5章。
2　当时英国有两百种罪行须判死刑，偷羊即其中之一，直到二十世纪初其刑法才对这种罪行免去死刑。

的那所房子里。"

穿灰衣服的生客并没有注意这番悄悄的议论，只是又舔了舔嘴唇。他见到只有坐在壁炉旁边的那位朋友还算对他愉快的心情表示了回应，就对这位很有眼力的朋友举起酒杯，这位朋友也举起了自己的酒杯。他们碰了碰杯，屋子里其余的人目光都注视着唱歌人的动作，他开口正要唱第三段，可是这时候门口又一次响起了敲门声。这一次敲得很轻，而且有些迟迟疑疑的。

大家好像都给吓住了。羊倌带着惊慌的神气向门口望去，他费了些劲儿才抗住他媳妇那不大赞成的眼神，第三次说出了表示欢迎的话："进来！"

门轻轻地推开了，又一个人站在擦脚垫上，他和前面两个人一样，也是个生客，这一次来的是个瘦小个儿，白皮肤，穿一套还算像样的深色衣服。

"劳驾能告诉我去——"他这样开口，可是等他对屋子周围扫视了一遍，弄清他遇到的这一伙人正在做什么的时候，他的目光就落在穿灰衣服的生客身上。在这个当口，那个人正全心全意投入他那首歌，那么专心致志，简直没有注意到这突如其来的打扰，他大声唱起了第三段歌词，一下子把窃窃私语和追询探问全都压得无声无息了。

> 纯朴的羊倌大伙听——
> 明天是我的工作日，
> 明天我就要上工；
> 有人宰了庄户人的羊，又有人逮着了偷羊人，
> 愿他的灵魂上帝能怜悯！

坐在壁炉旁边的那位不速之客情绪激昂地举起杯来，和唱歌人相互致意。他那么激动，把蜜酒都洒到壁炉里了。像以前两次一样，他又用他那男低音附和着：

> 愿他的灵魂上帝能怜悯！

这段时间，那第三位不速之客一直站在门口，因为他既没进来，也没把话说下去，那些客人就特别关注到了他。他们不禁大吃一惊，因为他站在那儿，吓得魂飞魄散——两个膝盖直打哆嗦，扶着门闩的手颤抖得那么厉害，震得让人都听见它"嘎吱嘎吱"的响声了。他张着惨红的嘴唇，两眼死死盯住站在屋子中间的那个高高兴兴的行刑官，又过了一会儿，他调转身来，把门关上就逃走了。

"这能是个什么人呢？"羊倌问。

其余的客人一方面觉得刚发生的事很可怕，另一方面又觉得这第三位来客行为古怪，看来好像都不知作何感想。大家都一言不发。他们不由自主地往后缩，离他们中间的那位阴森可怕的先生越来越远。他们中间还有人好像把他看作是恶魔一般，后来他们围成了一个大圆圈，把他远远地留在中间——

……一个圆圈，把魔鬼围在中央。

屋子里寂静无声——虽然里面足有二十多人——什么也听不到，只有雨打护窗板的"嗒嗒"声，偶尔伴有零星落入烟囱掉在炉火上的雨滴的"嗞嗞"声，还有就是坐在壁炉旁边又抽起长杆烟斗的来客喷烟的声音。

沉寂出人意外地给打破了。远处传来一声枪响，在空中回荡——显然是从郡城那个方向传来的。

"糟了！"唱歌的不速之客一跃而起，喊了一声。

"那是什么意思？"几个人异口同声地问。

"犯人越狱了——就是这个意思。"

大家都仔细地听。枪声又响了，大家都没说话，只有坐在壁炉旁边的那个人平静地说："我常常听说，在这个郡里碰到这种场合，他们总是开枪；可是我以前还从没听到过呢。"

"我不清楚，这是不是我的那个人？"穿浅灰色衣服的那个人嘴里咕噜着。

"一定是的！"羊倌不禁说了出来，"我们确实看见了他！那个小个子，他在门口朝屋里张望，等到他看见了你，听见了你唱的歌，他就浑身哆嗦啦!"

"还有,他的牙直打战,连气儿都喘不过来了。"牛奶场主说。

"还有,他的心在他的腔子里边像块石头一样沉下来了。"奥利弗·贾尔斯说。

"还有,他一溜烟就跑了,好像挨了枪子儿似的。"修篱工说。

"不错,他的牙直打战;还有,他的心好像沉下去了;还有,他一溜烟儿就跑了,好像挨了枪子儿似的。"坐在壁炉边的人慢条斯理地下了结论。

"我倒没注意到。"那个刽子手说。

"我们大家都很纳闷,他干吗那么害怕,一下子就溜了?"靠墙坐着的那些女人中间有一个畏畏缩缩地说,"现在可都清楚了。"

报警的枪声隔一会儿就传来一声,声音又低又沉,于是他们怀疑的事也就确定无疑了。穿灰衣服的那位不吉利的先生站起身来。"这儿有警察吗?"他瓮声瓮气地问。"如果有,请他站出来。"

那位五十岁刚订婚的汉子哆哆嗦嗦地从墙边站了出来,他的未婚妻则扶着椅背哭了起来。

"你是宣过誓的警察[1]吗?"

"是,先生。"

"那么带几个帮手立刻去追那个罪犯,把他带回这儿来。他走不了多远。"

"我就去,先生,我就去,等我拿了警棍。我先回家去取警棍,立刻就回这儿,然后和大伙一起出发。"

"警棍!——别管你的什么警棍啦,那家伙就要跑得没影儿了!"

"不过没有警棍,我可啥也干不了——威廉,还有约翰,还有查理斯·杰克,是不是?不行;因为上面有漆着黄色和金色的王冠,还有狮子和独角兽的像,所以我举起警棍打犯人的时候,打得合法。我可不愿意没有警棍去抓人——不行,我不行。如果没有法律来给我壮胆,嘿,别说我抓不了他,他反倒可以抓我呢!"

"得了,我自己就是官家的人,可以给你充分的权力去干。"穿灰衣

---

[1] 旧时英国各教区都可任命警察,经宣誓即算正式就职,通常素质不高。直到一八七三年才由现代化郡警取代。

服的这位令人生畏的差官说，"快，你们全体，准备。你们有灯笼吗？"

"是——你们有灯笼吗？——我要一盏！"警察说。

"你们其余那些身强力壮的——"

"身强力壮的男人——是——你们其余的！"警察说。

"你们有什么好使的棍棒和堆草的叉子吗？"

"棍棒和叉子——以法律的名义！你们把它们拿在手里，去搜索，和我们一样，按照法律的命令去行动！"

那些男人经过这样一招呼，准备去追了。证据嘛，虽然是根据情况推测的，不过确也令人信服，根本不需要什么证据来向羊倌的那些客人证明。他们亲眼见到了这些，如果还不去追捕那个倒霉的第三个不速之客，那就很像是默认纵容了，而他在这山路崎岖的地带，那时也不过逃出了几百码而已。

羊倌总都是备有灯笼的，于是他们匆匆点起灯笼，手持搭篱笆的木棍，拥出大门，朝着与郡城相反的方向，沿着山脊追去。这时幸好雨已经小了一点。

刚刚受过命名洗礼的孩子让嘈杂的声音吵醒，也许是让洗礼的噩梦惊醒，这时在楼上的屋子里撕肝裂肺地大哭起来。悲痛的哭声从楼板缝中间传到了楼下那些女人的耳朵里，她们就一个接一个地飞奔上楼，好像很高兴得到这个借口，能上楼去哄哄那个婴儿，因为刚才那半个钟头里发生的种种事情让她们感到憋闷得慌。这样，楼下那间屋子里有两三分钟就空无一人了。

可是这种情况为时不久。杂沓的脚步声刚刚走远，从追踪的人去的那个方向，有一个人绕过房子犄角又转回来了。他从门口偷偷往里瞧了一眼，看见里面没有人，就从容不迫地走了进来。原来他就是坐在壁炉旁边的那位不速之客；他本来是和那些人一起追出去的。他的举动说明了他返回的目的：他从刚坐过的壁炉旁边的架子上切下一块面饼吃了起来，显然刚才他忘了带一块走。他又从剩下的蜂蜜酒里倒出了半杯，然后站在那里狼吞虎咽。他还没吃喝完，另外一个人同样悄悄地进来了——是他那位穿浅灰色衣服的朋友。

"啊——你在这儿？"后来的那位笑着说，"我还以为你带他们追捕逃犯去了呢。"说话人也显露出了他返回的目的：他急切地扫视四周，寻找盛着甘醇诱人的蜂蜜酒的大缸子。

"我以为你走了呢。"另一位一边说，一边继续使劲吞咽他那块面饼。

"我回头一想，觉得没有我，人手也足够啦，"穿浅灰衣服的人推心置腹地说，"而且又是这样一个大黑夜里。另外，管理犯人是政府的事儿，又不是我们的事儿。"

"不错，是这么回事儿。我也和你想的一样，没有我，人手也足够啦。"

"我可不想在这种荒山野岭东跑西颠，摔断胳臂摔断腿的。"

"咱们说句知心话，我也不想。"

"这些放羊的人都干得习惯了——这些头脑简单的人，你知道的，只要吆喝一声，立刻就会去干任何事情。天亮以前，他们就会替我把他抓回来，根本用不着我去麻烦。"

"他们会把他抓住的，我们在这种事情上丝毫不用费力气。"

"不错，不错。好啦，我是去卡斯特桥，我这两条腿也就只能走那么远啦。走同一条路吗？"

"不，我很抱歉！我得走那边回家啦，"（他说着含含糊糊地朝右边点了点头）"我也和你的感觉一样，上床睡觉以前，这也够我这两条腿走的。"

另一位这时候也刚好喝干了大酒缸子里的蜂蜜酒，于是他们在门口互相热烈握手，互相祝好，然后就各奔东西了。

这个时候，那追人的一伙已经追到雄踞这片高地牧场那座猪背岭的尽头了。他们本来就没有确定什么特别的行动方案；而且发现那个倒霉行当的人又不在自己一伙当中，这时似乎就不大能够作出这种方案了。他们朝着四面八方向山下走，马上就有几个人落进大自然专为夜间迷路的人在这个白垩地质构造区设下的陷阱里。围着山头斜坡上的那些"尖突"，或者说斜插着的石片，每隔十来码就有一处，让那些不大小心的人不知不觉就中了它的埋伏，踩在这种碎石头的陡坡上，一失足就径直滑了下去，灯笼也就从他们手中掉进山谷，撂在那儿直到羊角架子烧掉了事。

等到他们再次聚到一起，对这一带最为熟悉的羊倌就出来领头，带着大家绕过这些凶险的山坡。灯笼好像有些晃眼，而且不但无助于他们搜索，反而让逃犯警惕起来，所以干脆都吹灭了。这样一来倒也清静；于是就这样更有秩序地下到了山谷里。这里杂草遍地，荆棘丛生，羊肠小道潮湿泥泞。谁都可以在那儿找到栖身藏匿之处；但是这伙人在那里搜寻一番一无所获，于是又从另一面上山。他们散开往前走，走了一段又聚在一起报告进展。第二次集合的时候，他们发现身边不远有一棵孤零零的树，在这条山沟一带，这是唯一的一棵树，大有可能是五十年前一只飞过这儿的鸟儿撒下的种子。就在这里，树干的一边站着一个小小的身影，和树干本身一样也一动不动，看来像是他们正在搜寻的那个人，他的轮廓在天幕下映衬得清清楚楚。这帮人于是不声不响地包抄过去，正面对着他。

"拿钱，还是拿命！"警察厉声对那个一动不动的人说。

"不对，不对，"约翰·皮切小声说，"我们这边的不该这么说。这是他那帮流氓无赖的规矩，可我们是站在法律一边的。"

"得啦，得啦，"警察不耐烦地说，"我总得说点啥呀，对不对？要是你心上整个压着那么重的任务，兴许你也会说句把错话的！——法庭的逃犯，快投降，以圣父的名义——我的意思是说，以国王的名义！"

站在树下的那个人好像到这时才第一次注意到他们，他并没有给他们任何显示勇气的机会，反倒慢慢地向他们走过来。他确实是那个矮个儿，第三位不速之客；但是他已经不像刚才那样吓得发抖了。

"喂，过路人，我刚才听见的是你们在对我说话吗？"

"一点不错。你得过来，我们要立刻逮捕你！"警察说，"我们抓你的罪名是不好好服从卡斯特桥监狱明天早晨对你执行绞刑的命令。乡亲们，执行任务，把罪犯给我抓起来！"

听到这个罪状，那个人倒好像轻松了，而且二话不说，表现出不可思议的礼貌，面对这个搜索队俯首就擒。搜查人员则手持棍棒四面八方把他团团围住，簇拥着他转回来，朝羊倌的房子走去。

他们回到那儿已经十一点了。他们走近房子的时候，就看见亮光从大开的门里照出来，里面传出一些男人的声音。这就是说，他们不在的时候又出了些新事儿。一进门他们就看见，羊倌的起居室里闯进了从卡斯特桥监狱来的两位差官，还有一位住在离他们最近的庄园里的著名的治安推事，因为越狱的消息早已传开了。

"先生们，"警察说，"我已经把你们的犯人抓回来了——可不是没冒种种危险；不过人人都必须尽自己的职责！他现在给这伙身强力壮的男子汉包围起来了，尽管他们对官家的工作一窍不通，还是给我帮了大忙。弟兄们，把你们抓的犯人带上来！"于是那第三位不速之客被领到灯光前面来了。

"这是谁？"三位差官中有一位问道。

"那个人。"警察说。

"肯定不是。"监狱看守说，而且前面那一位证实了他的说法。

"可是，怎么会不是呢？"警察问，"要不然，他干吗一看见坐在那儿唱歌的那位行刑官就吓成那个样儿呢？"他在这儿又把绞刑吏唱歌时这第三位不速之客的奇怪举止讲说了一番。

"没法明白，"那位差官冷言冷语地说，"我只知道，这不是那个判了刑的罪犯。他和这个人根本就不是一码事儿；那家伙瘦瘦的，黑头发，黑眼睛，相当漂亮，还有一副很好听的男低音嗓子，只要你听过一次，你一辈子也不会弄错的。"

"啊，伙计们——那就是坐在壁炉跟前的那个人呀！"

"嘿——什么？"治安推事走上前来问道，他刚刚向站在后面的羊倌询问过一些细节。"难道你到现在还没弄清楚那个犯人吗？"

"嗯，先生，"警察说，"他就是我们要追的那个人，一点不错，可是他又不是我们要追的那个人。因为我们追的那个人，并不是我们想要的那个人，先生，要是你明白我这普普通通的道理，那就好了，因为那是坐在壁炉跟前儿的那个人！"

"真是一锅糊涂粥！"治安推事说，"你最好马上动手去抓另外那个人。"

抓到的那个人此时头一次开口说话了。刚才他们提到壁炉旁边的那个人，这可比别的什么都让他动心。"先生，"他走向治安推事说，"别再在我身上找麻烦啦。现在到了我也可以说说话的时候了。我啥都没干，我的罪过就是：那判了刑的人是我哥哥。今天下午我离开家从绍茨福德一路走向卡斯特桥，要去和他永别。我一直走到天黑才到了这儿，想来歇息一下，再问路。我一开门就看见那个人，我的哥哥，在我面前，他正是我想到卡斯特桥死囚牢去见的那个人呀。他坐在壁炉跟前儿；紧挨着他的就是那个死刑执行人，所以我哥哥如果想要逃也逃不出来；行刑人是来要他的命的，而且还在就这件事唱一首歌，可是并不知道坐在他身边参加帮腔装样子的，居然就是他的牺牲品。我哥哥给我丢过来一个难过极了的眼色，我懂得他的意思：'可别泄露你所见到的，这事关我的性命。'我吓得站都站不住了，也不知道我都干了些什么，转身赶快就跑。"

说话人的态度和语气说明他说的是真话，他说的这件事让周围的所有人都留下非常深刻的印象。

"那么你知道你哥哥现在这个时刻在哪儿？"治安推事问。

"我不知道。我把这扇门关上以后就再也没见到他了。"

"这一点我可以证明，因为从那以后我们还一直在一搭儿。"

"他想朝哪儿远走高飞？——他的职业是什么？"

"他是个钟表匠，先生。"

"可他说是造轮子的——可恶的骗子。"警察说。

"他指的是钟表齿轮，没问题，"羊倌芬内说，"我想，干这一行，他的手一定是白白的。"

"嗯，依我看，把这个可怜人扣留在这儿，没有任何好处，"治安推事说，"无可怀疑，你们的任务是抓另外那一个。"

于是那个小个子立刻就给放了，可是看来这丝毫也不能消减他的忧愁。他现在比对他自己还衷心关怀的另外那个人，正是治安推事和警察密切注意的，而平息铭刻在他脑子里的愁烦，正是治安推事或警察权限范围以外的事。等到事情一完，那个小个子走了，已经是深夜了。到明天清晨以前这段时间再继续去搜查，并没有什么用处。

第二天，为了追捕那个聪明的偷羊贼，展开了全面紧张的行动，至少在表面上是如此。但是，打算施加的刑罚和所犯的罪行极不相称，所以当地很多老乡都对逃犯深深同情。不仅如此，他在羊倌家酒会上那种前所未见的环境里和绞刑吏紧密周旋所表现的不可思议的沉着果敢，也赢得了他们的赞美。因此，所有那些人在搜索树林、田野和街巷的时候装得那么忙忙碌碌，可是在私下盘查自己的阁楼和外屋的时候，是不是十分彻底，也大可怀疑。有些故事传说，在远离大道某些树林丛生的古老小道附近，有时看见一个神秘人物，可是等到搜查任何一个这种可疑地点的时候，却又找不到任何人。这样多少天、多少星期过去了，也没有一点消息。

简单一句话，壁炉旁边那个嗓音浑厚的人，从来没给逮住。有人说他渡海走了，另外一些人说他没有，只不过是隐身在稠人广众的城市之中。总而言之，穿浅灰色衣服的那位先生，既没在卡斯特桥完成原定他在翌日清晨要干的活儿，也从来没有和在沟坡上那所孤零零的房子里共同歇息过一小时的那位亲切伙伴为了公务在任何地方碰过面。

羊倌芬内和他节俭成性的妻子坟墓上的草早已青青；参加洗礼庆会的客人大都追随招待他们的主人进了坟墓。在他们大家参加的那次洗礼中受洗的婴儿，现在已是老妪，像一片凋零的黄叶，但是三位不速之客那天晚上到羊倌家里，以及后来与此有关的故事，在高鸦坡周围那一带地方仍然和以往一样家喻户晓。

（张 玲 张 扬 译）

# 自杀俱乐部

［英］R.L. 斯蒂文森

## 一　分送奶油馅饼的青年人的故事

多才多艺的波希米亚王子弗洛列席尔在寓居伦敦的时候，由于他那迷人的仪态和慷慨大度，博得了各等人士的爱戴。就拿他为人家所知道的一些事迹来说，他已是一个很了不起的人，而那些事迹实际上还只不过是他所干的一小部分。在一般情况下，这位波希米亚王子是温文尔雅，并且常常以村野田夫那种怡然自得的眼光来看待世界事物的，但这并不是说，他因为身份关系，对于那些他所不能接触的、更加冒险而奇特的生活方式，就没有兴趣了，每逢他兴致不太好，在伦敦的戏院里没有好戏可看，或者那个季节不适于他野外行猎、在所有的竞争者中间大显身手的时候，他就传唤他的亲信——掌马官盖拉尔廷上校，命他收拾一下，准备夜游。掌马官是一个勇敢而甚至有点鲁莽气质的青年军官。他听到这个消息，很是高兴，连忙就去准备了。由于长期的实习和丰富的生活经验，使他化装起来异常灵巧。他不但能使他的面貌和举动，并且使他的声调甚至思想，适合各种阶级、各种性格和各种国籍的人，因此，他使王子避开了人家的注意，有时候使得他俩进入了一些稀奇古怪的社会场所。市政当局始终没有发觉这些冒险的秘密。王子的沉着大胆，掌马官的随机应变和热诚忠信，使他们通过了几十次的危险，而且时间久了，他们两人也越来越自信了。

三月里的一个夜晚，他们被一阵突然而降的冰雹赶进了贴近莱西斯特广场的一家小酒馆。盖拉尔廷上校装扮成一个落魄的报人，王子像平常一样，粘上了一些假胡须和一对大眉毛，扮成一副滑稽相。像他这样一个文雅的人，装成这种毛发蓬松而饱经风霜的样子，人家确实极难识破真相。主仆两人这样装扮好了，安安心心地坐在那儿喝着他们的白兰地和苏打水。

小酒馆里坐满了顾客，有男的也有女的；虽然这些顾客中，曾有两三个人和我们这两位冒险者攀谈过几句，但并没有一个人希望跟他们进一步熟悉起来。坐在这里的都是一些伦敦的渣滓和平凡的下等人，王子已经打呵欠了，他对这次游乐已渐渐感到厌倦。这时候，那两扇转门突然被人用力推开了，一个青年人，后面跟着两个侍役，走进了小酒馆。两个侍役每人都捧着一大盘奶油馅饼，上面盖着一块布，不过一进门他们就把布掀掉了；那个青年人在顾客们中间兜了一圈，以一种非常殷勤的态度，请每个人吃几个点心。有时候他的提议被人家一笑接受了，有时候却遭到了严厉的、或者甚至是粗鲁的拒绝。碰到后面这种情况，那个陌生的青年人就往往幽默地说上几句话，自己收了那个馅饼。

最后，他过来招呼弗洛列席尔了。

"先生，"他说，深深地一鞠躬，一面用两个指头夹了一个馅饼献上来，"你能不能对一个素不相识的人赏赏脸？这点心的质料我是可以担保的，我自己从五点钟到现在，已经吃了两打零三个了。"

"礼物的好坏，我是一向不在乎的，看重的倒是送礼人的心意。"王子回答说。

"心意，先生，"那个青年答道，又鞠了一躬，"这是一种戏弄。"

"戏弄？"弗洛列席尔说，"你打算戏弄谁？"

"我到这里，不是来讲解我的哲学，"那人回答道，"只是来分送这些奶油馅饼罢了。要是我说，我甘心情愿地把自己也包括在这种戏弄的对象里面，我想你该认为满意，就此赏脸吧。不然，你就要逼得我吃第二十八个馅饼了，老实说，我真的已经吃厌了。"

"你很使我感动，"王子说，"我很希望为你效劳，解决你的困难。不过有一个条件：要是我的朋友和我吃了你的饼——我们两人都是不喜欢吃的——我们希望你能和我们共进晚餐，作为给我们的酬报。"

那个青年似乎仔细考虑了一下。

"我手头还有几十个馅饼呢，"最后他说，"我非得再跑几家小酒馆，才能把这件大事告一结束。这可能要好一会工夫，倘若你们肚子饿了——"

王子做了一个很恳切的手势，打断了他的话。

"我的朋友和我可以陪你一起去，"他说，"因为我们对你这种有趣的消磨黄昏的方式很感兴趣。好吧，现在和平谈判已经议定了，让我就在条约上签字吧。"

说着王子很谦恭地一口吞下了那个馅饼。

"味道不错。"他说。"我看出你是一个识货的人。"那个青年回答说。

盖拉尔廷上校也同样恭敬地吃了馅饼；现在，小酒馆里的人都已相继谢绝了或者领受了他的美味点心，那个分送奶油馅饼的青年人，就领着两人到别的同样的酒馆里去了。两个侍役，好像已经做惯了这种可笑的工作似的，连忙在后面跟了上去；王子和上校走在最后，他们一边走，一边相视而笑。就这样，这几个人一道访问了别的两家酒馆，在那里，又重演了上面所讲的一幕——这位流浪汉的殷勤款待，有的人拒绝了，有的人接受了；每当他们拒绝时，青年人就自己吃了那个馅饼。

在离开第三家酒馆时，那青年人数了数他的存货。现在只剩九个了，一只盘里三个，一只盘里六个。

"你们两位先生，"他对那两个新跟来的人说，"我不愿耽误你们的晚餐。我断定你们一定很饿了。我深深感到，我有负你们的盛情。在这个我认为伟大的日子里，当我要用我的极端傻戆的行为来结束我这放荡的一生的时候，我要对一切给我鼓励的人，表示一下好意。两位先生，请你们不要再等了。虽然我的脾胃已经因为方才吃得太多而受了损伤，但我还是要冒着生命的危险，把这件做了一半的事情料理完毕。"

说着，他把剩下的九个馅饼塞进了嘴巴，一口一个吞了下去。然后，他转向那两个侍役，给了他们两个金镑。

"我实在感谢你们，"他说，"谢谢你们的难得的耐心。"

他对他们每人一鞠躬，把他们打发走了。他站在那儿，对刚才从中取钱付给他助手的钱袋注视了一会儿，接着，一声大笑，他把钱袋一抛抛到了街道中央，然后表示他准备去吃晚餐了。

在索霍广场边，一家不久之前还享过盛名、但现在已经生意萧条的法国小酒馆中，三层楼上的一间雅室里，这三个人吃了一顿上等晚餐，喝了三四瓶香槟酒，一直天南地北地谈着。那个青年人口若悬河，兴高采烈，不过笑声太高，对他这样一个有教养的人说来，未免不近情理，他的两只手猛烈地颤抖着，往往说到一半，声调就会突然发生惊人的变化，好像自己也无法控制。正餐后的点心已用毕，三个人都点起了雪茄，这时王子对那位青年这样说：

"我相信，你会原谅我的好奇心的。你的行动举止，都使我非常喜欢，不过却更使我觉得困惑不解。虽然我也不愿显得冒昧，使人讨厌，不过我必须告诉你，我的朋友和我是完全可以保守秘密的人。我们自己也有许多秘密的事，这些事我们常常泄露到一些不适当的耳朵里去。如果你的故事当真像我所猜想的那么荒唐，那你也不必对我们有什么顾虑，因为我们两个是英格兰最荒唐的人。我的名字叫戈达尔，西奥菲鲁斯·戈达尔，我的朋友是少校亚弗列特·亨米尔斯密——或者可以说，这是他欢喜人家这样叫他的名字。我们的生活，完全是追求放纵的冒险，凡是放纵的事，我们一定都赞成的。"

"我很欢喜你，戈达尔先生，"那个青年人回答道，"你这番话使我自然而然地相信你，而且我对你的朋友，这位少校，也毫不厌恶；我料想他是一个化了装的贵族。至少，我可以断定说，他不是一个军人。"

上校听了他这样的恭维话，暗想自己化装的技术确实高明，不禁脸上露着笑容；那位青年更加精神抖擞了，他继续说道：

"我不把我的故事告诉你们，自有许多道理。这也许正是我为什么现在要讲给你们听的原因。至少，你们似乎极想知道这一个荒唐的故事，我实在不忍使你们失望。我的名字我还不能告诉你们，尽管你们已经把你们的名字告诉了我。我的年龄在这个故事中是无关紧要的。我出身于一个普通门第，从祖先那儿继承了我现在住着的很可观的住宅，外加每年三百镑的财产。我想，他们同时也传给了我一种轻举妄动的性格，平日做人肆无忌惮，的确是无上的快乐。我受过很好的教育。我小提琴演奏得相当好，几乎可以在一个第七八流的戏院的管弦乐队里赚钱，不过未必一定够得上。对于笛子和法国喇叭我也同样会来一手。而且我很会打惠斯特牌[1]。在这个巧妙的玩意儿上，我每年总要丢掉一百个金镑。我精通法语，在巴黎花起钱来，差不多像在伦敦一样方便。总之，我是一个充分具有男性的优点的人。我经历过各种各样的冒险事情，其中包括一次无缘无故的决斗。刚在两个月之前，我碰到了一个在身心两方面都很合我意的年轻女郎；我觉得我的心融化了，我明白我终于碰上了好运，而且一步步在坠入情网啦。但是我计算了一下剩余的财产，我发觉现在已不到四百镑了。试问：一个有自尊心的男人，他能拿了四百个金镑去谈恋爱吗？我认为是绝对不能的，因此我离开了我的美人，从此就一点点增加了我平常花费的速度，到今天早晨，我已经只剩下八十镑了。我把这笔款子平分为二：四十镑我留作某种特别的用途，还有四十镑，我要在今天晚上把它花光。我今天非常愉快地过了一天，除了使我有幸结识你们两位的那些奶油馅饼之外，我另外还干了许多傻事；因为，像我刚才对你说的，我已经决定了，我要把我这愚蠢可笑的一生，用一种更加愚蠢的方法来加以结束；你们看见我把钱袋丢在街道上的时候，那就是那四十镑钱用光了。现在你们完全了解我了吧：一个傻子，而且是傻到底的；不过，我要求你们相信，我不是一个哭哭啼啼的家伙，也不是一个懦夫。"

从这位青年人讲话的那一番口气中听来，显然，他内心很痛苦，而且也很自卑。他的两位听者，不禁心里想：那个恋爱事件给他的刺激，也许比他口里承认的要大得多，而且他又有着自杀的企图。那个奶油馅饼的滑稽剧，想起来，在这假装之中，倒大有一种悲剧的气氛哩。

"嘿，这不是怪事吗，"盖拉尔廷突然说道，一面对王子弗洛列席尔丢了一个眼色，"在这样广大的伦敦，我们三个人居然会凑巧聚在一起，而且三个人的情况竟如此相似？"

"怎么？"那个青年喊道，"你们两位，也是失意人吗？这样说来，这顿晚餐也是像我的奶油馅饼一样的傻事啦？敢情是魔鬼把他自己的三个宠儿兜在一起来最后痛饮一顿的吧？"

"魔鬼，不错，有时候他也能干些漂亮事的，"弗洛列席尔王子回答道，"这种不期而遇的事使我非常感动，虽然我们彼此的情况不尽相同，

---

1　一种四个人玩的纸牌戏，系桥牌的前身，玩法也大同小异。

不过我打算消除这一点分歧，让你那种英勇地处理最后几只奶油馅饼的办法，来作为我的榜样吧。"

说着，王子就掏出他的钱袋，从里面取出了一小束钞票。

"瞧着吧，我虽然还能比你多用一个星期，不过我决心追上你，然后并驾齐驱地去争取锦标。"他继续说，"这个，"他放了一张钞票在桌子上，"足够付账了。至于余下的——"

他把它们掷进了火炉里，一蓬火焰，钞票立刻升到烟囱里去了。

那个青年人想去抓住他的手臂，但是因为他们坐在桌子的两对面，他没来得及阻止。

"不幸的人啊，"他叫喊道，"你不应该把它们全部烧掉！你应该保留四十镑！"

"四十镑！"王子重复了一句，"天哪，为什么四十镑？"

"为什么不是八十镑？"上校喊道，"因为我相信，这叠钞票无疑有一百镑呢。"

"他只要有四十镑就行了，"那个青年阴郁地说，"没有四十镑钱就不能入会。规则很严格。每人四十镑。可咒的人生，一个人就是去死也非有钱不可！"

王子和上校互相看了一眼。

"你说得明白点吧，"上校说，"我身边还有一只相当充实的皮夹，不用说，我很愿意把我的钱财分送给戈达尔。不过我要知道这是做什么用的：你必须把你的意思告诉我们才行。"

那青年人似乎一下醒了过来，他不安地向两个人看看，他的脸绯红了。

"你们不是要弄我吧？"他问，"你们两个真的是像我一样的失意人吗？"

"正是，拿我来说，的确是这样。"上校回答道。

"至于我呢，"王子说，"我已经证明给你看过了。除了一个失意人，谁肯把他的钞票丢进火里呢？事实昭彰，我也不必多说了。"

"一个失意人——是啊，"那青年怀疑地回答说，"要不，就是一个百万富翁。"

"得了，先生，"王子说，"我已经说过了，我一向是说一是一的。"

"失意了？"那个青年人说，"你失意了，像我一样？是不是在任性放纵了一生之后，现在逼得你非走上那条唯一可以让你再放纵一下的路不可呢？是吗？"他放低声音，继续说道："你想使你自己最后地放纵一下？是不是你想要走那一条容易而又必经之路，来结束你的愚蠢的一生？是不是你想溜进那扇敞开的大门，来逃避你的良心的谴责？"

突然他打住了，又装着笑道：

"祝你们健康！"他喊了一声，一口喝干杯里的酒，"再见啦，我的快乐的失意人。"

他正要起身离座的时候，盖拉尔廷一把抓住了他的手臂。

"你对我们太不信任啦，"他说，"这可错了。你所提的一些问题，我都肯定地回答你了。我可不是那种胆小鬼，一切都可以摆明讲的啊。我们两人都跟你一样，对人生已经厌倦，决心一死了之。迟迟早早，或者一个人，或者一起，我们决心去找寻死神，一看到就不放他过门。既然我们碰到了你，而且你的情况比我们更急迫，那就在今儿晚上，——而且立刻——要是你愿意的话，我们三个人就一起干了吧。这样，一个三人小组，"他喊道，"就可以臂挽着臂地去见阎王，在黄泉路上彼此互相有个照顾。"

盖拉尔廷在态度和语气上装得活龙活现。王子都给搞糊涂了，他对他的心腹疑惑地看了一眼。这时那个青年脸上渐渐地红了起来，他的眼中射出了一道光亮。

"你们真是我的同志！"他用一种几乎是凄惨的快活的声音喊道，"一言为定，让我们握握手吧（他的手又冷又湿）！你们全然不知道，你们将要去参加的是怎样一个团体啊！你们全然没想到吧，你们吃了我的几个奶油馅饼，这对你们是一个多好的机会！我不过是其中的一个人，不过是一个团体中的一分子。我知道死神的秘密的门户。我是他的一个亲信，我能够毫无麻烦，而且太太平平地指点你们走进冥府。"

他们热情地要求他把话说清楚点。

"你们两个人凑得出八十镑来吗？"他问。

盖拉尔廷装模作样地看了看他的皮夹，回答说有。

"那很幸运！"青年人叫喊道，"四十镑钱是自杀俱乐部的入会费。"

"自杀俱乐部，"王子说，"哦，那究竟是什么鬼把戏啊？"

　　"听我说，"青年人说道，"现在是一个一切都很便利的时代，我要告诉你们的是其中一件最了不起的事。我们因为有事要到别的地方去，于是铁路就发明出来了。有了铁路，我们就不可避免地会离开亲友，这样，电报就发明出来了，相隔虽远，顷刻间就能够互通音信。在旅馆里，甚至还有了电梯，这样就省得我们爬几百级楼梯。我们知道，人生只不过是一个我们随意扮演某个滑稽角色的舞台。但是在现代化的舒适的设备中，还缺少一种更便利的东西：缺少一种脱离这个舞台的简单而适当的方法；通向自由的后门；或者，如我刚才所说的，死神的秘密的门户。这一点，我的两位同志，就得靠自杀俱乐部了。不要以为怀着这种极合理的愿望的，只有你我三个人，或者甚至以为我们是很突出的。世间有许许多多人，他们对这种不得不每天和终生去扮演的戏，已打心底里感到厌倦了，但仅仅因为还有一两点顾虑，就使得他们无法脱身。有的人因为这件事一旦说出口来，他们的家属就会受到打击，或者甚至自己受到责骂；有的人因为意志不坚强，有了死的机会，却又会临阵退缩。这一点，多多少少，我是经验过的。我不能够拿一把手枪对准我的脑袋，扣下扳机，因为有一种比我自己更强的东西阻碍着这种行动；尽管我厌恶人生，但我却没有足够的力量去抓住死神，就此一了了之。自杀俱乐部就是为了像我这样的人，以及一切希望脱离这个纷扰的人世、身后不受人指责的人而成立起来的。俱乐部是怎样经营的，它的历史怎样，或者在别的地方分支机构情况如何，这一切我自己也不知道；至于我所知道的这个俱乐部的组织情况，我也不便告诉你们。无论如何，在这一点上，我可以为你们效劳。要是你们真的已经对人生感到厌倦了，今天晚上我可以把你们带到一个集会里去；假使今天晚上不行，至少在这个星期之内，你们就能够轻而易举地解脱了。现在，"说着他看着手表，"是十一点钟，至迟十一点半，我们必须离开这儿了。因此，我的提议，你们还可以考虑半个钟头。这件事可比一个奶油馅饼要重大得多呢，"他微笑了一下，然后接着说："也许滋味还可口得多。"

　　"当然，重大得多，"盖拉尔廷上校回答说，"正因为这件事如此重大，你能不能允许我和我的朋友戈达尔先生私下里交谈五分钟？"

　　"这很好，"青年人回答说，"要是你们允许的话，我就告退了。"

　　"那多谢你了。"上校说。

座上只剩下了两个人时，"干吗要谈一谈，盖拉尔廷？我看出你已经动摇啦，不过，我却已经沉静地下定决心了。我要把这件事看个究竟。"

"殿下，"上校说时脸色苍白了，"请允许我说一句：请求您考虑到您的生命的重要，不仅仅是为了您的朋友们，而且也是为全体臣民。那个狂人说：'假使今天晚上不行。'但万一今晚殿下遭到什么不可挽回的灾难的话，试问，我将怎样绝望，而全国将会遭到怎样的忧伤和灾难？"

"我要把这件事看个究竟，"王子用极从容的声调重复说，"并且我恳切地希望你，盖拉尔廷上校，像一个绅士那样地记住和尊重自己的誓言。任何情况下，我没有特别吩咐你的话，你不许把我的真姓名、真身份泄露出去。这是我的命令，现在我重说一遍。现在，"他接着说，"我请你付账吧。"

盖拉尔廷恭顺地鞠了一躬，但是当他招呼那个分奶油馅饼的青年人和叫侍者算账的时候，他的脸色可苍白了。王子的举止依然从容不迫，并且以非常诙谐而愉快的态度，对那位青年自杀者讲述着皇宫的一出滑稽剧。他极其自然地避开了上校哀求的眼光，并且用比平常更加细心的态度选了一支方头雪茄烟。实际上，在这三个人中，他现在是唯一保持着镇静的人。

付过了账，王子把找来的零票全部赏了那个侍者，侍者不禁吃了一惊，然后三个人就搭上了一辆四轮马车。不一会，马车在一条相当阴暗的短巷的巷口停住了。大家下了车。

盖拉尔廷付了车钱，那个青年人便转过身来，对王子弗洛列席尔这样说：

"戈达尔先生，你如果认为还是逃回到人世的束缚中去更好的话，现在还来得及。还有亨米尔斯密少校，你也想一想。你们在举步进去之前，都得好好考虑一番才是，要是你们心里已经变卦了——这里……正是十字路口。"

"前面引路吧，先生，"王子说，"我不是那种出尔反尔的人。"

"你的冷静对我很有帮助，"他们的向导说，"我从来没有看见任何人在这种紧要关头会如此无动于衷的；我带进这扇门里去的人，你并不是第一个。我好几个朋友已经先我而去了，我也一定会追踪前去的。不过这与你们是无关的；请你们在这里稍等一下，等我为你们一办妥入会手续，就立刻回来。"

说着，那个青年对他的同伴挥挥手，弯进巷子，跨入一道门里，不见了。

"在我们许多傻里傻气的行为中，"盖拉尔廷上校低声地说，"这一次是最莽撞、最危险的了。"

"我也这样想。"王子回答说。

"我们现在还来得及啊。"上校紧盯着说道，"我恳求殿下利用现在这个机会，转身走了吧。这一步跨进门去的结果是非常黑暗、非常严重的，因此我心里觉得，我有理由稍微逾越一下殿下私下所赐予我的自由。"

"这是不是叫我明白盖拉尔廷上校胆怯了？"殿下从嘴唇上取下了那支方头雪茄烟，凝视着上校的面孔问。

"我决不是为我个人担心，"上校傲然地回答说，"这一点殿下该信得过我吧。"

"这我也知道，"王子用平静而愉快的态度回答道，"不过我不愿意拿我们的不同的身份关系来提醒你。得了——得了，"他眼看盖拉尔廷就要赔不是了，就接着说，"你用不着辩白了。"

他靠在一条铁栏上，平静地抽着烟，一直到那个青年人回来。

"怎么样，"他问道，"我们的入会手续办好了吗？"

"跟我来吧，"青年人回答说，"会长将在私室里接见你们。我先通知你们，你们的答话不要含含糊糊。我是你们的保证人。不过俱乐部在会员入会之前，先要进行一次讯问，因为如果有一个会员泄露了消息的话，那整个俱乐部就会垮台了。"

王子和盖拉尔廷两人交头接耳了一下。一个说："在这点上你要跟我说得相同。"另一个说："那点上你要跟我讲得一样。"他们俩大胆地装作某两个他们都熟悉的人的样子，一会儿就已谈停当，于是准备跟他们的向导到会长的私室里去了。

一路并没有什么大的阻碍，大门打开着，私室的门也半开着。那个青年人把他们领入一间小小的、但是很高的房间里后，就径自走开了。

"他马上就来。"他点一点头说，接着就不见了。

人声从房间一头的两扇拉门那儿传进来；不时有开香槟酒瓶的声音，接着是一阵夹着谈话声的大笑。房间里有一扇对着河和堤岸的长窗；从灯火的方向看来，他们断定他们离开察林克洛斯车站并不远。室内陈设很简单，台毯椅套都已经破旧了，除了圆桌上的一个手铃之外，别的就没有可以移动的东西了，四壁的钉上挂着许多帽子和外衣。

"这是一个什么洞窟呀？"盖拉尔廷说。

"这正是我要看个究竟的地方，"王子回答说，"如果他们在这屋子里关着活的魔鬼的话，那就更妙了。"

正在这时候，那扇拉门推开了一道刚够一个人通得过的门缝，随着传进了一片更响的嗡嗡的谈话声，自杀俱乐部的会长若无其事地迈着大步走进来了。会长年纪大约五十来岁，身材魁梧，满脸长着蓬松的络腮胡子，是一个大秃顶，一对深陷的灰眼睛不时闪着光芒。他衔着一支粗大的雪茄，当他锐利而冷静地打量着这两个陌生人的时候，不停地把雪茄咬在嘴里上下左右摆动着。他身穿淡色的粗呢服装，他的脖子完全露在条纹衬衫的领口外面，腋下夹着一册记录簿。

"你们好。"他说，随手关上了门，"听说你们要跟我谈一谈。"

"我们希望能加入自杀俱乐部。"上校回答说。

会长衔着的雪茄在嘴上旋了一转。

"这是怎么回事？"他突然地问。

"请原谅，"上校回答说，"不过我相信这件事只有你最能指教我们。"

"我？"会长喊道，"自杀俱乐部？唉，唉！这简直是愚人节闹着玩儿了。你们两位喝些酒讲几句笑话，我倒并不在乎，可是这种话多讲就没意思了。"

"随你的便，你欢喜怎么称呼你的俱乐部就怎么称呼吧，"上校说，"你隔壁房间里有许多客人，我们一定要到他们那边去。"

"先生，"会长毫不客气地回答说，"这你可错了。这里是私人住宅，请你们立刻离开。"

他们这样谈着话的时候，王子一直静静地坐在那儿，但是现在——当上校对他看了一眼，意思好像是说："你听到了吧，看在上帝的面上，走吧!"他从嘴上取下方头雪茄烟,开始说话了。

"我上这儿来,"他说,"是你的一个朋友邀请我来的。无疑的,他已经把我极想加入贵会的意图告诉过你了。让我提醒你一声:一个处在我这种境况的人,是很难控制得住自己的,同时,对于粗鲁无礼的态度,我是完全容忍不了的。在平常,我倒是个脾气很好的人,但是,我的亲爱的先生,现在只有两条路:或者你答应我这个小小的请求,这件事你是心里明白的,要不,你既准许了我进入你这间接待室里来,你可要痛悔不及了。"

会长听了,哈哈大笑。

"这话讲得好,"他说,"你真不愧为一个男子汉大丈夫。你了解我的心思,懂得怎样来对付我。"他向盖拉尔廷继续说道,"你能不能暂时回避一下?让我先把你朋友的问题料理清楚,因为俱乐部中有几项手续是须得秘密履行的。"

说着他打开了一间小房间的门,让上校进去后,随手把门关上了。

"我信任你,"一等只留下他们两个人了,他就对弗洛列席尔说,"但你对你的朋友有把握吗?"

"当然没有像对我自己这样有把握,虽然他这样做,有更使人信服的理由,"弗洛列席尔回答道,"不过把他带到这里来是完全没有危险的。他曾饱经人生的坎坷。他是最近因为欺骗行为而被革职的。"

"倒是个很好的理由,"会长回答说,"至少我们这里另外还有一个人,也是同样的情况,我对他很信任。请问一声,你也曾担任过军职吗?"

"是的,"弗洛列席尔回答说,"不过我太偷懒,很早就离职了。"

"那么你厌倦人生是什么理由呢?"会长追问说。

"照我所想,就是这个原因,"王子回答说,"地地道道的偷懒。"

会长吃了一惊。"该死,"他说,"你该得有个更大的理由。"

"我已没有什么钱了,"弗洛列席尔又说,"这当然也是一桩烦恼的事。这使我痛切地感到自己的怠惰。"

会长把衔着的雪茄在嘴上旋了几秒钟,一面睁眼凝视着这位奇异的新入会者的眼睛,但是王子用一种满不在乎的泰然的态度来答复他那种深究的目光。

"要不是我经验丰富，"会长最后说，"我可能就把你撵走了。但是我了解人情世态；我至少能够懂得，对于一个自杀者，一些无足轻重的事情，往往成了牢不可破的理由。当我真正欢喜上了一个人的时候——像我对你这位先生那样——我总是宁愿变通一下规则，而不拒绝他的。"

王子和上校，挨次受了长时间的详细的讯问：王子是单独问的，但盖拉尔廷却是当着王子的面问的，这样，会长在热心地盘诘这一个人的时候，就可以观察另一个人的脸色。结果很满意；会长在把双方的详情登记了一下之后，就取出了一张誓言来，要他们承认。誓言上必须服从的规定，宣誓者自我束缚的严格的条款，都是难于想象的。宣誓人如果不履行誓言的话，他就会名誉扫地，或者就得不到任何宗教上的安慰。弗洛列席尔在这个文件上签了名，却也不免打了个寒噤；上校也照样签了名，但非常沮丧。于是会长收了入会费，然后立刻把这两位朋友引进自杀俱乐部的吸烟室去了。

自杀俱乐部的吸烟室，和相通的那间私室一样高，不过宽阔得多，自顶至底，都糊着摹仿橡木板壁的花纹壁纸。一盆熊熊的大炉火和许多煤气灯，照得满座通明。王子和上校进去之后，全座共有十八个人了。大多数人都在吸烟和喝香槟酒，全室沉浸在一种狂热的欢乐中，但有时室内的声音也会相当可怖地突然停顿下来。

"全体会员都到了么？"王子问道。

"一半光景。"会长说。"顺便告诉你，"他又说，"要是你有钱的话，通常是要请大家喝些香槟酒的。这可以使人精神兴奋，同时也给我挣些小钱。"

"亨米尔斯密，"弗洛列席尔说，"你去料理香槟酒吧。"

说着他转过身，和一班客人去周旋了。惯于在上流社会中充当主人公的他，立刻得到了他所接近的人的欢迎，成了他们的中心人物。他的举止谈吐自有一种令人可爱可敬的地方，他的出奇的沉静态度，在这个半癫狂的社团中，更有一种超群出众的气概。他从这个人跟前走到那个人跟前，注意地用眼观察，用耳倾听，不久，他对他周围的这些人物，已有了一个大体的概念。像在别的娱乐场所一样，在这里，大多数人都正当青春壮年，他们的面貌个个都显得聪明而敏感，但是缺乏那种走上成功之途的才干或本领。有几个大约是三十来岁，许多人都还只有十几岁。他们倚着桌子，不时地换着脚站在那儿，有时候很猛烈地吸着烟，有时候听任他们的雪茄自己熄灭。有几个人很健谈，但有几个人的谈话，显然因为神经紧张而显得语无伦次，不得要领。每逢打开一瓶香槟酒，就会立刻增添一阵兴奋。只有两位客人坐在那儿——一个坐在窗口凹处的一张椅子上，低垂着头，两手深深地插在裤袋里，面色苍白，分明在浑身冒汗，他一句话也没说，精神与身体已疲惫不堪；另一个坐在靠火炉的一张长沙发上，他的模样儿和其余的人截然不同，因此很容易引起人家注意。他实际上大概是四十多岁，不过看上去却足足还要加上十岁；弗洛列席尔觉得他从未看见别的人比他更自然而然地使人感到可怕，更为疾病和凶猛的刺激折磨得厉害。他一副皮包骨，而且半身不遂，戴着度数极深的眼镜，以致他的眼睛，透过两块镜片，显得出奇的大，而且变了形。除了王子和会长之外，在这间屋子里，他是唯一保持着通常的镇静的人。

在俱乐部的会员之间，无所谓面子不面子。有的人拿一些丢脸的行为夸耀，正因为由于这些行为的结果，他们才不得不以死亡来寻求安身之所；听的人也都不以为耻。他们对于道德的评价，彼此心照不宣。凡是跨进这个俱乐部大门的人，都早已多少把生死置之度外了。他们彼此为过去的一些往事互相干杯，为以前的那些著名的自杀者干杯。他们互相比较和进一步发展着对于死的不同的见解——有的人说，死亡不过是黑暗和休止而已；有的人则充满着希望，认为一死之后，当天晚上就将登升星座，和伟大的古人交游了。"自杀者的模范，特伦克男爵[1]永垂不朽！"有一个人喊道，"他从一个小小的世界里跳了出来，又进入了一个更小的世界，希望在那里可以重新获得自由。"

"拿我来说，"第二个说，"我但求绷带缚住我的眼睛，用棉花塞住我的耳朵。只是在这个世界中没有这样厚的棉花。"

第三个人说是为了想研究死后的神秘生活；第四个人说，要不是他相信了达尔文先生的学说，他决不会参加这个俱乐部的。

"我再也忍不住了，"这位与众不同的自杀者说，"我竟是猴子的后裔！"

---

1 特伦克男爵（1711—1794）：法国冒险家。

王子对会员们的那种气派和谈论，完全感到失望了。

"在我看来，"他想，"这事根本用不着这样大惊小怪。一个人，要是决心自杀了，那就理直气壮，像一个大丈夫那样地自杀得啦。何必这样兴奋紧张、夸夸其谈呢。"

但这时盖拉尔廷上校却担心得坐立不安！这个俱乐部和它那些规则依旧是一个谜，他对这房间环视了一周，想找个人谈一谈，使自己定定心。他这样东看西看，眼光便落到了那个戴深度眼镜的、半身不遂的人身上；他看见他异常镇定地坐在那儿，于是他就恳求会长——他正在忙碌地进进出出——给他向那位坐在长沙发上的绅士介绍一下。

会长对他说，在俱乐部里，用不着顾这一套礼节，不过，他终于还是把亨米尔斯密先生介绍给了马尔萨斯先生。

马尔萨斯先生好奇地向上校看了看，然后请他在右边坐下。

"你是一个新来的人，"他说，"想了解一下情况吧？你并没有找错人。我到这个迷人的俱乐部里来，已经有两年了。"

上校这才透了一口气。要是马尔萨斯先生能在这儿过上两年，那么，王子不至于在一个晚上就发生危险吧。但是盖拉尔廷还是很惊慌，他怀疑这里面可能有什么人在捣鬼。

"什么！"他喊道，"两年了！我想——你一定是在跟我开玩笑啦。"

"没有的话，"马尔萨斯先生温和地回答说，"我的情况是特殊的。说真的，我并不完全是一个自杀者，只不过是所谓名誉会员。几个月里，难得到这俱乐部里来上两次。我的疾病和会长的好意，使我获得了这些特权，为此，我另外付了一笔很大的会费。虽然这样，我的运气也实在非常好。"

"不过，"上校说，"我必须请求你说得更明白点。你一定知道，对于这个俱乐部的一些规则，我还不大了解呢。"

"像你这样一个来求死的普通会员，"那个半身不遂的人回答说，"每天晚上都得到此地来，一直到运气临到他的头上为止。如果他一个钱也没有了，会长甚至可以供给他膳宿，而且既精致，又干净，不过当然不是很奢华的，我想。想想所缴的那么一点点款子（如果我能够这样说的话），这是不大可能的事。再说，和这位会长在一道，这件事本身就够有味了。"

"得啦!"盖拉尔廷喊道,"我对他可没有什么好感。"

"唉!"马尔萨斯先生说,"你不了解这个人,他真是个滑稽人物!你且听听他讲的那些故事!你且听听他那种讥讽的论调!他非常懂得生活,不过,在你我之间不妨说,在全世界基督徒中,他却可能是一个最坏的流氓。"

"请允许我冒昧问一声:他也是像你一样的一个长期会员吗?"上校问道。

"是的,他是一个长期会员,不过他的情况和我的完全不同,"马尔萨斯先生回答说,"我全靠上天保佑,才算保存着这条性命,但最后一定还是要去的。而他呢,自己从来不入局。他只是为大家洗洗纸牌,分分纸牌,只负责安排各种必需的工作。这个人啊,我的亲爱的亨米尔斯密先生,可真是一个机灵鬼呢。他在伦敦经营这一种有益的——我不妨说——巧妙的事业,已经有三年了,从来没有引起人们的怀疑。我相信他是一定通神意的。你想必记得六个月前的那件著名的案子吧,有一个绅士偶然在一家药店里中了毒!这是他出的花样里面最不铺张、最不精彩的一次,可又是多么简单、多么安全啊!"

"你真使我大吃一惊,"上校说,"难道那个不幸的绅士竟然也是——"他正要想说"这些牺牲者之一",但话到嘴边却又缩了回去,连忙改口说——"这个俱乐部中的一个会员吗?"

这时候他心里突然想起,马尔萨斯先生自己说起话来,完全不像一个想死的人的口气,于是他急忙接下去说:

"不过我依旧弄不明白。你说洗洗纸牌,发发纸牌,这又是怎么回事?既然你似乎并不十分愿意死,那么到底是什么原因使你到这里来的呢?我只得承认,这我可完全不解了。"

"你说你依旧弄不明白,这话说得很实在,"马尔萨斯先生说,更加兴奋了,"嘿,我亲爱的先生,这个俱乐部是使人陶醉的神殿。要是我这赢弱的身体吃得消这种刺激的话,那你可以相信,我一定会到这里来得更勤一点。我可以说,这是我最后的消遣玩意儿,只因为我长年多病、摄生有术所养成的一种责任感管住了我,所以我没法过分来享受。我一切的玩意儿都试过了,先生,"他把一只手按在盖拉尔廷的肩膀上,一面继续说下去,"我一种也不肯放过,老实对你说吧,所有的玩意儿,没有一种不是被大家渲染得言过其实的。大家都喜欢搞恋爱，但我绝不认为恋爱是一种强烈的感情。恐怖才是一种强烈的感情；如果你想要尝一尝人生最大的快乐，你就必须玩弄恐惧这个玩意儿。你得羡慕我——羡慕我，先生，"他嘻嘻地笑了，又加了一句，"我可是一个懦夫！"

对于这个可怜而卑鄙的家伙的厌恶，盖拉尔廷几乎忍不住要在脸上显露出来，不过他还是竭力抑制住自己，继续问道：

"那么，先生，"他说，"这种刺激到底是怎样才如此巧妙地延长了的呢？你又说不能确定在什么时候死，那原因又在哪儿呢？"

"每天晚上怎样来选出那个牺牲者，这是我要告诉你的，"马尔萨斯先生回答道，"选的不只是那个牺牲者，另外还要选一个会员，后者是这个俱乐部的工具，也就是这种场合下的死神的司祭长。"

"老天！"上校说，"他们就这样自己人杀自己人吗？"

"这样一来，就免得自杀的麻烦了。"马尔萨斯点了点头，回答说。

"老天爷，"上校不由自主地喊了出来，"那是不是说，你——或者我——或者——我那位朋友，我的意思是说，是不是我们中间任何人，在今天晚上，都可以被选定为另一个人的身体和不朽的灵魂的毁灭者？这样的事，难道是娘肚皮里生出来的人下得了手的吗？啊！这真是天大的罪孽！"

在一阵惊骇中，上校正要站起来，但这时候他看到了王子的眼光。弗洛列席尔正皱着眉头，从房间的那一边恶狠狠地向他瞪视着。盖拉尔廷这才又立刻恢复了镇静。

"话说回来，"他接着说道，"为什么不呢？既然你说这个玩意儿是很有趣的，Vogue Lagalere[1]，——我一定追随在俱乐部全体同人的后面！"

马尔萨斯先生看见上校这么惊奇和厌恶，感到非常高兴。他为他这种邪恶的行为沾沾自喜。看到别人遇到一件刺激的行动就着了慌，而自己这样败纪缺德，却能安然无动于衷，他不禁感到十分得意。

"好吧，现在你开始的惊骇已经过去，"他说，"你能够玩味一下我们这个社团的愉快的情况了。你能够看到，这里既具备赌博和决斗的刺

---

1 法文，意为"管它，那就这样吧"。

激，同时也兼有罗马竞技场的那种兴奋。异教徒是很有一套的，我打心底里佩服他们，但是只有在一个基督教国家里，才能达到这种极端，获得这种精髓，使人有这种绝对尖锐的感觉。你就将体会到，当一个人尝到了这一种玩意儿的滋味之后，别的一切娱乐就都索然无味了。我们所玩的游戏，"他继续说道，"是最最简单的。一副纸牌——可是你看，你快要亲眼目睹实际进行的情况了。你能不能扶我一扶？我不幸患了痛风病。"

的确，马尔萨斯正说开了头，这时另外两扇拉门已经打开了，俱乐部全体人员多少显得有点匆忙地穿过那道门，走进隔壁房间去了。这间房间和他们离开的那一间，除了陈设有点不同之外，其余完全相似。中央放着一张绿色的长桌子，会长正坐在那儿郑重其事地洗着一副纸牌。马尔萨斯尽管拄着手杖又挽着上校的手臂，行动起来还是非常吃力，他俩和等着他们的王子一起走进那个房间时，大家已都在桌旁坐定了。结果，这三个人就一块儿坐在桌子下首的一端。

"这副牌一共五十二张，"马尔萨斯先生低声说，"注意那张黑桃爱司，它是死的记号；还有那张草头爱司，分到的就是今夜的执行官。多幸福，多幸福的青年人啊！"他接着说，"你们眼力好，能够紧盯着看清楚这个游戏。唉！我隔着桌子，一点和二点也分不清楚。"

说着他在眼镜上又加上了一副眼镜。

"至少我也得看看这些面孔。"他解释说。

上校连忙把他从那位名誉会员处听来的话，以及眼前这种可怖的选择死者的方法告诉了他的朋友。王子立刻感到胸口一阵冰凉，心口收缩了，他的喉咙也干起来了，像一个着了迷的人那样，向左边看看，又向右边看看。

"当机立断，"上校低声说，"我们还可以逃出去。"

这句话重新振起了王子的精神。

"别说啦！"他说，"我希望你在任何危险的情况下，不管多么严重，都能保持大丈夫的气概。"

说着他环顾了一下四周，他的样子显然又很平静了，尽管他的心剧烈地跳着，而且胸口又感觉到热辣辣的。全体会员都很肃静而紧张，每个人的脸色都十分苍白，不过最苍白的要算马尔萨斯先生了。他两眼突出，脑袋不自觉地点着；两只手替换地伸到嘴边，紧抓着颤抖而灰色的嘴唇。显然，这位名誉会员现在正在可怕的条件下享受着他的会员的权利。

"各位，请注意！"会长说。

他开始慢慢地、朝相反的方向挨次分着纸牌[1]，等分到的那个人翻了牌，然后再分下去。每个人差不多都很踌躇。有时候，你看见一个分到了牌的人的手指会颤抖上好一会，然后才能把那张重要的硬纸片翻过面来。当渐渐轮到王子的时候，他感觉到身上起了一阵渐渐上升的、几乎使人窒息的激动，不过他天生有几分赌徒的天性，差不多惊异地发觉，这里面竟有相当程度的快感。结果他分到手的是一张"草头九"；盖拉尔廷分到的是一张"黑桃三"；马尔萨斯先生分到了一张"红桃皇后"，这一来他情不自禁地轻松得呜咽了起来。那个送奶油馅饼的青年人紧接着立刻就翻出了那张"草头爱司"，他的手指一直抓着那张纸牌，吓得一动不动地呆住了：他是因为想寻死而到这里来的，结果却叫他来杀人。王子非常同情他的处境，几乎忘记了仍然临在他自己和他朋友头上的危险。

第二次分牌又开始了，"死牌"还没有出现。玩牌的人都屏住了呼吸，只是喘息着。王子又分到了一张"草头"；盖拉尔廷分到了一张"红方块"；但是当马尔萨斯翻开他的纸牌的时候，一声恐怖的喊声，好像什么东西破裂了似的，从他的嘴里发了出来，他从座上一跃而起，接着又坐了下去，痛风病好像完全好啦。那是一张"黑桃爱司"。这位名誉会员这次玩弄他的恐怖可玩出毛病来了。

谈话声立刻响了起来。玩纸牌的人都轻松了，他们从桌旁站起身来，三三两两、慢慢地回到吸烟室里去。会长张开两只手臂，打了个呵欠，好像一个人干完了他一天的工作一般。但是马尔萨斯先生却坐在那儿，两手捧着头，支在桌子上，一动不动地呆住了。

王子和盖拉尔廷立刻溜出门去了。在寒冷的夜气中，他们对刚才所目睹过的恐怖，越来越觉得可怕了。

---

[1] 通常分牌，打左手第一人起，即所谓"钟表式"。相反的方向即从右手第一人起——这个象征着"死"，因为"死"与"生"是相反的。

"天哪！"王子喊道，"竟被一张誓言束缚在那样一件事情上！听任这种大批地谋杀的买卖继续逍遥法外，骗钱敛财，我恨不得破坏那个誓约！"

"这对殿下是不可能的，"上校回答说，"殿下的信誉就是波希米亚的信誉。不过我倒不妨，而且应当去破坏我的誓约。"

"盖拉尔廷，"王子说，"要是你跟随着我干的任何冒险事件中，你损坏了你的信誉的话，我不但决不饶恕你，而且——我相信可以使你更了解一点的是，不如说——我将永远不原谅我自己。"

"我遵从殿下的命令，"上校回答说，"我们现在离开这个可诅咒的地方吧？"

"嗯，"王子说，"快去喊一辆马车来，但愿让我在睡眠中忘却今天晚上这种倒霉的事情。"

不过值得注意的是，在离开之前，王子很仔细地看了看这条巷子的名字。

第二天早晨，王子刚起床，盖拉尔廷上校就拿了一张报纸来，上面载着下面这样一条新闻：

### 意外惨剧

今晨二时许，韦斯特邦园契普斯陀路十六号马尔萨斯氏，自友人处宴会归家，行经特拉法尔加广场高处围栏边，失足下坠，脑壳碎裂，折断一腿一臂，当场身死。惨剧发生之际，与马尔萨斯氏同行之一友人，适在呼喊马车。马尔萨斯氏素患痛风病，其失足原因，想系旧疾复发之故。马氏系上流社会知名人士，此次惨遭不测，当为一般人士所痛惜。

"倘使灵魂会一直坠入地狱去的话，"盖拉尔廷认真地说，"那这个患痛风病的人的灵魂准是坠入地狱的。"

王子两手捂着脸，默默不语。

"听到他死了，我几乎还高兴呢，"上校接下去说，"但是想到我们那位分送奶油馅饼的青年人，我心里倒的确很替他难过。"

"盖拉尔廷，"王子抬起头来说，"那个倒霉的青年人，在昨天晚上还是像你我一样的无罪之人，到今天早上他已犯了杀人罪了。我一想到那个会长，就禁不住恨之入骨。我不知道该怎么办才是，不过，只要老天在上，我就一定不肯饶过那个恶棍。那种纸牌游戏，是怎么样的一种经历，怎么样的一种教训啊！"

"只能一次，"上校说，"绝不可一试再试了。"

王子好一会不作回答，这可使得盖拉尔廷惊慌了起来。

"您不会再想到那儿去吧，"他说，"您已经亲眼看见和受了不少惊吓。您的高贵的身份，可禁止您再去作这种轻率的冒险。"

"你讲的话很有理，"王子弗洛列席尔回答说："我对于我自己所作的决定，也并不全然满意。唉！最伟大的君王，脱去了他的衣服，还不是一个普通人吗？盖拉尔廷，我从来没有像现在这样真切地感到一个人的情感作用，但是我又没有办法去抵抗。叫我怎能不关心那位几小时之前和我们一起吃饭的不幸的青年人呢？我怎能听任那个会长继续干他的罪恶的勾当？我怎能开始了这样一件奇妙的冒险事情，而不去求个水落石出？不，盖拉尔廷，你是在要求你的王子去做一件人力所办不到的事。今天晚上，我们还得到自杀俱乐部的座上去坐一坐。"

盖拉尔廷上校跪了下来。

"殿下能不能留下我这条命？"他喊道，"这条命是殿下的——由殿下支配的；但是别这样，哦，别这样！求求你，别叫我去冒这样可怕的危险。"

"盖拉尔廷上校，"王子回答说，多少带点傲慢的态度，"你的生命完全是你自己的，我只不过要求你服从而已。你既然心里老大不情愿，那我就不强求了。我再说一句：这件事情你不必再来劝谏了。"

掌马官立刻站了起来。

"殿下，"他说，"能允许我今天下午告一次假吗？作为一个诚实君子，我必须把我一切的事务完全安排妥帖，才可再冒着危险第二次上那幢凶宅去。我敢向殿下担保，您的最忠诚、最感恩的仆人，绝不会再对您说一句反对的话了。"

"亲爱的盖拉尔廷，"王子弗洛列席尔回答说，"每次你逼得我不得不想起我自己的身份的时候，我总感到很遗憾。白天随你自己去支配吧，你在晚上十一点之前，必须同样化好装到这儿来。"

第二天晚上，俱乐部里到的人不十分多，当盖拉尔廷和王子到达的时候，吸烟室里一共不过五六个人。王子把会长招到一旁，为马尔萨斯先生的死，向他热情地道贺。

"我欢喜碰见有才能的人，"他说，"而你无疑是很有才能的。你的这种行业干起来实在不容易下手，不过我看你干得很成功，很秘密。"

会长被王子这种风度翩翩的人称赞了几句，相当感动。他几乎带着谦恭的态度道了谢。

"可怜的马尔查[1]！"他接着说，"我这个俱乐部里实在缺少不得他这样一个人物。我的顾客大半是年轻人，一些有点诗人气质的人，他们都不怎么能跟我打交道。马尔查虽然也有些诗意，不过那是我能够了解的一种。"

"我很容易想象到，你和马尔萨斯先生是情投意合的，"王子回答道，"我觉得他是一个性情很古怪的人。"

那个分奶油馅饼的青年人也在屋子里，但是神情沮丧，沉默不语。那两个他新交的伙伴想跟他攀谈几句，但是谈不上话。

"我悔不该把你们带到这个魔窟里来！"他喊着说，"走吧，趁你们现在手上还没有沾上血迹。要是你们听见那个老头儿摔下去时的惨叫，和他的骨头碰在人行道上的声音啊！要是你们能对我这样一个堕落的人发发慈悲——请你们替我祷告，今天晚上让'黑桃爱司'轮到我手中吧！"

夜渐渐深了，又来了几个人，但是当他们在桌旁坐下来时，总共不过十三个人。王子不禁又在恐慌之中感到一种快感；但是他看到盖拉尔廷竟比上一夜神态自若得多，觉得很奇怪。

"这真是意想不到的事，"王子心里想，"一种有形无形的决心，对一个青年的精神竟有那么大的影响。"

"注意，各位先生！"会长说，他动手分牌了。

纸牌兜着桌子分了三圈，但是大家所注意的那两张牌却一张也没有出现。当他开始发第四圈牌的时候，大家都激动紧张起来了。手中的牌刚好够再发一圈。王子坐在分牌的人左边，照俱乐部中倒转来发牌的方式，他将发到的是最末第二张。坐在第三位上的玩牌者翻出了一张黑爱

---

1　马尔萨斯的爱称。

司——是一张草头爱司。接着一个人发到了一张红方块，再下面是一张红心。这样一个个下去，但那张"黑桃爱司"还是没有出现。最后轮到了盖拉尔廷，他坐在王子的左上首，翻出了他的纸牌，是一张爱司，但是红心爱司。

当王子弗洛列席尔眼看他的命运就要在桌面上决定了时，他的心一下子停止跳动了。他是个勇敢的人，但是汗珠还是从脸上冒了出来。现在他中签的命运百分之五十是确定了。牌已经发给他了，正是"黑桃爱司"。他的脑中起了一阵轰鸣，桌子在他眼前团团转了。他听见在他右手的那个人突然大笑了起来，笑的声音既欢乐又失望；他看见在座的人都很快地散了，但是他的心头却纷纷沓沓，乱作一团。他明白他的行为是多么愚蠢，多么罪过啊，一个王位的继承者，正当青春壮年，而现在他可把他的前途，以及一个勇敢而忠诚的国家的前途，全在赌桌上送掉了。"上帝啊！"他喊道，"上帝饶恕我吧！"这样说着，他心头的纷乱过去了，不一会，他又镇静了下来。

叫他吃惊的是，他发觉盖拉尔廷不见了。在赌牌室里，只留下了那个指定的刀斧手，他正在和会长商量着。那个分送奶油馅饼的青年人，这时也还在室内，他溜到王子跟前，在他耳朵边低声地说：

"我愿出一百万块钱来买你的幸运，如果我有这笔钱的话。"

当那个青年走开后，这时殿下不禁想：他真愿用极低廉的价钱把这机会卖给他哩。

现在刀斧手和会长的秘密商谈已经结束了。发到"草头爱司"的那个人，带着一副心领神会的神气走了，这时会长走到不幸的王子身边，向他伸出了手。

"能遇到你，我很高兴，先生。"他说，"能够为你略尽微劳，这是让我十分欣慰的事。至少，你不至于抱怨延搁得太久吧，在你来的第二天晚上——这是多幸运的事！"

王子竭力想咬清字音回答几句，可是不行，他的嘴已经干了，他的舌头似乎已经麻木。

"你觉得不大舒服吗？"会长相当关心地问道，"大多数的人都是这样的。你要不要喝点白兰地？"

王子表示同意，于是会长立刻为他倒了一大杯酒来。

"可怜的老马尔查！"当王子喝干了杯中的酒时，会长突如其来地这样说，"他几乎喝了一品脱酒，但对他似乎还不起作用！"

"我可不同，"王子说，精神已经振作了不少，"你瞧，我立刻恢复过来了。唔，让我问你，现在我该怎么办？"

"你可以沿着斯特兰德大街往城里那边走去，靠左边的人行道，一直走到你碰见刚才出去的那位先生为止。他会指点你的，你得好好遵照他的意见行事；今天晚上，俱乐部的职权都交在他这个人身上了。现在，"会长接着说，"我祝你一路平安。"

弗洛列席尔勉勉强强道了谢，然后告辞。他穿过了那间吸烟室，许多玩牌的人还都在那儿喝香槟酒，其中有几瓶酒正是他自己叫来和付了钱的；他心里面竟然对他们咒骂了起来，发觉到这一点，他不由吃了一惊。他在小间里戴上帽子，披上大衣，在角落里找到了他的雨伞。他做着这些熟悉的动作，又想到这是自己和它们最后的一次接触，不禁突然笑了起来，这种笑声他自己听来觉得不甚悦耳。他感觉到有些不大舍得离开这个小房间，因此就回身走到了窗前。窗外的许多灯火和一片黑暗，使他恢复了理智。

"走，走吧，我必须像一个大丈夫那样走出屋去。"他想。

走到匣子弄的转角，突然有三个人向弗洛列席尔扑了过来，把他蛮横地摔进了一辆马车，接着就立刻开走了。车中早已有个人坐在那儿。

"殿下会因我的热诚而赦免我的鲁莽吧？"一个熟悉的声音说。

王子在遇救的狂喜中，一把搂住了上校的脖子。

"叫我怎么报答你呀？"他喊道，"你这是怎么搞的？"

王子本来是打定主意听天由命了，但是也甘愿对这种友好的强迫手段表示屈服，为了重又获得了生命和希望而喜出望外。

"只要您以后不再去惹出这种危险的事来，就足够作为对我的感谢了。"上校回答说，"至于您的第二个问题，那是再简单也没有了。这是今天下午我跟一个著名的侦探商量定的。他答应保守秘密，我付了他钱。这件事情大部分是由您自己的仆人经办的。匣子弄的那幢房子在天黑时就已被团团包围了起来，你现在坐着的是你自己的一辆车子，它已经等候您快有一个钟头了。"

"那么，那个被派去杀我的可怜的家伙，他怎么样了？"王子问。

"他一离开俱乐部就被抓走了，"上校回答说，"现在关在王府里，听候你的审判，等一会他的一些伙伴也都要被抓来的。"

"盖拉尔廷，"王子说，"你违反了我再三的吩咐，却救了我，你做得很好。我不仅蒙你救了命，而且从你那儿受了一次教育。如果我对我的教师不表示感谢的话，那我就不配受人尊敬了。怎么报答你，由你自己挑选吧。"

马车一连驰过了几条街道，两个人都各自在转着各自的念头。最后，盖拉尔廷上校打破了沉默。

"殿下，"他说，"这时许多犯人想必已经抓来了。这些人中间，至少有一个人是应该受刑罚的。我们的誓言，不允许我们去用法律起诉；同时，即使誓言可以不守，为慎重起见，我们也不能这样做。不知殿下尊意如何？"

"这件事我已决定了，"弗洛列席尔回答道，"必须用决斗的方式把那个会长杀死。现在的问题只是选一个人做他的对手。"

"殿下答应过我，叫我自己挑选一个赏赐，"上校说，"能不能就把这件差使派给我的弟弟去担任？这是一件光荣的任务，不过我可向殿下担保，那孩子决不会有辱使命的。"

"你向我要求的可不是一项有好处的工作啊，"王子说，"不过我决不拒绝你。"

上校极其感激地吻了王子的手，这当儿马车已经驰进王子的壮丽的府邸的拱道了。

一小时后，弗洛列席尔穿了官服，挂着所有的波希米亚勋章，出来接待自杀俱乐部的会员们了。

"愚蠢而又不正经的人们，"他说，"凡是你们之中由于命运不佳而被驱上这条穷途末路的人，都可以在我的手下获得职位和报酬。至于那些在心头觉得自己罪孽深重的人，那就只有去求助于比我更高贵更宽大的神明了。我对你们大家都很怜悯，这种怜悯是你们想象不到的；明天你们把各人的故事告诉我，你们回答得越坦白，你们的不幸命运就越能得到我的救助。至于你，"他向会长转过身去，继续说道："如果我提议给你什么帮助的话，那我反而是侮辱你了；不过我对你另外有一个有趣的提议，这儿，"说着他把手放在盖拉尔廷上校的弟弟的肩膀上，"他是我的一个部下，想到欧洲大陆去观光一下，我请你帮个忙，陪他一同前去旅行。你，"说到这里他改变了口气，"你打手枪打得好吗？因为你也许可能用得着这项本领的。两个人一起出门去，最好是一切都有个准备。我再说一句，万一你在路上丢失了小盖拉尔廷先生的话，那我会随时差一个我的部下来侍候你的。会长先生，我是一个出名的千里眼、长手臂。"

王子以很严峻的态度说了这几句，就结束了他的谈话。第二天早晨，俱乐部的会员都得到了适当的恩赐。那个会长，在盖拉尔廷先生和两个王府中训练有素的机敏的忠仆监视下，启程前去旅行了。这样，王子还是不放心，他又派了几个谨慎小心的人去守住了匣子弄那幢房子，凡是和俱乐部或它的职员往来的一切信件和人物，均由王子弗洛列席尔亲自检查审讯。

## 二 医生和旅行大衣箱的故事

赛拉斯·夸·斯格达摩先生是一个天真而单纯的美国青年。这种性情，使得他这位从新英格兰来的人，更增加了人家对他的好感，因为新大陆[1]的人是并不以这种品质出名的。他非常有钱，但他还是把一切开销都记在一本袖珍笔记本上。他打定主意要在拉丁区[2]那种所谓"附有家具的旅馆"的七层楼上好好领略一下巴黎风光。他一向十分吝啬；他在朋友中间显得突出的优点，主要是他的羞涩和年轻。

他隔壁房间里住着一位太太，模样儿很动人，打扮得也很讲究，他刚到的时候，还以为她是一位伯爵夫人呢。时间一久，他知道她叫齐弗灵太太，不管她的身份地位怎样，照她过的生活看来，她总不是一个贵妇人。齐弗灵太太可能是想勾引这位年轻的美国人吧，她常常殷勤地向他点头打一下招呼，说一句日常应酬话，在楼梯上从他的身边走过去，

---

1 指美国，新英格兰是美国东部六个州的总称。
2 法国巴黎拉丁区，多学校和画室，艺术气氛最浓厚。该区有相当讲究的旅馆，也有极简陋的客栈，甚至房中没有家具。客栈建筑高的有六七层楼，没有电梯，也没有自来水。旅客可向房东租用简单的床桌之类的家具，租金以一星期或年月计算。这里所指的即是这一种客栈。

用那双乌溜溜的眼睛向他撩人地看一眼，然后绸衣一阵沙沙响，一双诱人的脚和脚踝显露了一下，便不见。但是这些搭讪，一点也不能叫斯格达摩先生动情，只使得他感到非常郁闷和羞怯。她曾经到他房里来过好几次，借个火啊，或者来为她的巴儿狗的莫须有的恶作剧道一下歉啊；但是这位美国青年，一站到这样一位美人儿面前，他的嘴巴就紧紧地闭了起来，他的法国话一下子全记不起来了，他只是瞪着眼，结结巴巴地讲不出话，一直到她走了之后才恢复原态。不过，一当他安安定定地和几个男朋友在一起的时候，他却又不禁津津有味地把他和齐弗灵太太的这种肤浅之交暗示出来。

这位美国人对面的房间里——旅馆的这一层楼上一共有三个房间——住着一个英国老医生，他的名誉是相当令人怀疑的。人家都管他叫诺尔医生，他原来在伦敦营业很发达，但他不得不离开了伦敦，听说这是因为警察当局不准他住在那儿了。不过，这位早年干过一番事业的先生，现在住在拉丁区里倒是安分守己，与人很少往来，而且大部分时间都花在用功读书上。斯格达摩先生和他已经成了朋友，两个人常常一起到对街的一家小酒馆去吃便饭。

赛拉斯·夸·斯格达摩有许多无伤大雅的小缺点，他很优美，但并不能因而使这种缺点不常常放纵于相当暧昧的行为。这些缺点中的主要的一点，是他的好奇心。他是一个天生的烂舌头；另一方面，对于生活，特别是他没有经历过的某种生活，总是狂热地感兴趣。他是一个冒失的、遏止不了的好问者，会一股劲地轻率而寻根究底地追问，人家看见他，当他拿着一封信到邮局去的时候，他往往手里掂掂分量，翻过来又覆转去，然后注意地看看信上的地址。当他发觉他的房间和齐弗灵太太的房间中间的板壁上有一条裂缝时，他没有把它糊没填满，反而把它挖大了点，作为窥看他邻居动静的一个"探孔"。

有一天，在三月末尾，他的好奇心越来越强，又把那个洞挖大了点，这样可以使他浏览到隔壁房间的另一个角落。那天夜里，当他像平常一样去观察齐弗灵太太的动静时，他吃了一惊，发觉这个壁孔在那边不知怎的给遮住了，但使他更加脸红的，是正当他在探看的时候，他发觉那个遮盖物又突然抽走了，而且听到了一阵格格的笑声；显然，板壁上的灰粉把这个探孔的秘密给泄露啦，他的邻居也"礼尚往来"起来了。斯格达摩先生非常悔恨，心里狠狠地责备齐弗灵太太，一面也自己骂自己。但是，第二天，当他发觉她并没有设法来阻止他这种爱好的消遣时，他就又继续利用了她的粗心大意，满足了他的无聊的好奇心。

过了一天，有一个身材高大、肌肉松弛的五十开外的男人来拜访齐弗灵太太，他们谈了很久，那个人赛拉斯从来没有看到过。他的粗呢衣服和颜色衬衫，跟他两边蓬松的络腮胡子一样，都使他看去像个英国人，他的灰暗的眼睛，使赛拉斯看了起一种寒冷之感。他们谈话谈得很轻，在谈话的时候，他老是拼命地歪扭着他的嘴巴，不止一次，这位新英格兰青年觉得他们的手势似乎是在指他的房间。他们谈话时大部分都很谨慎小心，他能听到的只有下面这几句话，因为那个英国人说这几句话时音调比较高，好像心里不大高兴，在反驳齐弗灵太太似的。

"他的嗜好我已经好好地研究过了，我再一次告诉你吧，你是我能够利用的唯一的这种女人。"

齐弗灵太太没有答话，只叹了口气，好像屈服于绝对的权威，做了一个听任摆布的手势。

那天下午，这个瞭望孔终于被遮没了，隔壁拖过一只衣橱放在了它前面；赛拉斯认为这准是那个英国人出的鬼主意，正当他在为这件不幸事情懊丧的时候，茶房拿了一封信进来，信是一个女人的手笔。上面写的是勉勉强强的法文，也没有具名，信上以最恳切的词句，邀请这位美国青年在当晚十一点钟到布列尔舞厅中的某一个地方去。他又好奇又害怕，心里犹豫不决了好一会，有时候他觉得这种事情不太好，有时候又激动而大胆。结果呢，终于在离十点钟还很早的时候，赛拉斯·夸·斯格达摩先生就已打扮得端端正正地在布列尔舞厅的门口出现了，他买了门票进去，心里想，这件事虽然荒唐，却自有一种趣味。

这天正好是在狂欢节里的一天，舞厅里非常拥挤热闹。里面的灯光和人群，开始时使得我们这位年轻的冒险家感到相当羞怯，之后，他觉得他的脑袋像喝醉酒似的迷迷糊糊地有了前所未有的勇气。他决定既来之则安之，因此就高视阔步地在舞厅里走动起来。当他正在这样检阅着的当儿，他看到了齐弗灵太太和她那个英国人，他们正在一根柱子后面商谈什么问题。他心头立刻起了一个侦察偷听的念头。他悄悄地从背后一步一步向那两个人走过去，一直走到能听见他们谈话的地方。

"正是那个人，"那个英国人说，"那边——生着长长的亚麻色头发的——正在跟一个穿绿衣服的姑娘谈天。"

赛拉斯看到了一个很漂亮的小个子青年人，他显然就是他们在谈的对象。

"那好吧，"齐弗灵太太说，"我一定尽力去做。不过，请记住，即使我们之中最能干的人也可能在这种事情上失败的。"

"嘘！"她的同伴回答说，"后果由我负责。我不是把你从三十个人里面选出来的吗？去，只是要当心那个王子。我不懂是什么鬼事情使他今天晚上到这儿来的。好像巴黎这么几十个舞厅，在他看来还不如这个学生和商店伙计们闹闹玩玩的地方更值得注意！看他坐在那儿，与其说像一个在假日里的王子，还不如说像一个坐在宝座上等人朝觐的皇帝呢！"

赛拉斯又碰到巧事啦。他看到有一个长得很端正而漂亮的人，这时正坐在一张桌子旁，风度既庄严又温文尔雅，和他坐在一起的是另一个漂亮的青年人，年纪比他小几岁，显然正在恭恭敬敬地和前者谈天。"王子"这个名字在赛拉斯这个共和国国民的听觉上大大引起了注意，同时那个叫做王子的人的风度也使他心里很有好感。他丢了齐弗灵太太和她那个英国人，穿过人群，朝着王子和他心腹密友所选中了坐在那儿的桌子走过去。

"我跟你说，盖拉尔廷，"王子说道，"这是疯狂的行为。我很高兴地记得，这件危险的差使是你自个儿选了你的弟弟来干的，你有责任去管束住他的行动。他竟然答应在巴黎待这么多天，想到他在对付的是那样一个人，那已经是太轻率了。但是现在，当他在四十八小时内就要离开这儿的时候，当他在两三天内就要去执行他的任务的时候，我问你，这是一个他消磨时间的地方吗？他应该在练武的地方，应该好好地睡觉，不要让脚踝太吃力，应该严格规定饭食，不可喝白葡萄酒和白兰地。是不是那个家伙以为我们只是在闹着玩儿？这可是一件非常认真的事啊，盖拉尔廷。"

"我懂得这小子的脾气，劝他也没用，"盖拉尔廷上校回答说，"可是也不必害怕。他比你想象的要谨慎得多，这孩子谁也拗他不过，如果那是一个女人，我就不敢多讲了，但是我把那会长交给他和那两个仆人去对付，我可一点也不担心。"

"听到你这样说，我很高兴，"王子回答道，"不过我总是放心不下。那两个仆人是训练有素的侦探，但那个恶棍不是已经三次很巧妙地溜掉过，而且一连干了好几个钟头的私事，这些私事极可能是很危险的？一个客串一下来干这种差使的人，也许会在无意中丢了他，但是如果鲁多尔弗和杰洛美一时不见了他，那就必定是故意摆布好的，这个人自有相当的理由和特别的手段。"

"现在的问题是：即使您不能信任我的弟弟，您是不是还能信任我。"盖拉尔廷回答说，带着一点气恼的口气。

"我认为也是这样，盖拉尔廷上校。"弗洛列席尔王子答道，"也许，正因为这个原因，你更应该接受我的意见。不过得了，别谈了。那个穿黄衣服的女郎倒跳得蛮不错哩。"

说到这里，谈话便转入狂欢节时期巴黎舞厅里的普通话题上去了。

赛拉斯记起了他的处境，而且到幽会地点去的时间也已经快到了。他心里越想越觉得这件事情没有意味。正在这当儿，人群像潮水一般涌过来，他毫不抵挡地让他们把他拥到进场的地方。潮水把他一直卷到了看台下面的角落里，这时他的耳朵立刻听见了齐弗灵太太的声音。她正在跟半小时前那个陌生的英国人手指过的亚麻色头发的青年人用法语谈话。

"我的名誉要紧，"她说，"要不我心里怎么想就会怎么干的。你只要对那个看门人说这几句话，他就会一声不响让你进去的。"

"但是干吗要讲欠债的事情？"那个青年人反对说。

"天！"她说，"你以为我连自己住着的旅馆的情况都不了解吗？"

说着她亲热地挽着她的同伴的手臂走过去了。

这一来提醒了赛拉斯那封信的事。

"十分钟之后，"他想，"我可能就要跟像她一样的一个美女走在一起了，甚至她可能还要打扮得好一点——也许是一个真正的太太，也可能是一个贵妇人。"

接着他记起了那封信中的错字，心里不禁有点沮丧。

"但是这可能是她的女仆写的吧。"他想。

现在离约定的时刻只差几分钟了，一想到这件事情的临近，他的心就以一种奇妙而相当讨厌的速度跳动了起来。可以告慰的，是他心里想，他并不一定要去露面呀。他怀着守道德和怯懦互相交杂的心情，又向门那边走去，不过这一次他是自动的，挤进了这时正朝着相反的方向移动的人流。也许是这种人群的拥挤阻碍使他疲乏了，也可能只是因为他心里这样想了好几分钟，使他起了相反的和不同的念头。真的，他第三次又朝着门口走去，一直走到离开约会的地方几码远的地方，找到了一个隐身之处，他才停了下来。

他精神上感到一阵苦闷，这时他好几次祈求上帝保佑他，因为赛拉斯是本来就受过一番宗教教育的。现在他根本不想去会面啦，他之所以没有逃走，无非因为怕人家把他看作懦夫罢了。而这一个念头是如此有力，拼命抑制了其他一切动机；这个念头虽然并不能逼他朝前走，却也完全阻止了他往外溜。最后，已过了约定的钟点十分钟了，年轻的斯格达摩精神又兴奋起来了，他对那个角落四周偷看了一下，并没见有人在那约定的地方。无疑的，他那个不知名的来信人已经等得疲倦而走掉啦。现在他不再像以前那样胆怯，而是很大胆了。他想，不管到得多迟，如果他结果还是赴约的话，这总使他免去了胆怯的嫌疑吧。不，现在他已开始怀疑这是一个恶作剧了，但是一想到自己居然这般精明，能够疑心到而且智胜了那个想要愚弄他的人，他的确感到很得意。孩子的心思真是一种自得其乐的东西！

这样考虑后，他就大胆地从他站着的角落里走了出来；但是他还没有跨上两三步，一只手却抓住了他的臂膀。他转过头去，看见是一个个子很高大的女人，模样相当雍容华贵，不过看上去并非不可亲近。

"我看出你是一个很有自信力的多情男子，"她说，"因为你叫别人等待你。不过我还是决心和你会面。当一个女人一旦已经不惜登门自荐时，一切虚伪的面子都不在她心上了。"

赛拉斯被他的来信人的大个子和魅力，以及她这样突如其来的委身相依，搞得浑浑噩噩了。但是她不久就使他安静了下来。她的举止非常迁就和宽容，她竭力逗引他说笑，然后又不住地称赞他的口才好；不一会儿，由于她的阿谀讨好，再加上大量暖和的白兰地的帮助，她已不仅引得他迷上了她，而且使他用最热情的话说出了他对她的爱慕。

"啊，"她说，"你说的话使我多么快活啊，我不知道我是不是还应该对这一刻感到悔恨，迄今为止，我一直一个人受着苦；现在，可怜的孩子，我们将有两个人了。我是身不由己的。我不敢邀请你上我的家里去看我，因为有许多嫉妒的眼睛都监视着我。我说，"她接下去说道，"我虽然比你弱得多，年纪总比你大；我信任你的勇气和决心，可是我必须想尽一切办法为我们相互的利益努力。你住在哪儿？"

他对她说，他住在一个很简陋的旅馆里，并且告诉了她街道和门牌号码。

她似乎很用心地想了几分钟。

"我知道了，"最后她说，"你一定肯真心对我而又听从我的话吧，你会吗？"

赛拉斯热切地担保自己忠贞不渝。

"那么，明天晚上，"她挑逗地微笑了一下，继续说，"你必须整个晚上都留在家里，假如有朋友来看你，你就随机应变地用各种借口打发他们立刻走。你们的门大概是十点钟关吧？"她问。

"十一点。"赛拉斯回答说。

"在十一点一刻时，"那个太太紧接着说，"离开房子。你只喊开门人开门，打定主意不要讲话，你一讲话那一切都毁了。然后走到罗森堡公园和大街的转角上，到那里你会看见我在等你。我相信你会完全听从我的话的：记住，只要你有一点儿地方不听我的话，那你就将为一个女人带来最大的痛苦，而她唯一的过失不过是看到了你和爱上了你罢了。"

"我不懂干吗要来上这么一大套叮咛？"赛拉斯说。

"我相信你现在已经想要做我的主了，"她喊道，一面用她的扇子轻轻敲着他的手臂，"忍耐点，忍耐点！总有一天会让你称心的。女人欢喜先叫人顺从她，虽然到后来她自会感到顺从别人更快活。千万照我讲的做吧，要不我就无能为力了。的确，现在我想了一想，"她接下去说，看她的神气，好像又发现了进一层的困难，"觉得要避开讨厌的来客，我倒有了一个更好的计策。你可以告诉看门人，说明天晚上，除了来讨债的人之外，不要让别的人来见你；说的时候要有声有色点，装出好像你很怕有人来找你的样儿，那样他就会很认真地执行你的吩咐了。"

"我想你该相信我自有办法，不叫人进来惊扰我们的吧。"他多少有点儿不快意地说。

"我只不过想把事情安排得好一点罢了，"她冷冷地回答说，"我晓得你们男人家的；你们对一个女人的名誉根本就不放在心上。"

赛拉斯脸红了，头也垂下了一点，因为他本来还希望在朋友们面前出点小风头呢。

"最要紧的是，"她补充说，"你出门的时候不要对看门人说话。"

"为什么？"他说，"你所有叮咛的话里面，这一点我尤其看不出有什么重要的地方。"

"你刚才还怀疑我别的叮咛你的话没有什么用，但现在你已经看出来它们很重要了吧，"她回答道，"相信我，这一点也自有用处，到时候你就知道了；如果你在我们初次见面时，对这样的小事情都拒绝我的话，那叫我怎样来相信你的爱情呢？"

赛拉斯着了慌，连忙一面解释，一面道歉；正在这样说着的时候，她抬起头来看了一下钟，接着双手一拍，轻轻惊叫了一声。

"天哪！"她喊道，"这么晚了？我一分钟也不能再耽搁了。唉，我们女人多可怜！我们是怎么样的奴隶呀！为了你，我已冒了多大的危险！"

她又重复叮咛了一遍，然后很巧妙地做出一种又是亲热又是情不自禁的样儿，和他道了再见，于是在人群中消失了。

第二天一整天，赛拉斯一直心里沉甸甸的；他现在断定她是一位伯爵夫人了。到了晚上，他按照她的吩咐准时来到了罗森堡公园的角落里。那里一个人也没有。他等了近半个钟头，一面察看着每一个过往的行人或在附近溜达的人的面孔；他甚至还跑到大街的几个角落里去找了几趟，然后绕着公园的铁栏巡行了一圈，但是并没有美丽的伯爵夫人投入到他的怀抱里来。最后，他老大不乐意地，开始朝着他的旅馆走回去了，在路上他不禁记起了齐弗灵太太和那个亚麻色头发的青年人谈的那些话，使他隐隐感到不安。

"看样子，"他想，"好像每个人都得对我们的看门人说谎似的。"

他拉了门铃，门打开了，看门人穿着睡衣出来给他照亮。

"他走了吗？"看门人问。

"他？你指谁啊？"赛拉斯问，口气多少有点生气，因为他心头的失望使他的心里很烦躁。

"我没有看到他出去，"看门人继续说，"但我相信你一定把钱付给他了吧。在这个公寓里，我们并不想款待那些欠了人家钱无法偿还的房客。"

"你这是什么鬼意思呀？"赛拉斯粗暴地问，"你这番浑话，我简直一句也听不懂。"

"我指的是那个来讨债的亚麻色头发的小个子青年人，"看门人回答说，"别的还有谁呢，你不是吩咐过我，别的人一概替你回绝吗？"

"什么，老天，他始终没有来啊。"赛拉斯回答道。

"信不信由你。"看门人回答说，一面用一种极端无赖的神气伸伸舌头。

"该死的浑蛋。"赛拉斯喊道，他觉得自己简直是作了一场可笑的粗暴的表演，同时因为给这一连串的惊惶搞昏了脑袋，他转过身立刻奔上了楼梯。

"你要不要点个亮？"看门人喊道。

赛拉斯只是加快了脚步，一直奔到七层楼上他自己的房门口，这才停了下来。他等了一下，定了定神，在某种最可怕的预感的袭击之下，他几乎不敢走进房去了。

当他最后走进房间时，看到房内漆黑一片，看样子并没人来过，这才宽了心。他深深吸了口气。现在他又平安地到家啦，头一次上了当，此后绝不再去上这样的当了。火柴放在靠床的一张小桌子上，他朝着那个方向摸索过去。他一边移动，心里的恐惧又使他浑身颤抖了，他脚上碰到了一样东西，结果发觉不过是张椅子，这样他又安了心。最后他摸到了窗帏。从隐隐约约的窗门的位子看来，他知道他现在无疑是站在床脚跟，只要沿着床走去，他就可以摸到那张桌子了。

他放下手去，但是他碰到的可不光是一条鸭绒被——被子下面有一条像人腿一样的东西呢。赛拉斯缩回手来，一时间吓得木然不动了。

"什么，什么，"他想，"这是什么东西？"

他凝神静听了一下，但是听不见一点呼吸声。然后他又鼓足勇气伸出手指尖到刚才摸到东西的地方摸了一下，这一摸可叫他往后跳开了半码，吓得浑身打颤，两只脚在地上粘住了。床上有样东西。是什么东西，他不知道，但是有样东西。

他惊愕得好几秒钟不能动弹。然后，在一种本能的支配下，他一下抓住了火柴，背向着床铺，点上了一支蜡烛。烛火一亮，他便慢慢地转过身去，望了望他害怕看到的事情。果真是他心中最担心的事情。有人小心地把被子拉上去盖住了枕头，下面明明是一个一动不动地躺着的身躯；他冲了过去，一把拉开被子，看见躺着的是一个血淋淋的青年人，这人正是他上一夜在布列尔舞厅看见的那个，眼睛茫然地睁开着，面孔又肿又黑，一条很细的血水正在从鼻孔里流下来。

赛拉斯颤抖地长叫一声，丢下蜡烛，双膝一屈，在床边倒下了。

这个可怕的发现，使他一下子昏了过去，直等门上响起了一阵小心的、拖长的敲门声时，赛拉斯才醒了过来。过了几秒钟后，他才明白自己的处境；当他正想要阻止什么人进入房间时，已经太迟了。戴着一顶高高的睡帽的诺尔医生，拿着一盏灯——灯光正好照亮了他的白色的长脸孔——鬼鬼祟祟地、好像一只鸟一般地伸着脖子窥视着，慢慢地推开房门，一步步向房间中央走了过来。

"我好像听见你在叫喊，"医生开口说，"怕你可能有点不舒服，因此就不揣冒昧立刻来了。"

赛拉斯满脸涨得通红，心里害怕得怦怦跳，他挡在医生和床铺的中间，只是答不出话。

"你房间里黑黑的，"医生紧接下去说，"可是你还没有脱掉衣服，准备睡觉。你要骗过我的眼睛是不容易的；你的面色明明在说你不是有什么麻烦，便是有什么毛病——这是怎么搞的，让我为你把一下脉吧，这往往是了解心脏情况的最好办法。"

赛拉斯仍然一步步退却着，医生向他走过去，想去握他的手，但是这位美国青年的神经太紧张了，他平静不下来。他惊惶地一跳，避开了医生，然后一头倒在地板上，呜呜咽咽哭了起来。

诺尔医生一看见床上的死人，他的脸立刻沉下来了；他很快地回到他进来时半掩着的门那边，急忙把它关好，并且上了双重锁。

"起来！"他大声向赛拉斯喝道，"这不是哭的时候，你干了什么事啦？这个尸体怎么会到你房里来的？坦白地对一个可能帮你忙的人说吧。你认为我会来毁掉你吗？你是不是以为这个死人躺在你的枕头上，就会多少改变我对你的同情心呢？没见过世面的青年人啊，在盲目的不公正的法律看来，某种非法行为是极端严重的，但在爱他的人的眼中，对于这种事却并没有这种想法。如果我看见我的心腹朋友从血泊之中回到我这儿来的话，我是绝不会改变我的感情的。自己站起来吧，"他说，"善良和罪恶是一种想象的东西；不管你的处境怎么样，现在有一个人站在你这一边，他愿意对你帮忙帮到底。"

这几句话鼓励了赛拉斯，他打起了精神，在医生的讯问下，他终于对他断断续续地说出了经过的情形。但是王子和盖拉尔廷之间的谈话，他全略去了，因为他本来就不懂得他们谈的那番话的意思，他根本没想到他们谈的话会和他自己的飞来横祸有什么关系。

"呀！"诺尔医生喊道，"我要是没有看错的话，你一定是无缘无故地碰到了欧洲的恶党啦。可怜的孩子，由于你的单纯，他们做好了这样一个圈套叫你钻！你的脚已经跨进了一个多可怕的陷阱！这个家伙！"他说，"这个英国人，你已见过两次面了，我猜想他就是这个阴谋诡计的主使人，你能讲一讲他的样儿吗？他是青年人还是老年人，高个子还是矮个子？"

但是赛拉斯尽管很有好奇心，却是一个毫无观察力的人，他除了勉强讲了一个大概之外，其他就什么也说不上，凭他这点话是说明不了什么的。

"我真愿所有的学校中有这样一门功课！"医生愤怒地说。

"如果一个人不能够观察和回想起他敌人的形状，那么眼睛和嘴巴又有什么用呢？那些欧洲的恶党我全熟识，我可能认得出是谁，并且能获得一些替你辩护的新材料。以后你得多多注意这种地方，我的可怜的孩子；你自会发觉这是受用无穷的。"

"以后，"赛拉斯重复说，"对我来说还有什么以后啊，除了绞刑架？"

"青春只不过是一个懦夫期，"医生回答道，"人们对自己的烦恼总比实际上估计得更为严重。我老了，可是我倒从不丧气。"

"我怎能把这样的故事去报告警察呢？"赛拉斯问道。

"当然不能，"医生回答说，"照我看来，你已经钻进了这个圈套，你的情况在警察局看来是很严重的，在政府当局的严峻的眼睛中，你已不可避免地是一个罪人。记住，我们对这个阴谋只不过知道了其中的一部分；那些伤风败俗的阴谋家无疑还做了许多别的安排，那些事情警察都会侦查出来的，你这个清白无辜的人便更加有冤难申了。"

"是呀，那我就完蛋了！"赛拉斯喊道。

"我并没有这样说，"诺尔医生回答说，"因为我是一个审慎的人。"

"但是瞧瞧这一个啊！"赛拉斯反对说，指指那具尸体。

"这个东西就在我的床上：你申辩不清，又无法处置它，而且想想就害怕。"

"害怕？"医生回答说，"不。当这一类的钟表[1]一旦停止了走动，在我看来，那最多不过成了一部精巧的机器，要用外科用的小刀来处理它了。当血液一旦冷却和停止流动了的时候，它就已不再是人的血液；当肌肉一旦死了的时候，它不再是我们认为是我们的爱人和朋友的人的肌肉了。美容、魅力、害怕都跟着活力和生气一道消失了。你自己得镇静下来，习惯于这种想法，因为如果我的计划可以应用的话，你就得有几天工夫，经常要去接近这个现在使你害怕得要命的东西呢。"

"你的计划？"赛拉斯喊道，"什么计划？快点告诉我，医生；因为我简直没有勇气再活下去啦。"

诺尔医生没有回答，他转向床那边，仔细地对尸体看了一番。

"冰冷了，"他喃喃地说，"唔，正如我想的那样，袋子空空的。唔，绣在衬衫上的名字也给割掉了。他们的工作干得很周到彻底。好在他的身材很小。"

赛拉斯听着这些话，非常焦急。最后，医生验尸验完了，他拿过一把椅子在一旁坐下，对这位年轻的美国人微笑一下，讲了起来。

"我走进你的房间后，"他说，"虽然我的耳朵和舌头是那么忙得不可开交，我的眼睛可也没有偷懒。我刚才就注意到，你这里的一个角落里，有一只你们同乡人带着到全世界各处跑的怪模怪样的东西，——就是说，有一只旅行大衣箱。直到目前为止，我还不明白这种奇大无比的东西的用途，不过现在我倒稍微有点了解啦。也许这对贩运奴隶很便利，也许是在拔刀相见后可以盛装尸体，我不能决定。但是有一件事情我却明白地看出来了——这种箱子装得下一个人。"

---

1 指人。

"天哪，"赛拉斯喊道，"这不是开玩笑的时候呀！"

"虽然我讲的话听上去似乎有点像开玩笑，"医生回答说，"但我讲话的用意是十分认真的。我的青年朋友，我们第一件得做的事，是把你箱子里的东西通通取出来。"

赛拉斯听从了诺尔医生，一切依着他的指示去做。旅行大衣箱一下子就出空了，各种各样的东西摊满了一地，然后——赛拉斯抬脚，医生扛肩膀——把那个被谋杀了的人的尸体从床上搬下来，经过一番周折后，把它蜷曲着整个儿装进了空箱子。两个人又用了一番劲，在这件不同寻常的行李上勉强盖上了盖子，然后由医生亲自上了锁和用绳子捆扎起来，赛拉斯则把从箱子里取出来的东西分放在壁橱和衣橱里。

"现在，"医生说，"援救你的第一步工作已经做好了。明天，或者就在今天，你必须去消除看门人的猜疑，把你欠的房钱全部付清，别的一些必须妥为安排的事情，你可以交给我来处理。现在你跟我到我房里去，让我给你服一点安全而有效的催眠药，因为不管怎么样，你必须休息了。"

第二天，在赛拉斯的记忆中是最漫长的一天，长得好像没有个尽头。他谢绝了一切朋友，坐在一个屋角里，两眼阴沉地凝视着那只旅行大衣箱。他自己以前的轻率行为现在可回报到他自己身上来啦，因为那个瞭望孔已经又开放了，他觉得隔壁齐弗灵太太的房间里似乎一直在往这边探望，这种变化是如此令人痛心，最后他不得不在自己这边堵住了那个探孔。等他做好了这件工作，看看已没有受人偷看的危险，他流着后悔的眼泪祷告了好一会儿。

黄昏后，诺尔医生走进了他的房间，带来了两封没有写名字和封好了的信，一封相当厚，一封很薄，好像里面没有装信纸。

"赛拉斯，"他说，一面自己在桌子旁坐了下来，"现在我得把救助你的计划告诉你了。波希米亚王子弗洛列席尔，在巴黎狂欢节玩乐了几天之后，明天大清早要动身回伦敦去了。很幸运，在好久以前，我为他的掌马官盖拉尔廷上校治过病，这是我的职业中很普通的一种事，这件事是我们双方永远忘不了的。他欠我的情谊的性质，这我不必对你解释了，我只要说一说下面这句话就够了：他愿意在一切可能的情况下为我效劳。现在，你必须带着你的上了锁的箱子到伦敦去。这个箱子，看来碰到海关是一个最大的麻烦；但是我仔细想了想，像王子那样一个有地位的人的行李，为了礼貌起见，海关官员是必定会不加检查就放它过去的。我托盖拉尔廷上校帮忙，现在已圆满地获得了他的同意。明天，如果你在六点钟前赶到王子寄住的那家旅馆里，你的行李可以作为他的行李运走，你自己可以作为他的一个随员一路同去。"

"你说的那个王子和盖拉尔廷上校我似乎已经都看见过了。那天夜里，在布列尔舞厅，我甚至还听到过他们谈天。"

"这是很可能的，因为那个王子很喜欢在各个社会阶层间交游。"医生回答说，"一到伦敦，"他紧接着说，"你的工作就可算完毕了。在这封我给你的厚一点的信封中的信，我不敢写收信人的名字；但是在另一封信中，你可以看到写明着的地址，你必须把你那个箱子带到那座房子里，到那儿就会有人把它从你手里取走，那时你就没有麻烦了。"

"呀！"赛拉斯说，"我是非常愿意相信你的，但是这件事可能吗？你为我打开了一幅光明的远景，但是，我问你，我心里能接受这样一种轻飘的解决方法吗？再做做好事，把你的意思对我说得更明白点吧。"

医生的神气显得很痛苦。

"孩子，"他回答说，"你不知道，你对我要求的是一件多么为难的事。但也没有关系。我的脸皮已经老惯了；而且，在我对你帮了这么大的忙之后，如果在这一点上拒绝你的话，也有些不近情理。你要知道，我在这里的样子是那么安静斯文——俭约、孤独、埋头用功——但当我年轻的时候，我在伦敦的一些最狡猾最危险的人物中间却是个鼎鼎大名的人；我在外表上是一个受人敬重的人，我的真正的力量却存在于最秘密的、可怕的和罪恶的关系中。我现在写信给他，叫他解除你的困难的这个人，当时也是听我指挥的。他们都是些不同国籍的机灵鬼，全是由一项可怕的誓言团结起来的，大家为同一目的而工作，这个社团的职业是杀人。我现在和你在谈话，表面上看去我是老老实实的，实际上我却是这伙杀人不眨眼的伙伴的一个首领。"

"什么？"赛拉斯喊道，"一个杀人凶手？一个以杀人当作职业的人？我应该和你握手吗？我应该接受你的帮助吗？奸恶而犯罪的老头儿啊，你是想利用我的年轻和患难叫我成为一个同谋犯吗？"

医生苦涩地一笑。

"你真不容易叫人讨好，斯格达摩先生，"他说，"我现在只是供你自己选择：跟一个被杀者去交朋友呢，还是跟一个杀人犯去交朋友。如果你的良心太清白，不愿接受我的帮助，你只要老实说，我可以立刻就离开你。从此你就自己处理你的箱子和箱子里的东西，照最适合你的正直的良心行事。"

"我错了，"赛拉斯回答说，"当时我还没有使你相信我的清白无辜，你就如此慷慨地想法子保护我，这我是该要铭记在心的，我决计十分感激地继续听取你的忠告。"

"这才像话呢，"医生说，"我相信你已经开始从经验中学到些教训了。"

"再说，"那个美国人继续说道，"你既然自己承认，你是对这种悲剧性事件习以为常的，而且，你介绍给我的那些人，就是你以前的伙伴和朋友，那你能不能就亲自运走这只箱子，使我立刻免掉再看见这种讨厌的东西？"

"天知道，"医生回答道，"我真佩服你啊。如果你认为我还没有很好地参与你的事情，请相信我，我认为刚好相反，要不要我帮忙，随你的便；别再拿感激道谢这种话来麻烦我了，因为我既不看重你的智力，更不看重你的敬意。如果你能够身心健康地再活上许多年，那时，你对这一切就不会这样想了，并且会因你今天晚上这种行为而脸红呢。"

说着，医生从椅子上站起来，简单明了地把他的话又叮咛了一番，没让赛拉斯来得及回答一声，就离开了房间。

第二天早晨，赛拉斯赶到了那个旅馆，盖拉尔廷上校很殷勤地接待了他，从那一刻起，他对于他的箱子以及箱子内装的可怕的东西总算免除了直接的担忧。一路上没有发生什么事情，虽然这个青年人听到水手和铁路脚夫们私下在埋怨王子的行李重得出奇时，他很惊恐。在马车上，赛拉斯坐在仆人一道，因为王子弗洛列席尔欢喜和他的掌马官两人单独在一起。但是在轮船的甲板上时，赛拉斯因为始终为他的未来担心不安，他站在那儿凝视着那堆行李时郁郁不乐的神情态度，终于引起了王子的注意。

"这个青年人，"王子说，"他准有什么伤心的事情吧。"

"那个人就是我获得您允许和您的随员们一起来的美国人。"盖拉尔廷回答说。

"你使我想起来了，我已经失礼啦。"弗洛列席尔王子说，于是就朝赛拉斯走过去，十分谦恭有礼地和他攀谈了起来。

"年轻的先生，我很高兴能够通过盖拉尔廷上校和你相识。记住，如果你愿意，以后任何时候，我很高兴为你效更大的劳。"

然后他对他问了一些关于美国的政治情况，这些赛拉斯都回答得很有识见、很有分寸。

"你的年纪还很轻，"王子说，"但是我看出，照你的年龄来说，你是一个非常严肃的人。也许你太专心研究学问了。不过，在另一方面，也许我自己太不当心，提起了你的什么伤心事了。"

"我的确可说是一个最不幸的人，"赛拉斯说，"再没有一个老实人比我受的欺侮更厉害了。"

"我并不想追问你的私事，"王子弗洛列席尔回答说，"但是不要忘了，盖拉尔廷上校的推荐是一项永远有效的保障，我不仅仅愿意，而且也许比别的许多人更可能为你效点劳。"

赛拉斯看到这位大人物这样和蔼可亲，觉得很高兴，但是他心里不一会又烦闷了起来，因为一个共和国的人，即使蒙受了一位王子的恩宠，也是不能解脱他的重重心事的。

车子到达了却林克劳斯，税务署官员像平常那样对王子弗洛列席尔的行李放行无阻，几辆装饰华丽的马车在那儿等待着；赛拉斯和其余的人一道乘车到王子府邸里去。到了那里，盖拉尔廷走到他跟前，说他很高兴能够替那位医生的朋友效了点劳。他谈起那位医生，言辞之间十分崇敬。

"我希望你的瓷器没有震碎，"他接着说，"我曾经特地关照过，一路上叫他们小心搬运这只王子的箱子。"

然后，他吩咐仆人拨一辆车子交由这位青年绅士随意使用，于是那只旅行大衣箱立刻被装在马车后面，上校和他握握手，说他因为王子府中的事务关系不能相送。

这时赛拉斯拆开了那个里面写着地址的信封，看了后他就吩咐那个穿着皇家制服的车夫驶往斯特兰德大街上的匣子弄去。这个人对那地方似乎并不是不熟悉的，因为他看上去吃了一惊，并且要求再说一遍。赛拉斯战战兢兢地跨进了那辆华丽的大马车，向着他的目的地驶去。匣子弄的进口处很狭窄，大马车开不进去。巷子的入口不过是一排铁栅的空缺处，左右竖着两根门柱，一根门柱上坐着一个人，他立刻一跃而下，对马车夫很友好地打了个招呼，这时马车夫已打开车门，问赛拉斯要不要他把那只旅行大衣箱取下来，以及搬到哪一宅房子里去。

"如果你们不嫌麻烦，"赛拉斯说，"请你们搬到三号去。"

马车夫和那个坐在柱子上的人，花了好大的劲才搬下了那只箱子，尽管赛拉斯本人也帮忙；箱子还没在那座可疑的房子大门口放下，那个美国青年看见有十几个人正在那里探头探脑地闲荡着，心里吓了一跳。不过他还是尽量装出一副愉快的脸孔敲了门，一个人开了门后，他把另外那封信递给他。

"他没有在家，"那人说，"但是如果你可以留下你的信，明天一早再来的话，那我就可以告诉你他是不是能接见你或什么时候接见你了。你要把你的箱子留下吗？"他又说。

"好极了。"赛拉斯说，但是再一想他就后悔他的鲁莽了，于是用同样的语气说道：他不如随身把箱子带到旅馆里去。

那一伙人都笑他的迟疑不决，然后一路揶揄着，跟随他走到马车边上；赛拉斯又羞惭又害怕，他恳求仆人们把他送到最近的安静而舒适的旅馆里去。

王子的马车把赛拉斯载到克拉文街的克施文旅馆里，车夫把他留给旅馆里的侍役照顾后，立刻把马车驶走了。旅馆里唯一空着的房间，似乎只有四层楼上朝向后面的一间幽暗的小屋子，两个身强力壮的侍役，一面抱怨着，一面吃力地把那只大衣箱扛进了这个隐蔽处。这是无须说的了；在上楼梯的时候，赛拉斯一直紧紧跟在他们后面，他心里吓得要命。他想，只要一失足的话，这只箱子就会翻到楼梯栏杆外面，把箱子里的鬼东西倒在大厅走廊上，结果搞得真相大白的。

一到房里，他就在床沿上坐下，让刚才受尽煎熬的心灵可以宽舒一下；但是他还没有完全坐定，突然却又起了一阵惊慌，原来那个侍役正跪在箱子旁边，过分殷勤地在把箱子上缚着的绳子解开来啦。

"别解！"赛拉斯喊道，"我在这里不会要从箱里取东西的。"

"那你就该把它放在楼下走廊里算了，"那个人发牢骚地说，"这东西简直像座礼拜堂一样重。我真想不通，你里面装的是什么呀。如果装的全是金钱的话，那你可比我还富有哩。"

"金钱?"赛拉斯重复道，不禁吃了一惊，"你说钱是什么意思? 我并没有钱，你讲的简直是一派傻话。"

"唔，先生，"侍役眼睛一眨回嘴说，"这儿谁也不会来碰你老爷的钱的。我可以保险，"他又说道，"但是箱子这样重，希望你能赏点酒钱，让我喝上一杯来庆祝你老爷的健康。"

赛拉斯塞了两个"拿破仑"[1]给他，同时抱歉地说，对不起，他只能给外国钱，因为他才到这里。这一来那个人甚至更加叽里咕噜起来了，一面轻蔑地看看手中的钱，接着又看看那个大衣箱，然后又看看手中的钱，最后才算退了出去。

尸体装在赛拉斯的箱子里已经快两天了。一等只留下他一个人时，这位不幸的新英格兰人，立刻就非常用心地在箱子的接缝处、开口上嗅了一遍。其实天气很凉，箱子里装的那件可怕的秘密东西仍然好好的。

他坐在衣箱旁边的一张椅子上，两只手捂着脸，专心一意地沉思默想了起来。如果他不很快地得到解救的话，那无疑地他一定会很快就要被人家发觉。一个人孤零零地来到了一个陌生城市，没有朋友，也没有帮手，万一那个医生的介绍误了他，那他就全都完蛋啦。他感伤地回想起以前自己对于未来的一些雄图大略：现在他可再也不能成为他故乡缅因州的英雄和发言人啦；他再不能如他以前愚蠢地期望的那样，从这个职务调到另一个职务，从一个官位升到另一个官位了。他最好还是自个儿立刻丢了什么成为受人尊敬的美国总统的希望，不必再留下个雕刻恶劣的全身铜像去装饰华盛顿国会了。他在这里，被一个蜷曲着装在一只大衣箱里的英国死人绊住了；他必须摆脱它才行，要不就别想再青史留名啦!

那位青年人咒骂别人的那些话，我真简直不敢记述，他骂那个医生，那个杀人犯，骂齐弗灵太太，骂旅馆的侍役，也骂王子的仆人们，一句话，骂一切和他的可怕的厄运有过一点儿关系的人。

晚上七点钟左右，他悄悄溜下楼去吃晚饭，但是那间黄色的咖啡室

---

1　法国金币，合二十法郎。

使他很害怕，别的几个在吃饭的人眼睛似乎都在怀疑地盯着他，而他的心又一直惦念着楼上的大衣箱。当侍役给他拿了干酪过来时，他的神经已紧张极了，他从椅子上跳了起来，结果把还没喝完的一品脱的啤酒全泼在桌布上。

等他吃完了饭，那人提议领他到吸烟室里去；虽然他很想立刻回到他的可怕的宝贝那儿去，但他没有勇气推辞，结果就由他领进了下面那个黑暗的、点着煤气灯的地窖里，这种地窖就是克拉文旅馆的吸烟室，很可能到现在都是这样。

两个神情忧郁的汉子正在打弹子，一个半死不活的害痨病的记数员陪着他们；这时赛拉斯还以为在这个房间里就只有这几个人呢。但是再一看时，他看见在那端的角落里还有一个人，耷拉着眼皮，模样儿优雅大方，正在那儿吸烟。他立刻想起来，这张面孔是他以前看见过的；尽管他的衣服已经完全换过了，他认出这人就是坐在匣子弄的过道的柱子上的那一个，他曾经帮过他在车上把箱子搬下来，然后又搬上去。这个新英格兰人掉头就跑，一直奔到他自己的房里，关上门、上了锁之后，他才歇下来。

在房里，他注视着身旁的一箱子死肉，足足受了一夜最可怕的幻想的折磨。旅馆侍役猜想里面装的是一箱黄金，这个念头为他带来了各种各样新的恐惧，以至于简直不敢合一合眼；加上那个明显地假扮的、匣子弄那边来的闲荡者，居然会在吸烟室里出现，使他深深觉得他现在又成了阴谋诡计的中心对象啦。

夜半的钟声已敲过了好一会儿，在不安和猜疑的驱使下，赛拉斯打开他的房门，向走廊里凝视了一会。走廊上只点着一盏煤气灯，光线很阴暗；再过去一点地方，他看见有一个旅馆侍役装束的人睡在地板上。赛拉斯踮着脚轻轻地向他走过去。那人斜侧着身子躺着，右臂膀遮住了他的脸，辨认不出是个怎样的人。突然，正当这个美国人在俯身察看的时候，那人移开手臂，张开了眼睛，赛拉斯一看，原来在他面前的又是那个匣子弄来的闲荡者。

"夜安，先生。"那人很愉快地说。

但是赛拉斯却惊骇得一句话也答不上，悄悄地回到了他的房里。

一直到天亮时，他担惊受怕得精疲力竭了，这才在椅子里睡了过去，头就倒在那只箱子上。尽管睡的姿势是这么不舒服，枕头又这么糟，他的盹儿却打得挺甜蜜，而且睡得很久，一直到很晚了，才被一阵急促的敲门声惊醒过来。

他连忙开门，看见门外站着的是那个旅馆侍役。

"你就是昨天到匣子弄去过的那位先生吗？"他问。

赛拉斯心里一惊，承认正是他。

"这里有一个给你的条子。"那个侍役说，递过了一个封着的信封。

赛拉斯拆开一看，见里面写着三个字："十二点。"

他准时到那边去。几个健壮的仆人抬着箱子走在前面，他被领到一个房间里，那儿有一个人正背朝着门坐在火炉前取暖。许多人在屋里进进出出，以及箱子放在没有铺地毯的地板上的响声，都没有引起那人的注意，赛拉斯站着等在那儿，心里怕得要命，一直等着那人屈尊地来招呼他。

也许过了五分钟吧，那个人才毫不在意地转过身来，原来就是波希米亚的弗洛列席尔王子。

"先生，"他很严肃地说，"你就是这样来辜负我的好意的吗？你要和有地位的人打交道，我明白啦，无非是想逃脱你犯罪的后果；当我昨天跟你谈天的时候，我就一下看出你的窘态了。"

"说实话，"赛拉斯喊道，"我除了不幸之外，是丝毫无罪的。"

他用急促的声音，老老实实地把他的灾难的经过情况向王子一五一十地说了一遍。

"我知道我错怪你了，"殿下听完了他的话以后，说道，"你只不过是个牺牲者，既然如此，我不处罚你了，而且你可以放心，我一定尽我最大的努力来帮助你。现在，"他继续说，"我们动手吧。把你的箱子立刻打开来，让我看看里面装的东西。"

赛拉斯脸色变了。

"我简直不敢看它。"他喊道。

"不，"王子回答说，"你不是已经看见过了吗？这种婆婆妈妈的心肠，非抛掉不可。看到一个我们还能够帮助他的病人，比之一个无可帮助或不再有害、不能爱也不能恨的死人，应该说是更能直接引起我们的感情。振作起来吧，斯格达摩先生，"这时他看到赛拉斯仍旧犹疑不决，

"我请求你做你不做，敢情是一定要我命令你吗？"他补充说。

年轻的美国人这才如梦初醒，他在厌恶中打了一个寒噤，自个儿动手解开了大衣箱上的皮条，打开了锁。王子背着手站在旁边，镇静自若地注视着。尸体很僵硬，赛拉斯硬着心肠，花了好大的劲，才算把它拉直了，它的面孔看得清楚了。

弗洛列席尔王子一声惊叫，吓得往后倒退。

"啊！"他喊道，"你不知道，斯格达摩先生，你为我带来的是一件多残酷的礼物啊。这是我的一个年轻的随员，是我的心腹朋友的兄弟，他为了我差他的事情，现在死在那些暴虐的恶人手里了。可怜的盖拉尔廷，"他说下去道，好像是在自言自语，"叫我怎么样把你兄弟的凶讯告诉你啊？在你的眼睛里，或者在上帝的眼睛里，因为这放肆的计划而使他这样凄惨地暴死，叫我怎样为自己申辩？啊，弗洛列席尔！弗洛列席尔！什么时候你才能谨慎小心地做人，什么时候你才不会任性地被权力的概念搞得头昏眼花？权力啊！"他喊道，"谁是更没有权力的人？我看着这个已经牺牲了的青年人，斯格达摩先生，我感觉到一个王子是多么渺小的东西啊。"

赛拉斯看见他这种激动的样子，心里很感动。他想说几句安慰话，但是话还没有说出，反而流出了眼泪。王子看见他这种明显的关心，也很感动，走到他身边，握住了他的手。

"镇静点，"他说，"我们两人都要好好地受些教训呢，由于今天这次见面，我们又学到了不少事情。"

赛拉斯默默地用亲切的眼神看着他，表示谢忱。

"请你在这张纸上为我写下诺尔医生的地址。"王子领他到桌子边，继续说道，"我忠告你一声：当你回到巴黎去的时候，要避免和这个危险的家伙交往。他干这件事倒是一副侠义心肠，我深信不疑，如果他参与了杀害小盖拉尔廷的阴谋，那他绝不会把这个尸体运送来给那个真正的罪犯照顾的。"

"真正的罪犯！"赛拉斯惊骇地重复说。

"正是这样，"王子回答说，"这封信，由于万能的上帝的天意，竟那么不可思议地落入了我的手中，原来它恰巧是写给那个罪犯本人的，便是那个有名的自杀俱乐部的会长。不过你也别再多问这些危险事情了，你自己能够奇迹般地逃脱性命已是万幸，现在就立刻离开这座房子吧。我手头还有许多要紧事，必须立刻把这个可怜的尸体处理掉，这个死者在不久之前还是一个英勇而漂亮的青年人呢。"

赛拉斯千恩万谢而又恭恭敬敬地向王子告辞，但是他仍旧在匣子弄附近徘徊，一直等到他看见王子搭上一辆华丽的马车去拜访警察局的亨特逊上校为止。这个美利坚共和国的青年默默地摘下了帽子，几乎怀着一种热诚的感情，看着马车一点点远去。那天晚上，他乘上火车动身回巴黎去了。

## 三　神秘的双轮小马车

布雷根勃利·理奇中尉在一次小规模的印度山地战中立下了大功。他亲手俘获了敌酋，声名远扬；当他带着严重的刀伤和因中了瘴气不断发热而疲惫不堪的身躯回国来时，社交界正在准备着欢迎这位小有名气的军人。然而中尉生来十分谦逊，没有一点矫揉造作，虽然本性喜欢冒险，但对阿谀捧场可不感兴趣；所以他在国外温泉浴场和阿尔吉尔滞留了很久，一直等到他那盛极一时的声誉逐渐被人忘却了为止。在春季里，他终于回到了伦敦，也正如他所期望的，没有引起人们的注意，他是一个孤儿，除去一些住在外省的远亲之外，没有什么亲族，因此他住在这个为它流过血的祖国的首都，简直就像个外国人一样。

回到伦敦的第二天，他一个人在军人俱乐部吃了饭。他碰到了几个老朋友，领受了他们的热烈欢迎；可是他们每一个人在晚上都有约会，结果又只留下他一个人了。他本打算到戏院里去看戏的，所以出来时就穿好了晚礼服。然而这个大城市对于他是生疏的——他当年从省立学校毕业，便进了陆军大学，后来便又直接到东方去了——他相信在这个地方，准可以找到各种各样的娱乐。他挥着手杖信步向西走。这是一个温暖的黄昏，天色已经黑了，仿佛随时都有下雨的可能，在路灯下面出现的一张张的面孔，引起了中尉的幻想；他觉得，他似乎永远也走不出这刺激人的城市的空间，永远被那拥有各种私生活的四百万居民的神秘气氛包围着。他瞧了瞧那些房屋，心里奇怪在那些闪着柔和灯光的窗子里面，究竟在干着一些什么事情。他观察着一张张的面孔，看见每一个人都显出有一种紧张的企图，可能是善意的，也可能是恶意的。

"说到战争，"他想，"这才是人类的大战场呢。"

然后他又开始奇怪为什么他在这复杂的地区走了这么久，竟然直到现在还碰不到一点儿奇遇。

"机会有的是，"他想，"我现在不过是个陌生人，也许我这副模样还叫人看不惯吧。可是不久我必定会卷到漩涡里面去的。"

当一阵寒凉的骤雨倾盆而降时，天色已经很晚了。布雷根勃利躲在大树下面，正在这当儿，他看见有一个双轮小马车的车夫在向他打招呼兜生意。这种机会真叫他喜出望外，因此他马上挥起手杖回答了一下，接着便坐上了这辆"伦敦式的游艇"。

"先生，上什么地方去？"车夫问。

"你喜欢上哪儿，就上哪儿。"布雷根勃利说。

马车以惊人的速度在雨中往前驶去，不一会就驶进了迂回曲折的别墅区，所有的别墅都很相像，每一个别墅的前面都有一座花园，经过的一条条灯光朦胧的街道和一排排的房子，几乎全都没有什么区别，马车又驶得风驰电掣一般，因此布雷根勃利不久便辨不出方向了。他简直认为这个车夫准是在寻开心，载着他在这块小地方进进出出，兜来兜去的。可是照车子的速度看来，似乎又是一本正经的样子，因此他又觉得并不是这么回事。这车夫是胸有成竹的，他正在匆匆地向一个目的地驶去；布雷根勃利看到这个家伙在这样扑朔迷离的道路上，如此熟练地择路行驶，未免稍微有些担心。他究竟为什么要这样急急忙忙？他也曾听说过陌生人在伦敦受人暗算的故事，难道这车夫就是一个杀人的恶党吗？现在他自己是被车子送到惨杀的路上去吗？

他刚刚想到这里，马车拐了一个大弯，接着就在一条又宽又长的道路上，一个别墅的花园门前停住了。屋子里灯烛辉煌。另一辆小马车刚刚离开门口，布雷根勃利看见一位绅士走进门去，几个穿着制服的仆役正在接待他。他奇怪这个车夫怎么会恰好停在一家正举行招待会的人家门口，他认为这是车子出了什么毛病，因此并没怀疑，仍旧安安静静地坐在那儿吸着烟，一直到他听见马车顶上的小天窗被拉开了。

"先生，到了。"车夫说。

"到了！"布雷根勃利重复道，"到了什么地方？"

"先生，你自己说的，叫我高兴到哪儿，就把你送到哪儿。"车夫笑了一声，回答说，"现在我们到了。"

布雷根勃利觉得很惊异，像这样一个身份卑微的人，竟如此谈笑自若，温文有礼，他想起赶车时的速度，到这时他才发觉这辆小马车比一般的公用马车要讲究得多。

"我必须要请你解释一下，"他说，"你是打算把我赶下车去叫我淋雨吗？老兄，我认为这得由我来决定才是啊。"

"当然是由你决定的，"车夫回答，"可是我把一切事情向你说明之后，我相信像你这样一位绅士是会明白这个道理的。这房子里面正在举行一个绅士招待会。这位主人究竟是因为初来伦敦，没有朋友，还是因为他性情古怪，这我就不知道了。但是他雇我来诱请穿晚礼服的单身绅士，却是事实，他叫我请得越多越好，尤其是陆军军官，更受欢迎。你只管进去，就说莫利斯先生请你来的。"

"你是莫利斯先生吗？"中尉问。

"噢，我可不是，"马车夫回答，"莫利斯先生是这座房子的主人。"

"这种请客的方式倒是少见，"布雷根勃利说，"这个人大概有些神经病，只要不有意得罪人，当然不妨任着性子跟别人开开玩笑。假如我拒绝了莫利斯先生的邀请，"他继续说，"那将怎么办呢？"

"那就把你送回到原来的地方去，主人是这样吩咐的，"车夫回答，"然后我再去诱请别人，直到半夜为止。莫利斯先生说，对这种奇事不感兴趣的人，就不必邀来做客。"

这句话立刻使中尉下了决心。

"毕竟没有费多大工夫，我就碰到奇遇啦。"他一面想，一面下了马车。

他刚刚走到便道上，还在口袋里摸车钱，那辆马车已摇摇晃晃地用来时的速度拼命地驶走了。布雷根勃利在背后喊叫，但是他听也不听，管自去了；屋里听到他的喊叫声，大门又打开了，里面射出一片灯光，照亮了花园，一个仆人打着伞跑下来迎接他。

"车钱已经付过了，"那仆人用很谦恭的口气说，一路照料着布雷根勃利，领他跨上了台阶。在客厅里面，别的几个侍仆接过了他的帽子、手杖和外套，给了他一个有号码的牌子，然后恭恭敬敬地请他走上那装饰着热带花朵的楼梯，来到二楼的一个房间门口。一个样子很神气的管家问了他的姓名，然后宣布说："布雷根勃利·理奇中尉驾到。"接着就把他请进了会客室。

一个身材瘦长、漂亮非凡的青年人走过来迎接他，一见面立刻显出一副殷勤仰慕的神气。几百支上等的蜡烛，把一间芳香的屋子照得通亮。这间房屋也像楼梯一样，装饰着许许多多盛开着珍奇而美丽的花朵的小树。在一张条桌上摆满了令人垂涎的食品。许多侍仆拿着鲜果和一杯杯香槟酒，来来往往走动着。这里的客人大约有十六个，全是年轻的男人，没有一个不是威风凛凛、精明能干的样子。他们分成两群，一群人围在那儿玩轮盘赌，另一群人围着一个做庄家的人在赌"巴卡拉"[1]。

"我明白啦，"布雷根勃利想，"我跑进了一家秘密的赌场，那个车夫敢情是一个兜揽客人的家伙。"

他一面跟主人握手，一面仔细观察，脑子里得出了这样的结论；他匆促地看了一圈后，把目光转回到主人身上。当他第二眼看到莫利斯先生的时候，他比初见他时更加惊奇了。他那潇洒优雅的仪态，处处显出一种出类拔萃、温厚谦恭和刚毅勇敢的特质，跟中尉开始时假定他是赌窟主人的想法完全不同了；他的谈话的声调，似乎又说明他是一个有地位有功勋的人。布雷根勃利对于这位主人有一种本能的爱慕：他虽然认为这是自己的缺点，心里自我责备，但他还是禁不住倾心于莫利斯先生的人品。

"理奇中尉，我久仰你的大名了，"莫利斯先生放低声音说，"请相信，和你结识，我觉得非常荣幸，看你的仪表，就知道果然是名不虚传。如果你能够暂时忘掉这种邀请你光临敝舍的不正规的方式，我将觉得这不只是一种光荣，而且是一种无上的快乐。你真是一位身经百战、力当万人的英雄！"说到这里他笑了一笑，继续说道，"我想无论旁人失礼得多么严重，你一定满不在乎的吧。"

于是他领着他走到条桌旁边，请他吃一些点心。

"我敢断定，"中尉心中思忖，"他是一个最愉快的人，而且毫无疑

---

1 法国的一种纸牌游戏。

问，他是全伦敦最讨人欢喜的人。"

他喝了一点香槟，觉得这酒非常好。他看见许多客人都在吸烟，他也燃起自己的一支马尼拉雪茄，向着轮盘赌那边走去，他在那儿不时押上一注，有时微笑地望望那些赢的人。在他这样消遣着的时候，他发觉有人正在锐利地观察着所有的客人。莫利斯先生走到这边，走到那边，表面上是忙着招待客人，实际上他却在对大家从头到脚地进行研究；没有一个客人能够逃出他那突然投过来的锐利的眼光；他仔细注视那些一败涂地的人，端详着那些赌注的数目，他停在人家的背后，倾听着他们的谈话；一句话，在场的每个人的特点，没有一样他不留意着记在心里。布雷根勃利开始怀疑，这当真不像一个赌窟，完全是一种私下侦查的局面。他观察着莫利斯先生的一举一动；虽然他随时现出笑容，但他似乎隐隐带有一种憔悴、忧虑和心事重重的神气。他周围的人都在谈笑赌博；可是布雷根勃利对这些人毫无兴趣。

"这位莫利斯并不在屋子里乱兜搭人。"他想，"他心中怀着一种深不可测的目的；让我来猜破这个谜吧。"

莫利斯先生不时把一个客人招到一旁去，在接待室里经过短短的谈话之后，他就独自一个人回转来，而那些谈过话的客人便不再出现了。这样重复了好几次，引起了布雷根勃利极大的疑心。他决心立刻去探明这个小小的秘密；于是他走进接待室，看到在那流行的绿色的窗帘后面，有一个壁凹。他急忙藏在那儿，过了不一会儿，便有脚步声和谈话声，从大厅那儿渐渐向他的身边逼近过来。他从窗帘缝里望去，看见莫利斯先生陪着进来的是一个样儿像个行商的红脸胖子，这个人，由于他在赌桌上的粗鲁的笑声，粗俗的动作，布雷根勃利早已就注意到了。他们两人正好停在窗子前面，所以布雷根勃利对他们下面这一段谈话，听得一清二楚：

"我请你千万原谅！"莫利斯先生用一种极端温和的态度开始说，"假如我有失礼的地方，我相信你不会见怪的。像伦敦这样的大地方，一些意外事情是时常会发生的，但是我们对这种事只有设法补救，尽可能不让它再拖延下去。我承认我疑心你是弄错了地方，而且由于你的无意疏忽，使寒舍增光不小；坦白地说，我完全想不起来我曾经认识你。我们用不着兜圈子，直截了当地说吧——在高贵绅士们之间的谈话，一句话已经够了——你以为这房子是谁的?"

"这是莫利斯先生的。"那位客人回答,他显得十分慌张,听着上面这几句话,他那种狼狈样子真是无以复加了。

"是约翰·莫利斯先生,还是詹姆斯·莫利斯先生呢?"主人问。

"我的确说不出来,"那位不幸的客人回答说,"我和那位绅士并不相识,正如我跟你一样。"

"我明白了,"莫利斯先生说,"在这条街上的另一端有一位和我同姓的人;我相信警察会把他的门牌号码告诉给你的。请相信我,你的误临寒舍,我觉得很荣幸,跟你相处了许多时间,使我非常愉快;并且我希望我们能够在一个比较正式的宴会上再度会晤。现在我绝不再耽搁你的时间了。约翰,"他提高嗓子喊道,"你带这位先生去拿他的大衣好不好?"

莫利斯先生十分谦逊地一直把这位客人送到接待室的门口,然后交给管家陪送出去。当他走回客厅,经过窗边时,布雷根勃利听到他深深叹了一口气,仿佛他心中充满了极大的焦虑,那件正在进行的工作使他神经感到极度疲劳。

此后大约有一个钟头,马车接连不断地到来,莫利斯先生送走了一位老客人,就又接待一位新的客人,所以客人的数目始终没有消减。可是后来来客逐渐稀少,终于完全停止了,而同时告辞的客人却继续不断离去。客厅看上去已空空荡荡:巴卡拉赌已因没人做庄而散局,有不少人都自动告辞,用不着什么人催促便径自走了;这时莫利斯先生更加倍愉快地招待那些没有告辞的人。他从这一堆人走到那一堆人,从这一个人走向另一个人,态度诚恳,恰当而愉快地跟大家谈一会儿;与其说他像一位主人,不如说他像一位主妇,他那种带着女性的献媚与谦逊的态度,使所有的人都很欢喜。

当客人逐渐辞去的时候,理奇中尉离开客厅走到大厅里面,想吸点新鲜空气。但是他还没有迈进前厅的门槛,这时却发现了一件惊人的事,他吓得呆住了。楼梯上的盆花已经不见,三辆载货马车停在花园门前;仆役们正在忙着收拾房子里面的各种什物,有几个仆役已穿好大衣,准备离开了。这正像一个乡村舞会结束了一样,一切什物都是租来的。的确,这件事情是值得布雷根勃利好好想一想的。先是那些客人——实际上并不是真正的客人——被打发走了；而现在这些仆人——简直不是真正的仆人——也纷纷离去了。

"难道这整个住宅不过是一个骗局？"他问自己，"难道这只是昙花一现的事情吗？"

布雷根勃利等待一个好机会，冲到了楼上。这儿正如他所想象的一样。他跑遍各个房间，看不到一件家具，连墙上的画也一幅不剩了。虽然这房子曾经油漆和装修过，可是不但现在没有人住，就是从前也显然没有人居住过。这位年轻的军官吃惊地回想起他初到这里时，感觉到的那种堂皇、安静而舒适的气氛。设下这样大规模的骗局可得花去多大的代价啊。

那么，莫利斯先生究竟是什么人呢？这位主人在伦敦偏僻的西部玩了这么一夜把戏，他的目的究竟何在？为什么他要胡乱地从街上邀客人来呢？

布雷根勃利想到他在这里待的时间太久了，匆忙地回到客人那儿去。在他离开楼下的时候，有许多客人已经回去了；刚刚还是那么熙熙攘攘的客厅，现在连中尉跟主人都计算在内，也不过五个人了。当他走进客厅时，莫利斯先生立刻微笑了一下，站起来迎接他。

"各位绅士，现在是向你们解释为什么打搅你们的消遣，诱请你们到这里来的时候了。"他说，"我想你们不会觉得今晚是过分的无聊吧；我要承认，我的目的并不是请你们来消遣，而是请你们来帮助我去办一件不幸的要务。"他继续说，"从你们的外表一看就晓得你们都是绅士。我坦白地说吧，我是请你们为我做一件危险而困难的事情：危险的是，因为你们也许要冒生命的危险；困难的是，你们必须对将来看到和听到的一切，绝对保持缄默。一个完全不相识的人提出这个要求，几乎是荒唐可笑的，这我十分清楚；我必须立刻补充一句，如果你们在场的人，有谁已经听明白了我的话，如果有人没有冒险的胆量，没有一点堂吉诃德式的热情——那我已经伸手等在这里，我将真心诚意地跟他告别，祝他万事如意。"

一个肤色黧黑的高个子，深深地鞠了一躬，立刻对主人的请求作出了反应。

"我赞美你的坦白，先生，"他说，"至于我，我是要走的。我用不着考虑，但是我承认，你引起了我的疑惑。当然，我走我自己的路；也许你会觉得，像我这样的人是没有资格再对大家劝说几句了吧。"

"正相反，"莫利斯先生回答，"无论你怎么说，我都感谢你。你想夸大我所提出的事情的严重性是不可能的。"

"喔，绅士们，你们认为怎样？"那位高个子问其余的人，"我们一晚上已荒唐得够了，我们要不要一道儿安全地回家去？明天早晨，当你又平安无事看见太阳升起来的时候，你就明白我的提议是不错的了。"那人用抑扬顿挫的声调说出了最后的一句，更增加了他讲话的力量，他的脸现出了一种充满着严重性和意味深长的奇特的表情。另一位客人匆忙地一跃而起，带着惊异的脸色，准备告辞。只有两个人坐着不动，布雷根勃利和一位红鼻子的老骑兵少校；但是这两个人始终保持着一种漠不关心的态度，除了迅速地交换了一个眼色之外，仿佛刚才这一番谈判与他们完全无关。

莫利斯先生把那几位告辞的客人送到门口，随即关上了门；然后转过身来，显出一种轻松愉快的样子，向这两位军官说：

"我已经像《圣经》里的约书亚一样，选到了我需要的两个人啦，"莫利斯先生说，"我相信我找到了伦敦最杰出的人物。你们的仪态使我的车夫欢喜，也使我非常高兴；我曾经在这群怪头怪脑的客人中，在这种极不平常的环境中，观察过你们的行为：我已经注意到你们如何赌钱，如何输了钱不动声色；最后我还宣布一些惊人的话来考验你们，而你们却像接受人家请你们吃晚餐一样。"他喊道，"几年来我做了一位欧洲最勇敢、最聪明也最有权势的人的朋友和学生，总算不是没有一些收获的。"

"在班德尔昌的小战役中，"少校说，"我要想动员十二个志愿兵，结果每一个骑兵都响应了我的号召。但是在赌场中跟作战的部队是不同的。我猜想，你得到两个决不会临阵脱逃的人，也许是高兴的。至于逃掉的那两个，我只把他们看作是我从未见到过的可怜虫罢了。理奇中尉，"他转向布雷根勃利说，"最近我时常听到你的大名，我相信你也可能听到过我的名字。我是奥拉克少校。"

这位老战士又向年轻的中尉伸出了他那颤抖的发红的手。

"哪个人没有听说过你的大名啊？"布雷根勃利回答。

"等这件小事情结束以后，"莫利斯先生回答，"你们会想到我已经很好地报答了你们，因为我为你们做了一件最好的工作，使你们两人成为相识了。"

"那么，"奥拉克说，"这件事是决斗吗?"

"有点像决斗，"莫利斯先生回答，"跟几个不知其名的危险的敌人决斗，使我觉得最可怕的，这是一个必死的决斗。我必须请求你们，"他继续说，"不要再管我叫莫利斯了，如果你们高兴，管我叫亨米尔斯密吧；我和另外那个我希望他不久就会出现在你们面前的人的真名，请你们暂时不要过问。三天以前，我所说的那个人突然从家里失踪了；直到今天早晨方才知道他的下落。他竟然在从事一种只身替人报仇的工作，你们该能想象得出我够多么惊惶呀，他十分草率地立下了一个不幸的誓言，他认为必须用法律之外的方式来消除一个恶贯满盈、杀人如麻的坏蛋。我们的两个朋友，其中的一个是我的弟兄，已经在这件冒险事情中牺牲了。至于他本人，我敢断定，也已堕入了这种致命的罗网。但至少他现在还活着，还有一点希望，这一封短札就足以证明。"

这位谈话的人原来就是盖拉尔廷上校，他拿出一封信来，信是这样写的：

亨米尔斯密少校：

　　星期三上午三点钟，请你到里金特公园罗契斯特大厦花园的小门口，有一个我们方面的人会让你进去。千万不要耽误一分钟。请你带着我的剑匣，最好能找到两位完全不认识我的绅士：他们必须品行端正、言辞谨慎。在这次事件中不得泄露我的名字。

T. 戈达尔

"即使他没有别的什么资格，光凭他的智慧，"当盖拉尔廷上校满足了两位客人的好奇心时，他继续说，"我的这位朋友的指示也是应该绝对服从的。因此，我无须告诉你们，我连罗契斯特大厦的邻近都从来没有去过；对于我朋友的灾难的情况，我正像你们两位一样处于五里雾中。我接到这个嘱托之后，马上便找了一个承租家具的商人，在几小时之内，就把眼前这座房屋装饰成刚才那种富丽堂皇的样子。我的骗局至少是别出心裁的；我绝不后悔我的这种行为，因为我靠它获得了奥拉克少校和布雷根勃利·理奇中尉的帮助。不过这条街上的一些仆人明天醒来是会觉得十分诧异的。他们第二天早晨会发现昨晚灯光辉煌、宾客盈门的房屋，已经无人居住而且在待价而沽了。可见一件最严重的事情，"上校继续说，"也自有可以供人欢乐的地方。"

"让我们去添上一个欢乐的结局吧。"布雷根勃利说。

上校看了看表。

"现在快到两点钟了，"他说，"我们还有一个钟点的时间，门口有辆轻马车。请你们告诉我，是不是决计肯帮我的忙？"

"我活了一生，"奥拉克少校回答，"对任何事情我从没有反悔过，赌钱决不压两门。"

布雷根勃利也措辞十分得体地表示愿意；他们喝了一两杯葡萄酒之后，上校给了他们每人一支装满子弹的手枪，三人登上一辆马车，一径向刚才谈起的那个地方驶去。

罗契斯特大厦是运河岸边的一座雄伟的建筑。它的花园很大，使房子和嘈杂的邻居隔得非常远。这花园好像是某个贵族或百万富翁的鹿苑，从大街上就可以看到。这座邸宅的数不清的窗子里并没有一丝灯光；这一带显得异常荒凉，好像这房主人久已离开这里。

他们下了马车，三位绅士没一刻工夫便找到了那个小门，它是在两座花园墙壁之间的一条小巷中的后门。现在离约定的时间还有十分钟到十五分钟光景；雨下得很大，这三位冒险者隐蔽在垂落的常春藤下面，低声地谈论着即将来临的考验。

盖拉尔廷突然举起了一个手指，叫大家肃静，三个人都耸耳倾听。在连绵不断的雨声中，听见墙壁的那一面有两个人的脚步声和谈话声；当他们走近时，听觉特别敏锐的布雷根勃利，甚至听到了他们几句谈话的内容。

"坟墓挖好了没有？"一个人问。

"挖好了，"另一个人回答，"在月桂树枝的篱笆后面。等这件工作完毕后，我们可以用一堆树干把它盖住。"

第一个说话的人笑了笑，他那愉快的声音甚至使墙壁这边偷听的人惊愕住了。

"还有一小时。"他说。

从脚步声听来，这两个人显然是分头朝着相反方向走开了。

几乎就在那一瞬间，后门轻轻地打开了，一张雪白的面孔探了出来，接着有一只手在招呼着这几个守望着的人。三个人悄无声息地进了小门，那门立刻随手锁上了，他们跟着这位引导人走过几条花园的小径，来到这座大厦的厨房门口。在一间铺着石板的大厨房里燃着一支蜡烛，厨房里并没摆着平常的用具，当这伙人从这里开始登上一层螺旋楼梯时，一群极大的老鼠的喧闹声更加证明了这座房屋的荒凉。

他们的引导人举着一支蜡烛走在前面，他是一个瘦削的人，腰背弯曲，但是依然很敏捷；他不时转回身来，做手势警告他们要肃静谨慎。盖拉尔廷上校紧跟在他后面，一只胳臂挟着剑匣，另一只手握着手枪。布雷根勃利的心跳得很厉害。他知道他们来得正是时候；但是他从那老头儿的敏捷的行动看来，断定行动的时间一定就在眼前了；这个冒险的地方四周十分阴暗可怕，真是干一种最阴险的勾当的好地方，一个比布雷根勃利年纪大的人，跟着大家走上螺旋楼梯时，准会忐忑不安的。

走到楼梯顶上，引导人打开一扇门，让这三位军官走进一个小房间，房里燃着一盏烟雾腾腾的灯，发着微弱的亮光。炉边坐着一个壮年的男人，他身体强健，仪态优雅而威严。他的容姿及表情显出一种很镇定自若的神气，正在悠然自得地吸着一支方头雪茄烟，桌子上，在他胳膊肘旁边放着一大杯冒着泡沫的饮料，它那芬芳的香味弥漫了整个房间。

"欢迎，"他说，一面向盖拉尔廷上校伸出手来，"我确定你会准时到来的。"

"我尽我的忠诚。"上校鞠了一躬回答道。

"把你的朋友介绍给我吧，"当他们彼此行过礼之后，先前的那个人继续说，"两位绅士，"他用一种优雅而和蔼的声调说道，"我但愿我能用一种更愉快的节目来款待你们，对于一个朋友来说，初次订交就托付严重的事情是不大有礼貌的，但是事态严重，迫不得已，也顾不到这些繁文缛节了。我希望，而且我相信你们会为了这一个不愉快的晚上而原谅我；像两位这样有身份的人一定会了解你们对我帮了很大的忙。"

"殿下，"奥拉克回答说，"务必请您原谅我的直率。我再不能隐忍下去了。不久之前我怀疑亨米尔斯密少校，但看到戈达尔先生后我可毫不疑惑了。在伦敦想要找寻两个不认识波希米亚弗洛列席尔王子的人，这可未免求之过奢啦。"

"弗洛列席尔王子！"布雷根勃利惊叫道。

他非常好奇地凝视着在他面前的这位名人的姿容。

"我让你们识破了，我并不觉得懊丧，"王子说，"因为这样可以使我感谢你们的心意显得更郑重。我相信，你们帮助波希米亚王子和帮助戈达尔先生是一样的；不过前者也许更容易来报答你们。沾光的当然是我。"他说着又欠身行了个礼。

接着他跟这两位军官谈论起印度的军队和当地的士兵，关于这个问题，正像别的各种各样的事情一样，他的知识极为渊博，见解也极为正确。

在这生死存亡、千钧一发的时候，这个人的态度上有的地方显得是那么惊人，竟使布雷根勃利羡慕不已；他深深感觉到他谈吐的魅力和他的话题的得体。每一个动作、每一句话都抑扬顿挫，不只它本身很高贵，而且使得那几位有幸跟他相遇、羡慕着他的举止言谈的人也都感到高贵起来；布雷根勃利心中热诚地想，像这样的一位君主，自然难怪会使一个勇敢的人心甘情愿地为他贡献出生命。

这样过了好几分钟，那个领他们走进这屋子的人，手中拿着表，一直坐在一个房角里，这时站起身来，在王子的耳边轻轻地说了一句。

"好吧，诺尔医生，"弗洛列席尔很响地回答说；然后转向别的人，"绅士们，如果我不得不让你们待在黑暗里，"他说，"你们会原谅我的吧。现在时间快到了。"

诺尔医生吹熄了灯。一抹预示即将破晓的微光照亮了窗门，但是仍旧照不亮房间；当王子站起身来的时候，看不清他的样儿，也猜不出那明显地影响着他的说话的感情。他向门那边走去，然后在门的一边站了下来，样子非常小心谨慎。

"你们最好保持绝对的肃静，"他说，"把身子躲在最阴暗的地方。"

三位军官和医生赶快听从了他的话，差不多有十分钟光景，在这座罗契斯特大厦里响着的唯一的声音就只有在木头家具后面的老鼠的奔跑声。最后，一个铰链很响地"咔嗒"一声断裂了，这声音在一片静寂中听去异常清楚；不一会儿，这几个守望着的人听见有一阵缓慢而小心的脚步声，渐渐地沿着厨房的楼梯走上来。那个闯入者似乎在走一步，停一步，然后又听一下，这样过了好一会，时间长得好像没有个尽头，使得这几个听着的人惴惴不安极了。诺尔医生是个见惯了各种危险勾当的人，这时也痛苦得身体差点虚脱了；他的胸口嘘嘘地喘着气，牙齿打着颤，当他怯生生地移动着站立的位置时，他的关节骨头咯咯直响。

最后，一只手在推门了，轻轻一响，门被拨开了。接着又停住了，这时布雷根勃利看见王子静静地摆好姿势，如临大敌的样子。接着门开了，又射进了一点早晨的光亮；那个家伙已在门槛上出现，他一动不动地站着。他是一个高个子，手里拿着一把刀。虽然黎明的光线朦朦胧胧的，他们还是看得见他露出外面的牙齿，闪闪发光，因为他的嘴正像一只准备扑过来的狗一样地张开着。这个家伙显然刚才游过了水，他站在那儿，水珠不住地从湿衣服上掉下来，滴滴答答地淋在地上。

接着他跨进了门槛。只见一个影子蹦上去，一下扼住了他喉咙的喊叫，接着是一阵手脚敏捷的挣扎，盖拉尔廷上校还没来得及跳过去帮忙，王子已抓住了那个家伙的两个肩膀，夺下他的武器，完全把他制服了。

"诺尔医生，"他说，"请你把灯重新点上吧。"

把俘虏交给了盖拉尔廷和布雷根勃利看管之后，他走到房子的另一边，背靠着壁炉坐了下来。灯一点亮，这一伙人看见王子这时的样儿异常严肃。现在已不再是那个纵情欢乐的绅士弗洛列席尔，而是一位满脸义愤、心怀杀机的波希米亚王子了；他抬起头来，对着那个被俘的自杀俱乐部的会长。

"会长，"他说，"你设下了最后的陷阱，现在你自食其果啦。天已发白，这是你最后一个早晨了。你刚刚游过了列金特运河，这是你在世上最后一次沐浴。你的老同党诺尔医生不但没有出卖我，反而把你引渡到我手中来接受审判。你为我掘好的那个坟墓，按照上帝的意志，为了你在人间的罪恶，今天下午要叫你自己受用了。跪下去祷告吧，先生，如果你还有心思这样做的话；因为你的时间已经不多，上帝对你的罪恶已经忍无可忍了。"

会长既不答话，也无动作；他只是继续垂着头，紧绷着脸凝视着地板，好像他明白了王子这番严厉的话似的。

"各位绅士，"弗洛列席尔继续说，又恢复了他平常谈话的口气，"这个家伙，他一直逃避我，但是多亏诺尔医生的帮助，我终于抓住了他。要把他的罪行讲一遍，我们现在不可能。因为那要花许多时间；但是可以说，如果这条运河里流的只是在他手下死去的人的血的话，那我相信，这个恶棍也一定不见得比你们现在看见的更干燥。不过即使在这样一件事情上，我也愿意用礼貌的方式来解决。不过我要请你们来决定，绅士们——这不是决斗，而是执行死刑；要叫这个恶棍来选择用什么武器的话，那是太讲究礼节了。我不能在这样一件事情上丢掉我的性命，"他继续说，一面打开了剑匣，"手枪子弹往往靠运气，最有本领最勇敢的人也可能被颤抖的枪手打死，因此我已决定了，我相信你们一定会赞成我的意见，就是用刀剑来解决这个问题。"

这番话是特别对布雷根勃利中尉和奥拉克少校说的，等他们都表示了同意之后，王子弗洛列席尔对会长说："快点，先生，挑一把剑，别叫我等了；我可没有耐性永远让你来缠扰啊。"

会长从被俘和解除武装后，这才第一次抬起头来，显然，他立刻又有了勇气。

"是不是正大光明地打？"他亲切地问，"你和我两个人？"

"我是说可以给你这样的体面。"王子回答说。

"好，来吧，"会长喊道，"大家公平合理，谁知道结果会怎么样呢？我必须再说一句，我认为这是殿下的一种很漂亮的行为；这样万一我惨遭不幸，那我也总算是死在一个欧洲最豪侠的绅士手中的。"

于是会长就被捉着他的人释放了，他走到桌子跟前，开始很小心地选择刀剑。他的样子十分起劲，好像毫无疑问他一定会在这场决斗中获胜似的。边上的人看见他如此沉着自信，大家都着了慌，他们恳求王子再仔细考虑一下。

"这不过是一场滑稽戏，"他回答说，"我想我对你们可以保证，各位绅士，这场游戏不一会就可结束的。"

"殿下应小心一点，不要轻敌。"盖拉尔廷上校说。

"盖拉尔廷，"王子回答说，"你以前见我背过信吗？这个人的死，是我欠你的一笔债，现在你就将收回这笔欠款了。"

最后，会长满意地选定了一把细长的利剑，同时摆出一副虽然粗野、但很大方的样子，表示他已准备停当了。由于冒险的临近和一种英勇豪迈的感觉，因此即使是这个可憎的恶棍，也显得有一种丈夫气概和相当的风度。

王子自己随便取了一把剑。

"盖拉尔廷上校和诺尔医生，"他说，"请你们在这个房间里等我。我不希望我的私友牵连在这件事情里面。奥拉克少校，你是一个上了年纪和有名望的人——让我把这位会长介绍给你，你做他的助手。我想请理奇中尉做我的助手，一个年轻人对这种事情是不会有很多经验的。"

"殿下，"布雷根勃利说，"这是我无限珍贵的一种荣誉。"

"好吧，"弗洛列席尔王子回答说，"我希望在以后更重要的环境中成为你的朋友。"

说着，他带头走出了房间，下了厨房的楼梯。

这两个人就这样被单独留了下来，他们打开窗门，探出身去，聚精会神地想看一看这场即将发生的悲惨事件的情况。现在雨已过去，天差不多亮了，鸟儿正在花园的灌木丛中和树枝上啼叫。他们看见王子和他的三个同伴在两排开着花的树篱间的一条小径上走去，但过了一会儿，他们绕过转角，便被一簇树枝给遮没了。上校和医生就只看见了这一点，花园是那么大，而那个决斗的地方显然离这幢房子很远，甚至击剑的声音也听不到。

"他把他领到坟墓那边去啦。"诺尔医生说着，打了一个寒噤。

"上帝，"上校喊道，"但愿上帝保佑好人！"

他们静静地等待着事件的发展，医生吓得直打颤，上校急得要命。一定过了许多分钟了吧，天显得更亮了，花园里的鸟儿也唱得更起劲了，一直到听见一阵走回来的脚步声，他们这才又回头向门那边看去。进来的是王子和两个在印度作过战的军官。上帝确实保佑了好人。

"我为我的感情感到羞耻，"王子弗洛列席尔说，"我觉得这是不配我的身份的一种软弱，但是那条恶狗一天活着，总使我像患着疟疾一样寝食不安，他一死，使我比夜里睡了个安稳觉更要来得精神爽快。看，盖拉尔廷，"他把他的剑丢在地板上，继续说道，"这就是那个杀了你弟弟的人的血。你看着该会称心如意了吧。可是，"他又说，"你看，做一个人多么奇怪啊，我报仇雪恨还没到五分钟，而我已开始在问自己了：在这个不安定的人生舞台上，复仇这件事是真的可能实现的吗？他做下的恶事，谁能把它们解除呢？在一生中他积贮了很大的家当（我们站着的这幢房子就是属于他的）——他这一生现在已永远成了人类的命运的一部分了；我可能精疲力竭地去跟人决斗，一直斗到世界的末日，而盖拉尔廷的弟弟仍然还是死了，别的成千个无辜的人仍然受了侮辱和损害！一件事情成功以后想想会觉得并没有什么，但没有做好之前又觉得它是那么了不起！啊！"他喊道，"在生命中还有像达到目的那样乏味的事情吗？"

"上帝的意旨已经实现了，"医生回答说，"我看得很清楚。殿下，这两次事件对我是一次深刻的教训；现在我自己已经怀着可怕的不安在等着对我的处分了。"

"我方才是怎么说的？"王子说，"我已经处罚过了，现在在我们身旁的人，可是能帮助我去解除他的罪恶的人啊。啊，诺尔医生！你和我的前面还有许多日子的艰巨而光荣的工作要做，也许，在我们做好以前，你早已大大地赎回了你早年的罪行了。"

"那么，"医生说，"现在就让我去埋葬我那个最老的朋友吧。"

（万紫汤真译）

# 带家具出租的房间

## ［美］欧·亨利

在西南区的红砖房街区，有那么一大批人，他们像时间一样流动不停、晃荡不安。说他们无家可归吧，他们又四处为家。他们从一个带家具出租的房间转到另一个带家具出租的房间，永远不得安定——住处不得安定，心灵和思想也不得安定。他们怪声怪气地唱着"家呀，可爱的家"；他们把 Lares et pegates（法语：门神和家神）装在帽盒里随身带着；他们的葡萄藤攀结在一顶宽檐帽上，一束橡皮枝叶就是他们的无花果树[1]。

这地区的房屋里既然住着成千的房客，那当然就有成千的趣闻轶事可供谈谈啰，毫无疑问，绝大多数是沉闷单调的，但在所有这些流动房客身后，如果找不出一两个幽灵来，那才怪哩。

一天晚上天黑以后，有个年轻人在这些破败不堪的红砖房之间踯躅，挨家挨户地打门铃。打到第十二家门口，他把瘪塌塌的手提包放在台阶上，伸手擦擦帽檐和额头上的灰尘。铃声在冷清而空洞的深处响了，显得很微弱，很遥远。

在第十二家的门口他打了铃，有个女房东走了出来。这女房东的样子使他想起一条吃得太饱而懒洋洋的蛆虫，这蛆虫好像已经把一个果核吃得只剩下一只空壳，现在就等着那些可供充饥的房客来填补这个空间了。

---

1 葡萄藤和无花果树为家庭生活的象征，典出《旧约·列王纪》："所罗门在世之日，从丹恩到比斯巴的犹太人和以色列人都在自己的葡萄藤下和无花果树下安然居住。"

他问是不是有房间出租。

"进来。"女房东回答。她的声音发自喉咙，而她的喉咙里又好像长满了厚厚的绒毛。"有间三楼的后房，已经空了一个星期。你想看看吗？"

年轻人跟着她上楼。一缕不知从何而来的微光摇曳在黑洞洞的过道里。他们悄然无声地踏着楼梯和毡毯，那条毡毯简直不成样子，大概连原先织它的织机也认不出它了。它似乎已经变成植物，在腐恶阴暗的空气里，它长在这楼梯上，就像一大块滑腻腻的地衣或一大片苔藓，踩上去活像那种黏糊糊的有机物。楼梯的每个转弯处，墙上都挂着空荡荡的壁龛。也许，这里面曾经放过花草。果真这样的话，那它们准是在这混浊腐恶的空气里枯死了。也有可能，这里面曾放过圣徒的雕像，不过很容易想象，他们早已被妖魔鬼怪拖进黑暗，拖到某个带家具出租的地狱的邪恶深渊里去了。

"就是这间房，"女房东嗓音沙沙地说，"这间房挺舒适的。难得没人住。去年夏天，这里还住过几位高级客人哩——他们一点不找麻烦，总是先付钱后住。水就在过道那头。施普劳斯和蒙纳在这儿住过三个月。她们是演杂剧的。布蕾达·施普劳斯小姐——你也许听人说起过她——哦，那不过是她的艺名——她的结婚证就挂在那个梳妆台上面，还配了镜框哩。煤气灯在这儿，你看这壁橱有多大。这房间人人都喜欢。这儿从来不会空出很久的。"

"你这儿常有剧团的人来租房？"年轻人问。

"他们来了又去了。我的房客中有好多人是和剧院有关系的。是啊，先生，这儿有的是剧院。那些当演员的从来不在一个地方待很久。我不过有我的一份生意。是啊，他们来了又去了。"

他租下这房间，准备预付一星期房钱。他说他很累，想立刻住下来。他把钱数好。女房东说，房间里样样都有，连毛巾和洗脸水也准备好了。说完，她转身想出去，这时年轻人把他那个挂在唇边曾一千次向人打听过的问题问了出来：

"你可记得，在你的房客中是不是有过一个年轻姑娘——瓦什纳小姐——艾洛伊丝·瓦什纳小姐？她很可能就在剧院里唱歌。一个很漂亮的姑娘，身材不高不矮，很苗条，头发是棕红色的，左边眉毛旁边有一颗黑痣。"

"记不起了，我记不起那名字了。他们那些演戏的人常常换名字，就像他们常常换房间一样。他们来了又去了。我可没能耐记着某个人的名字。"

记不起。问来问去总是记不起。五个月来不断地打听，而结果一无所获。花了那么多时间，白天在经理那儿、在代理人那儿、在剧团里和合唱团里到处打听；晚上，在观众堆里询问，不管是明星群聚的大剧院，还是那些低级得连他自己都害怕不会有希望找到她的游乐场，他都问遍了。他，曾深深地爱过她，现在他要想方设法找到她。他知道，她离家出走之后，一定流落在这个沿海大城市[1]的某个地方，可是这个城市却像一大片无底的流沙，每一颗沙粒都在不停地沉浮，永远也不固定，今天还浮在上面，明天又沉到污泥秽土里去了。

这个带家具出租的房间，就像一个强颜欢笑、忸怩作态的妓女，带着那种初次见面时的虚情假意欢迎着刚到的客人。那破破烂烂的家具上映着一层淡淡的虚光，给人一种诡黠难言的感觉：一张睡榻，两把椅子，上面的缎子褴褛不堪，两扇窗之间挂着一面尺把宽的镜子，旁边是一两只涂金镜框，屋子的角落里放着一张铜床。

客人有气无力地坐在一把椅子上，而整个房间呢，则像巴比伦高塔[2]的一层塔面，在语无伦次地向他诉说早先在此居住过的房客们的种种情况。

一块花花绿绿的地毯就像波涛翻滚的大海上的一个长方形的、鲜花盛开的热带岛屿。糊着灰纸的墙上贴着那些无家可归的人所常带的画片——《胡格诺教徒的情侣》《初次相争》《新婚早餐》《泉边情影》。歪歪斜斜、不成样子的帷帘就像亚马孙舞女的饰巾半遮着轮廓分明的壁炉。壁炉台上零零落落地散放着一些东西——几只不值钱的花瓶、几张女明星的照片、一只药瓶、几张不同花色的扑克牌。曾在这房间里住过的房客们就像航船遇难后漂落到海岛上的旅客，当他们有幸被别的船所

---

1 指纽约。
2 《旧约·创世记》第十一章：巴比伦人要建造一座城市和一座通天高塔，耶和华上帝变乱他们的口音，使他们彼此语言不通，因此只能停工不造。

救而能去另一港口时，便扔下随身所带的东西不管了。

就像密码被慢慢地破译出来一样，早先在此居住过的房客们留下的遗痕也渐渐地清楚了。梳妆台前，那张地毯上磨破的地方说明有许多美貌女子在这上面踩踏过。墙上的那些小小的手指印表明年幼的囚徒曾在此摸索，想寻求阳光和新鲜空气。一块向四面八方迸散的痕迹证明曾有人把盛满东西的杯子或者瓶子扔到了墙上。挂镜上，有人曾用金刚钻歪歪斜斜地刻上了"玛丽"这个名字。看样子，住在这个带家具出租的房间里的房客们，不论是先是后，都是些满腹怨气的人——也许是这房间太阴森太冷漠而使他们难以忍受的缘故吧——他们于是便拿房间里的东西来出气。家具被弄得乱七八糟、伤痕累累，那张弹簧一根根露在外面的睡榻，看上去就像一只在拼命挣扎时被人杀死的可怕的怪物。由于某种更为猛烈的震动，大理石壁炉台也被刮去了一大块。地板上处处是凹痕和裂纹，而每一处都有其自身独特的痛苦由来。使人难以相信的是，对这房间所施加的种种怨恨和损害都是那些曾一度把它称为"家"的人干的；然而，他们之所以这样怒火中烧，也许就是因为他们不自觉地感到了那种想家的本能，从而激起了他们对这冒牌的家庭守护神的敌意吧。而如果这个家是属于我们自己的，那即使换成一间草棚，我们也会加以打扫、装饰和爱护的。

那年轻的房客坐在椅子上，听凭种种思想在他的心头萦绕、盘旋，这时从别的带家具出租的房间里，传来了"出租的"声音和"出租的"气味。他听到某个房间里飘出淫荡的、软绵绵的低笑声；另一些房间里，有人在自说自话地大声詈骂，有人在嘎拉嘎拉地掷骰子，有人在哼催眠曲，有人在抽泣；在他头顶上，一只五弦琴快活地叮咚作响。不知哪儿，房门乒乒乓乓；高架电车时不时地隆隆而过；后院的篱笆上有只猫在悲切地号叫。他呼吸着屋子里的空气——与其说是空气，不如说是一股潮湿味——一股就像从地下室的油布和烂木头里散发出来的冷飕飕的霉气。

而就在这时，正当他这样歇息时，忽然之间，房间里充满了浓烈而甜美的木樨香味。这香味似乎是随着一阵轻风飘来的，而且是那样分明，那样浓郁，那样强烈，简直就像是一个有血有肉的来客。年轻人就像被谁叫到了名字似的，一下子跳起来，左右张望着，还大声喊："怎么啦，亲爱的？"那阵浓香围拢过来，将他裹在中央。他伸出手去摸索，这时他的一切知觉都变得混杂而不紊乱了。一个人怎么会分明听到一种气味的召唤呢？不用说，那一定是声音。但是，他刚才感觉到的、还想伸手去捉摸的，难道是声音吗？

"她在这房间里住过，"他喊起来，急切地想在房间里找到什么凭据，因为他知道，凡是属于她的或者被她触摸过的东西，哪怕是极微小的东西，他也能辨认出来。这股萦绕不散的木樨香味就是她喜爱而且是她所特有的气味——这气味是从哪儿来的呢？

房间里乱糟糟的。梳妆台薄薄的台布上散乱地放着五六只发夹——那些东西没有特点，不声不响，却是女人的随身物，但一般女人都喜欢它们，这里没有固定的人称，也没有固定的时态。他没有理会发夹，因为他知道从发夹上是找不到什么线索的。他翻着梳妆台的抽屉，发现有一块被人扔下的破烂的小手帕。他把手帕按到脸上。手帕上有一股刺鼻的金盏草气味，他使劲把手帕扔在地上。在另一只抽屉里，他发现有几颗纽扣、一份剧院节目单、一张当票、两粒没吃的软糖和一本释梦书。最后，还有一个女人用的黑发结，这东西使他一阵火热又一阵冰冷，踌躇了好一会儿。然而，黑发结毕竟是一般女人都有的普通装饰品，并不是某人专用的，所以丝毫也不能说明什么。

他于是就像猎狗追踪嗅迹似的，在房间里到处搜索，扫视墙壁，趴下身子仔细察看角落里地毯鼓起的地方，检查壁炉台、桌子、窗帘、帷布和角落里的那只东倒西歪的柜子，一心想找到什么明显的迹象。然而，他却没有意识到，她就在他旁边，在他周围，在他前面，在他里面，在他上面，她正偎依着他，在向他诉说着爱情，在通过那微妙的感觉痛苦地呼唤他，而他那迟钝的感觉也业已听到了这种呼唤。他不止一次地大声回答："来了，亲爱的！"同时又回过头瞪眼凝视着空中，因为他还不能从那木樨香味里分明看到人体、颜色、爱情和向他伸来的手臂。啊，上帝！那香味究竟从何而来？从何而始，那发出呼唤之声的香味？于是他依然搜寻着。

他翻掘裂罅和角落，找到了一些瓶塞和烟蒂。这些东西他不屑一顾，一点不加理会。只有一次，他在地毯的皱纹里找到一支抽过的雪茄烟：他把雪茄烟一脚踩烂，还恶狠狠地咒骂了几句。他把房间从这头到那头搜索了一遍。他发现了许多在此栖息过的流浪客的细微而凄惨的遗痕，然而对于他所要寻找的，可能也在此住过，仿佛灵魂还在周围萦绕的她，却丝毫也没找到痕迹。

这时，他想到了女房东。

他从阴森森的房间跑到楼下，到了一扇微微透出灯光的门前。女房东听到他的敲门声便出来了。他尽量控制住自己的不安。

"太太，请你告诉我，"他恳求她，"在我来这儿之前，是谁租用这房间的？"

"哎，你这位先生，我再告诉你一遍吧。我已经说过，是施普劳斯和蒙纳，在剧院里她叫布蕾达·施普劳斯小姐，而她就是蒙纳太太。我这屋子人人都知道是规规矩矩的。他们的结婚证书夹在镜框里，就挂在……"

"施普劳斯小姐是怎样一个人——我的意思是，她长得怎么样？"

"唔，黑头发，先生，矮个儿，胖胖的，脸长得很滑稽。他们是上星期二走的，已经一个星期了。"

"那他们前面的房客又是谁呢？"

"唔，是个做杂货生意的单身汉。他还欠我一星期房钱哩。他前面是克劳特太太和她的两个孩子，他们住了四个月；再前面是陶威尔先生，他的房钱还是他的儿子给付的。这样说来就已经有一年哩，先生，再前面我就记不清啰。"

他向她道谢，然后垂头丧气地回到自己房间。房间里死一般沉寂。那一度赋予它生命的原质已经消失。那木樨香味已经飘散。继而代之的又是那股从发霉的家具上散发出来的臭烘烘的气味，那种像来自贮藏室的腐臭味。

他的希望幻灭了，信心也随之丧失。他呆坐着，两眼直勾勾地望着那咝咝作响的煤气灯的幽光。不一会儿，他走到床边，把床单撕成一条一条的碎片。他用小刀的刀背把布条塞进窗框和门框的缝里，把它们堵得密不透风。当这一切都准备就绪之后，他吹灭了煤气灯，又把煤气开到最大，随后怀着感激的心情躺到床上。

这天晚上轮到麦柯尔太太打啤酒。她于是打了酒来，和珀蒂太太一起坐在地下室里，那儿是房东太太们聚会的地方，也是蛆虫不会死的地方[1]。

"今晚我总算把三楼的那间后房给租出去了，"珀蒂太太面对着一大片酒泡说，"是个年轻人租下的。他两小时前就上床睡了。"

"是吗，珀蒂太太?"麦柯尔太太说，口气里充满了羡慕，"你出租这种房间真是有办法。那么，你没有告诉他?"她最后一句话是神秘地压低了嗓子说的。

"房间嘛，"珀蒂太太用她那带着绒毛的声音回答，"本来就是带家具一起出租的。我没告诉他，麦柯尔太太。"

"你做得对啊，太太，咱们是靠房钱糊口的呀。你也真会做生意，太太。有好些人要是知道那床上有人自杀过，他们就不会租那个房间了。"

"是啊，是啊，咱们总得糊口活命吧。"珀蒂太太说。

"是啊，太太;一点不错。就在上星期的今天，我还帮你收拾三楼的那间后房哩。那么漂漂亮亮的一个小姑娘，真没想到会用煤气自杀——她那张小脸怪惹人爱的呢，珀蒂太太。"

"是啊，是啊，她长得倒挺漂亮，"珀蒂太太随声附和，不过又吹毛求疵地加了一句，"可惜她左眉毛旁边长了那么颗黑痣。麦柯尔太太，把你的杯子再斟斟满吧。"

（刘文荣　译）

---

1 参见《新约·马可福音》第九章第四十八节，"在那里〔地狱〕虫是不死的，火是不灭的。"

# 鹰溪桥上

[美] 安布罗斯·比尔斯

　　亚拉巴马州北部的一座铁路桥上站着一个人，正俯视着脚下二十英尺处湍急的流水。这个人背着双手，手腕上绑着绳子。一根绞索紧紧地套在他的脖子上，另一端系在他头上一根坚实的枕木上，中间的一段则松松地垂到他膝前。铺着铁轨的枕木上散搁着几块木板，他，还有他的行刑队就站在上面。行刑队由一位联邦军军士和他指挥的两名士兵所组成，那军士看上去很可能是和平时期的一个代理警长。这临时搭起的平台上还伫立着一个身穿戎服、腰佩武器的上尉军官。桥两端各有一名哨兵持枪而立，他们左臂横在胸前，枪身垂靠在左肩前，机枪抵在臂上。这姿势看上去一本正经，其实很不自然，整个身体必须站得笔挺。这两个哨兵对桥中心发生的一切毫不在意，他们的职责似乎仅仅是把守横在桥上的那块平台。

　　桥的一头除了一个哨兵外，空无一人，铁路笔直地向前伸展了一百码，进入树林，然后拐了个弯就不见了。远处一定还有哨所。河对岸是一片开阔地带，平缓的斜坡上竖着一排木栅栏，上面挖了步枪射击孔，还有一个炮口，炮筒从里面探出身子，控制着桥面。桥和碉堡间的斜坡上站着一些旁观者——一队步兵在那儿"稍息"着，枪托挂地，枪口微微后倾，靠在右肩上，他们双手交叉放在枪上。一位中尉站在队伍的右侧，他的指挥刀刀尖着地，左手按在右手上。除了桥中央的四个人外，其他人都纹丝不动地站着。那队步兵以僵滞的目光冷漠地注视着铁桥。那两名哨兵面对河岸，看上去就像装饰铁桥的雕像一样。上尉抱着胳膊站在那儿，一声不吭地看着下属干活，什么表示也没有。死神就像高官显贵，当他来临时，须得以礼相迎，尊为上宾，就连与他过往甚密的人也不例外。按照军规，静穆和肃立就表示尊敬。

那个就要被处绞刑的人看上去三十五岁左右，他是个平民，从服装看，是个种植园主。他长相端正——挺直的鼻梁，坚毅的嘴巴，宽阔的前额，乌黑的头发向后梳着，顺耳朵直披到他那件裁剪合身的外套领子上。他留着硬直的短髭和山羊胡子，但不是连鬓胡子，深灰色的大眼睛露出慈祥的表情，很难想象一个脖子上套着绞索的人竟会有这般表情。他显然绝不是什么卑鄙的刺客。反正军规对各色人等的绞刑都作出明文规定，就是绅士也不例外。

一切准备就绪，那两个兵士各自抽掉脚下的木板，站到两旁。中士转身向上尉敬礼，立刻站到他身后，上尉也跟着挪开一步。桥上这会儿只剩下那个受刑的人和中士，他们分别站在横跨三根枕木的一块长木板的两端。那平民站的一头几乎要碰到第四根枕木。木板原先是靠上尉的体重保持平衡的，现在则由中士取而代之。一俟上尉发出信号，中士立刻移开，木板就会倾斜，那受刑人将从两根枕木间坠落下去。就那受刑人看来，这样的安排倒也干净利索。他的脸和眼睛都没有蒙住。他盯着自己站的那块"摇摇晃晃的立足点"看了一会儿，然后把视线移向脚下打着漩涡的湍流急水。突然，他发现一段木头在水里翻腾，他的视线也随着那木头顺流而下。那木头漂流得多慢啊！河水也淌得多么费劲！

他合上双眼，想最后思念一下自己的妻子儿女。晨曦中，河水闪闪发光，远处，河岸两旁雾气茫茫，那座碉堡，那些士兵，以及那段打着转的木头——所有这一切都使他的思想不能集中。这时他心里才感到了一种新的不安情绪。因为扰乱他对亲人的思念的，正是一种尖锐、清晰的金属撞击声，就仿佛铁匠的锤子敲打着铁砧，有着同样激越的音色，他既不能塞耳不听，也不能理解。他想不出那是什么声音，无比的远或是无比的近——但似乎又远又近。它的反复出现是有规律的，但缓慢的时候就像丧钟一样。他不耐烦地等着每一下敲击，一种无可名状的恐惧向他袭来。随着敲击间歇的延长，那声音越来越强烈，越来越尖锐，就像一把尖刀戳痛了他的耳膜，使他心烦意乱。他害怕自己会尖叫起来。原来他所听见的只不过是自己手表发出的滴答声。

他睁开眼睛，又瞥见脚下的河水。"假如我能挣脱双手，"他想道，

"我就可以甩掉绞索，跳进河里。我可以潜水躲过枪弹，奋力游到对岸，奔到那片林子里，然后逃回家去。谢天谢地，我的家现在还不在他们的占领区内，我的妻子儿女离占领军还远着呢。"

这些用文字记录在这里的思想，不像是出自这个行将归天的人的脑子，倒像是从外界闪进去的。就在此刻，上尉对中士点了点头，中士退开一步。

贝顿·法夸出身于历史悠久、受人尊敬的亚拉巴马家族，本人是个殷实的种植园主。就像其他庄园主一样，他是个搞政治的，自然也是最初主张南方应该脱离联邦，并且热心支持南方的事业。由于他那傲慢的性格（这里就不必细说了），他未能加入那支曾在各种残酷战役中殊死战斗的勇敢军队，那些战役最后以科林斯镇失陷而告终。他因无法施展才干而感到恼火。他渴望有朝一日能发挥自己的能力，像士兵那样有用武之地。他也盼望能出人头地。他觉得，这种机会自然会来临，就像战争中人人都有机会一样。与此同时，他还尽力而为，只要有助于南方，无论什么低贱的事他都愿干；只要符合他这样一个在心底深处实在是军人本色的平民性格，无论什么危险他都愿承担。他毫不含糊、无条件地笃信那条露骨的格言——爱情和战争都是不择手段的。

一天傍晚，法夸和妻子正坐在家门口一条自制的长凳上，只见一名身穿灰色军服的士兵骑马奔到门前来讨水喝。法夸太太真是太愿意能用自己白净的双手为士兵效劳。她去取水时，她丈夫走近那个满身尘土的骑手，急切地向他打听前线的消息。

"北方佬正在抢修铁路，"那个士兵说，"准备再次进攻。他们已抵达鹰溪桥，并将桥修复了，还在河北岸筑起一道栅栏。他们的指挥官下了一道命令，宣称任何企图破坏铁路、铁路桥梁、隧道和火车的人，一经俘获，就地绞死。通告到处张贴着，我亲眼见过。"

"鹰溪桥离这儿有多远？"法夸问。

"大概三十英里。"

"河这边没有军队吗？"

"桥这头有一个哨兵，半英里外在铁路线上只有一个哨所。"

"假如一个人，也就是说一个平民，一个对绞刑颇有研究的人——能躲过那个哨所，甚至还能骗过那个哨兵，"法夸笑着说，"他能干些什么呢？"

士兵想了想后回答说："一个月前我在那儿的时候，注意到去年冬天的大水把河里漂浮的木头都积在这一头的桥墩下了。如今那些木头都已干了，像麻绳一样，一点就着。"

法夸太太取来了水。士兵喝完后，彬彬有礼地向她道谢，然后对她丈夫一鞠躬，跨上马走了。一小时后，夜幕降临，那骑兵又打种植园经过，这回是朝北，向着他来的方向奔去。原来他是北方联军的一个探子。

当贝顿·法夸从桥上笔直地坠下去时，他已失去了知觉，就像死了一般。似乎过了很长时间，他才被喉咙口的一阵剧痛从不省人事的状态中惊醒过来，随之而来的是一阵窒息感。阵阵疼痛从他颈脖开始一直向下延伸到四肢和躯体的每一个细胞，疼痛好像沿着一张精密的网络，闪电般地向全身扩散开去；疼痛又像一条条火舌，灼烧得他热不可耐，他只觉得脑袋发胀，里面像是塞满了东西一样。这些感觉都和思维毫无关系，因为他的思维功能已被摧毁。他只有感觉，而这种感觉又是如此折磨人。他仿佛觉得，一切都在转动，自己好像一颗燃烧着的核心，被包含在亮闪闪的云雾之中。他犹如一个巨大的钟摆，绕着一个好大约弧圈来回晃动。刹那间，他周围的亮光突然向上冲击，随之而来的是一阵水溅声，在他耳鼓里轰轰作响，一切变得又冷又暗。思维的功能恢复了。他知道，绳子断了，自己掉进了河里。这时倒没有什么窒息感；脖子上的那根绞索早就勒得他喘不过气来，现在又正好挡着河水灌进肺里。在河底被吊死——这种念头在他看来实在可笑。黑暗中他睁开双眼，看见头顶上有一线光亮，可这光亮显得那么遥远，那么可望而不可即。他还在下沉，因为他看见头顶上的亮光越来越淡弱，最后仅仅成了一丝微光。过了一会儿，这丝微光又越来越亮了，他知道自己开始在往上浮，因为他感觉好多了，可他还不敢相信这一点。"被吊着淹死倒也不错，"他暗自思忖着，"但我不希望被枪毙。不！决不能被枪毙，那太不公平。"

他不知道自己在干什么，可是手腕上的剧痛告诉他，他正试图为自己的双手松绑。就像一个无所事事的人观赏杂要演员的表演而对其结果毫无兴趣一样，他观看着自己的挣扎。多么惊人的努力！多么了不起，多么超人的力量啊！干得真漂亮！啊，成功了！绳子松了，双臂分开向上浮了起来。在逐渐增强的亮光中，这两只手一边一个依稀可辨。他怀着一种新的兴趣注视着，先是一只手然后又是一只手，使劲抓住脖子上的绳子，解开后又狠狠地将它抛在一边。绳子在水里浮动起伏，犹如一条水蛇。"把绳子套上，重新套上！"他觉得自己正冲着双手喊，因为绳子解开后，随之而来的是一阵他还没尝过的剧痛。他的脖子痛得厉害，脑袋像是着了火，那颗一直在微微悸动着的心猛地跳了一下，像是要从嘴里跳出来似的。他浑身像散了架一般疼痛难忍！可是，那两只不听使唤的手，对他的命令却无动于衷。它们用力飞快地朝下划着水，将身子托出水面。他觉得自己的头先露出了水面，两眼被太阳刺得看不见东西，胸脯急剧地起伏着，随着一阵剧烈得无以复加的疼痛，他的肺部吸进了一大口空气，但很快他又一声尖叫，把它吐了出来！

现在他已经完全控制了自己身上的各种感官。事实上，这些感官还显得特别灵敏警觉。他全身处于可怕的紊乱之中，也不知是什么东西促进了、改善了他的感官，觉察到许多过去从未觉察到的东西。他感触到脸上的水波，还听到了它们每次拍来时发出的"哗哗"声。他朝河岸上的树林望去，看见了一棵棵的树，看见了树叶和每片叶子上的脉络，也看见了树叶上的小虫子，有蝗虫，有金身苍蝇，还有褐色的蜘蛛，正忙着在树枝间织网。成千上万片草叶上，五光十色的露珠闪闪发光。蠓虫在水波上载歌载舞，蜻蜓在振动双翅，水蜘蛛划动双腿，恰似船桨推动小舟——这一切组成了一支清晰的乐曲。一条鱼从他的眼皮底下"嗖"地穿过，他听到了鱼身分水的"沙沙"声。

这时他已露出水面，脸朝下游。没多久，这个看得见的世界好像慢慢地围着他转了起来，他自己成了轴心。他看见了小桥，碉堡，看见了桥上的士兵，上尉，中士，两名哨兵——他的行刑队。蔚蓝色天空清楚地勾勒出他们的轮廓。他们冲着他大喊大叫，指手画脚。上尉已拔出手枪，但没开火，其他的人都没带武器。他们的动作古怪而可怕，他们的身影异常高大。

蓦地，他听到一声枪响，有什么东西在离他脑袋几英寸的水面上"轰"地炸开了，溅了他一脸的水。接着又是一声，他瞧见一个哨兵正举着枪，枪筒里冒出一缕青烟。水中的这个人看见，桥上的那个人正从枪准星里死死盯着自己。他注意到这是一只灰眼睛；记得曾在哪本书上读到，说灰眼睛是最厉害不过的，所有著名的射手都长着灰眼睛。不过，这只灰眼睛可没击中目标。

法夸被一个回旋的浪头推着转了半圈，他又朝碉堡对面的林子望去。一个响亮尖锐的嗓音，在他身后单调而有规律地喊着，传过水面，十分清晰，透过并淹没了周围的一切声响——甚至他耳边汩汩的流水声。尽管法夸不是一个军人，可他经常出入兵营，知道这种从容不迫、慢条斯理、喉音严重的腔调具有何种可怕的意义。他知道岸上的那位中尉现在不再袖手旁观了。他的声音多么冷酷无情！平稳的语调像是要逼着士兵们保持镇静。他有板有眼地喊出了这样几个残酷的字：

"全体注意……举枪……准备……瞄准……放！"

法夸向下潜去——他尽可能地向下潜去。河水在他耳边像尼亚加拉瀑布一般轰鸣，但他还是听到了排枪沉闷的轰响。他又一次浮了上来，遇见许多闪闪发亮的小铁屑，扁平得出奇，晃晃悠悠地沉没了下去。有几片触及他的脸和手，接着又落下，继续往下沉。有一片夹在他的衣领子里，热辣辣的，很不好受，他一下子把它扔了出去。

待他露出水面，喘着粗气时，他才知道在水下已经待了很长时间。他发现自己正处在很远的下游——比起刚才的地方要安全多了。那些士兵们差不多都已上好了枪膛，从枪管里抽出来的通条在阳光下一闪一闪，在空中翻了个身，"嗖"的一声又被插进了鞘套。两名哨兵又开枪了，这一回没按什么命令，也没获得什么成功。

这一切都让这个被追捕者在回头时看见了。现在他正顺着水势奋力地游去。他的头脑同四肢一样有力，正以闪电般的速度思索着。

"这位当官的，"他心里想，"是个经过严格训练的人，他不会犯第二次错误了。齐射还不是像点射一样容易躲避嘛。也许他已经下命令让士兵随便开枪了。上帝保佑，我一下子可躲不过这么多子弹！"

离他不到两码的地方，突然可怕地溅起河水，接着一阵尖啸，然后逐渐减弱。这响声听起来似乎又从空中飞回碉堡去了，最后"轰"的一声爆炸，搅乱了河底的宁静。河水像一条掀起的被单，盖在他头顶上，把他整个裹住了。他看不见东西，也喘不过气来。大炮也插手进来了。他摇了摇头，抖掉了脸上的水，听见一颗打偏了的炮弹正"嗖嗖"地凌空而过。没多久远处的树林里便响起了"噼里啪啦"树枝折断的声音。

"好了，他们不会再这样打了，"他猜测着，"下一回他们要打葡萄弹了。我得盯着这个炮口，硝烟会给我报信的，炮声来得太晚，老是拖在炮弹的后面。这真是门好炮哇。"

猛然，他觉得自己正急速地旋转，旋转，活像一只陀螺。河水、河岸、树林、此刻在远处的桥、碉堡和士兵都混为一体，模糊不清。所有的物体都变成了各种颜色，他看见的只是一条条在水平线上旋转着的光纹。原来他刚才是陷进了一个漩涡，漩涡激烈地盘旋向前，弄得他头昏眼花。没多久他被抛在一片碎石堆上，这儿是河的右岸，也是南岸。一块隆起的地方正好把他掩蔽起来，不让敌人察觉。这突如其来的停顿，加上一只手又被碎石擦破，使他喘了一口气。他高兴得流下了眼泪。他把手指插进沙子里，一把接着一把地往身上洒，一边还轻轻地感谢它。这沙子像钻石，像红宝石，像绿宝石，像他能想象的世上一切美丽的东西。河岸上的树像是大花园里的植物，他注意到，它们排列得井然有序，又深深地吸了一口树上的花香。一束奇异的玫瑰红的光彩透过树干的空隙闪烁着，轻风在树枝上吹出悦耳的声音，像是风琴在弹奏。他不想再逃了，只想留在这个景色迷人的地方，就是重新被捕，也心甘情愿。

葡萄弹在他头顶上的树枝间"嗖嗖""嘎嘎"地响个不停，把他从梦幻中惊醒。那些稀里糊涂的炮手盲目地放了一阵，算是欢送。他猛地跳了起来，冲上斜坡，一头钻进了树林。

整整一天，他一点没歇脚，仅仅靠着太阳的移动来定方向。这林子好像无边无际，连绵不断，就连一条樵夫的小径也看不到。他还是第一次发现自己住的地方竟是如此荒芜。眼前的一切真有点神秘。

夜幕降临了，他疲惫不堪，脚痛，肚子也饿。但一想到家里的妻子儿女，他又挣扎着向前走去。最后，他终于找到一条路，他知道顺着这条路准能走回家。这条路像城里的大街一样宽阔笔直，可好像也未见有人走过似的。路边没有农田，四处不见住家，甚至听不到一声使人想起此地还有人烟的狗叫声。漆黑的树干在路的两旁竖起一道笔直的墙，逐渐延伸在地平线上，最终汇成一点，好像透视课上画的图案一样。他抬起头，透过树缝看见金光灿烂的星星在天空中眨着眼睛。他觉得这些星星很陌生，而且还很奇怪地组合在一块儿。他相信它们之所以这样组合，其中一定有神秘和邪恶的意义。道路两旁的树林里充满着稀奇古怪的声响，他不止一次地在这些声响中清清楚楚地听到有人在用一种莫名其妙的语言轻声说话。

脖子痛极了，他伸手去摸了摸，发觉脖子已经肿得厉害。他知道被绞索磨破的地方留下了一圈紫色痕迹。他感到双眼充血，再也无法合上。口渴得很，连舌头也肿大了，他把舌头从牙齿间吐了出来，让凉风来解热。这条人迹罕至的大道上，覆盖着多么柔软的草皮啊！现在他脚下再也感不到有什么路了！

毫无疑问，尽管浑身疼痛难忍，他一定走着走着就睡着了，要不就是他刚从一阵谵妄中苏醒过来，因为他现在看见的是另一番景象。这时他站在自己的家门口。一切还都是他离家时的老样子，晨曦中，明亮而美丽。想必他又赶了整整一夜路。他推开门，走上宽敞的白色甬道，看见一件女人的裙衫拂地而来，他的妻子容光焕发，娴静而又甜蜜，正走下前廊来迎接他。她站在台阶下，微笑地等待着，欣喜万分，真有举世无双的优雅和尊严。啊，她是多么美丽啊！他展开双臂，向前奔去，正要抱住她时，只觉得脖子根上重重地挨了一下。一道刺眼的白光在他四周闪耀，随之是一声巨响，好像是大炮的轰鸣——霎时间，一切又都沉浸在黑暗与寂静中！

贝顿·法夸死了。他的尸体，连同那个折断了的脖子，在鹰溪桥的枕木下慢悠悠地晃来晃去。

（江锡祥　纪　锋　译）

# 入土不安

［法］埃米尔·左拉

一

我是病了三天之后，在一个星期六早晨六点钟死的。那时候，我可怜的妻子正替我在箱子里找衣服，找了一会儿后，她直起身来，看到我直挺挺地瞪着眼睛，连气也不出了，她急忙奔了过来，以为我是一时昏厥，她摸摸我的手，低头看看我的脸。随后，她大吃一惊，像发了疯似的号啕大哭起来，一面结结巴巴地说：

"我的天啊！我的天啊！他死了！"

我全都听得见，可是声音很轻，仿佛是从远处传来的。只有我的左眼还能看到一点模模糊糊的白光，但东西根本看不清楚，右眼完全不起作用了。我整个身躯就像遭到雷击一样，完全瘫痪了。我的意志已经消失，没有一丝肌肉听使唤。在一片虚无缥缈之中，我的躯壳已无知觉，唯有我的思想还在活动，虽说活动得很迟钝，很缓慢，但还非常清晰。

我可怜的玛格丽特在哭。她跪在床前，用嘶哑的声音不断地呼唤着：

"他死啦，我的天啊！他死啦！"

那么说，这种奇怪的昏迷状态，四肢动弹不得，但神志依然清醒，难道就是死么？是不是我的灵魂在飞走之前仍然留在我的脑壳里暂不离去？我从童年开始，就经常患神经官能症，年轻的时候，有两次，我发高烧，差点儿一命呜呼。后来，我周围的人对我这种病态也习以为常了，我们来到巴黎，住进这所连家具出租的位于多费纳街上的房子。到的那天早上，我就病倒了，我不许玛格丽特去请医生。肯定是旅途劳累，我才会这样四肢酸痛，休息一下就会好的。可是我心里非常不安。我在一个政府机关里找到了一份差事，我们就匆匆忙忙地离开了我外省的老家来到这儿。我们一贫如洗，我身边仅有的几个钱只够我维持到我领取第一个月薪俸的时候。而眼下这次突然发作的疾病竟然会夺去了我的生命！

这难道真是死吗？我原来想象的死是比平时更黑暗的长夜，比平时更安宁的静谧。从很小的时候起，我就已经开始怕死。因为我身体孱弱，别人总是很关心地拍拍我、摸摸我，所以我总是在想我大概活不长了，用不了多久人家就会把我埋进土里。一想到泥土我就毛骨悚然，虽然这个想法白天黑夜都萦绕在我脑际，我却不能习惯。我年纪逐渐长大，但丢不开这个念头。有时候，经过几天思索之后，我以为已经克服了这种恐惧心理。唉，死了也就完了，人总有一天要死的，没有比死更舒适、更美好的了。这样一想，我几乎感到愉快了，我敢于正视死亡了。后来，一阵颤抖使我浑身冰冷，我头脑晕眩，就像有一只巨手提着我在一个漆黑的无底深渊上面晃荡，那个被埋入土的念头又出现在我的脑际，带走了我的理智。有多少个夜晚，我突然从睡梦中惊醒，也不知道是股什么风把我吹醒的。我灰心失望地合起双手，支支吾吾地说："我的天啊！我的天啊！总得死啊！"焦灼不安紧紧地扣住我的心弦，非死不可的想法，在我似醒非醒的时候显得格外可怕。我几乎再也睡不着，我对睡眠感到害怕，睡眠和死亡太相似了。我怕长眠不醒，我怕眼睛一闭上再也不张开来！

我不知道别人是不是受过这种折磨。它使我的生活不得安宁。死亡就在我和我所爱过的一切之间。我回忆着我和玛格丽特一起度过的最美好的时刻。在我们婚后最初几个月，当她晚上睡在我身旁时，当我一面思念她一面憧憬未来时，不可避免的分离要到来的想法使我兴味索然，使我的希望破灭。我们总得分离，也许是明天，也许就在一个钟头之后。我顿时觉得心灰意懒，心想既然终归是一个如此悲惨的结局，生活在一起还有什么幸福可言。于是，我喜欢想到死。是谁先离开人世？是她还是我？一想到我们的生活被破坏的情景，不论是她先死或是我先死，都使我伤心得眼泪汪汪。即使在我一生中最美好的时刻，我也常常会感到突然而至的忧郁，这种忧郁没人理解。碰到我交好运气，别人看到我反而闷闷不乐感到很奇怪。这是因为突然之间，那种空虚的念头驱走了我的喜悦。那个可怕的"还有什么用"犹如丧钟般在我耳边敲响；这种折磨的可怕之处，在于人们在暗暗的羞耻中忍受它，而不敢把痛苦讲给任何人听。经常有这种情况，夫妻两人身靠身躺着，灯火一灭，各自都为同一种顾虑而感到害怕。而两人谁也不说，因为人们是不谈死的，就像有些下流话大家羞于出口一样。大家怕死怕得连提也不敢提，遮遮掩掩地就像人们遮掩自己的下身一样。

在我亲爱的玛格丽特哭个不停的时候，我就在思考这些事情。我心里很难受，因为我不知道如何安慰她，如何告诉她我并不痛苦。如果说死亡仅仅是像这样肉体上的昏厥，说真的，我过去这么害怕死是毫无道理的。死亡是一种自私的幸福，一种可以解脱我种种烦恼的休息。尤其是我的记忆异乎寻常地活跃。我这一生飞快地在我前面晃过，就像一场我觉得今后与我无关的戏一样。这种感觉很奇妙，我觉得有趣，就好比远处有一个声音在对我讲述我的历史。

我一直记得在盖朗德附近，去皮利阿克的那条大路那儿有一块田野。在大路拐角处，有一座小松林，沿着一条怪石嶙峋的斜坡伸展下去。在我七岁的时候，我跟着父亲到那里去，到住在那里的玛格丽特家里吃薄饼，他们家住在一座一半已经倒塌的房子里。她父母是附近晒盐场里的盐工，生活艰难。后来，我又想起南特中学，我就是在它那古老四壁的哀愁中长大的，日夜不断地向往盖朗德辽阔宽广的天空，城下面一望无际的盐田，还有那水天一线的浩瀚的大海。想到这里出现了一个令人悲痛的黑洞：我父亲死了，我到一个医院行政部门去当小职员，我开始过一种单调的生活，唯一的乐趣是每星期天到去皮利阿克的大路上那座老房子里去做客。那儿的情况一天不如一天，晒盐几乎赚不到钱，到处一片赤贫的景象。玛格丽特那时还是个小姑娘，她很喜欢我，因为我常用一辆小车子推着她出去玩。可是。后来有一天我提出要娶她的时候，看到她那副害怕的样子，我懂得了她是嫌我丑。她父母一口答应了我，这样他们可以少一个累赘。她也听从了，没有说不愿意。后来她做我妻子时间长了，习惯了，也就不怎么讨厌我了。记得我们在盖朗德结婚的那天正赶上下大雨，当我们回到家里时，她不得不换上衬裙，因为她的连衣裙被雨淋得湿透了。

这就是我的整个青年时代。我们在那儿生活了一段时期。后来有一天我进家门时，突然发现我妻子呜呜地在哭。她感到厌烦，她想离开那儿。六个月后，我在工作之外又打了些零工，一个苏一个苏地积攒了些钱；后来有一位老世交替我在巴黎谋到了一份差事，为了不让我妻子再哭哭啼啼的，我就带她来巴黎。上了火车，她就笑了。夜里，三等车厢的座位很硬，我把她抱在膝盖上，好让她舒舒服服地睡觉。

这都是过去的事了。现在，我则死在这座连家具一起租来的房子里的狭窄的小床上，我妻子跪在方砖地上哭泣。我左面的眼睛看到的那个白点正在慢慢地暗淡下去，可是这个房间我还记得清清楚楚。左面是衣柜，右面是壁炉，壁炉中间放着一只没有钟摆的坏了的座钟，指针指着十点零六分。窗子朝着又黑又深的多费纳街。全巴黎的人都从这儿经过，闹声震天，我听见窗子震得发响。

我们在巴黎不认识什么人。我们急于启程，我去工作的那个机构要到下星期一才让我去。从我卧床不起以来，我就有一种被关在这个房间里的奇怪的感觉。在这以前，我们刚乘了十五小时的火车，还没有定下心来，街上的嘈杂声又吵得我头昏脑涨。我妻子伺候我的时候脸上总是带着温柔的微笑，可是我总感到她心神不定。她不时地走到窗口，向街上看一眼，走回来时脸色煞白，她看到这全然生疏的、喧闹沸腾的巴黎感到害怕。如果我从此长眠不醒，她将怎么办呢？在这么大的一座城市里，她孤零零一个人，没有任何人帮助，什么都不懂，她以后的日子可怎么过呢？

玛格丽特握住了我垂在床边的一只僵硬的手吻着，一面不断地像发疯似的叫着：

"奥利维埃，回答我啊……我的天啊！他死了！他死了！"

那么说死亡并不是虚无，因为我能听到，我还有理智。只是我自幼起就被这种虚无吓坏了。我无法想象我这个人的消失，无法想象我完全不是我自己以后会怎么样，而且这样的情况要永远继续下去，几个世纪、几个世纪地继续下去，我的生命永远也不能重新开始了。有时我看见报上有一个下一世纪的日子，我就会瑟缩发抖，我肯定活不到那一年；而这我活不到的看不到的未来的一年，使我焦虑不安。我不是在人世间么？我一死，一切不就化为乌有了吗？

在死中幻想生，我以前一直是这样盼望的。可是这肯定不是死，过一会儿我一定会醒过来的。是的，过一会儿，我就要坐起来把玛格丽特抱在怀里，替她擦眼泪。我们俩能再次相见有多么快活啊！我们将比过去更加相爱！我要再休息两天，随后，我就去上班。我们将开始过一种更加幸福、更加丰富的新生活。只是，我用不着着急。刚才我太累了。玛格丽特不该这样绝望，我只是觉得没有力气回过头去向玛格丽特微笑而已。过一会儿，她再说"他死了啊！我的天啊！他死了啊！"的时候，我就要拥抱她，为了不吓着她，我要对她轻轻地说："不，亲爱的，我是睡着了，你瞧，我活着，我爱你！"

## 二

玛格丽特发出呼叫声后，房门就突然打开了，有一个声音嚷道：

"我的邻居，什么事啊？……是不是又发病了？"

我听出说话的是谁。那是和我们住在同一个楼层的老婆子，加贝太太。我们来到这里以后，她看到我们的处境很表同情，对我们很照顾。她很快地就把她的经历告诉了我们。她过去的房东很难对付，去年冬天把她家的家具给卖了，从那时起，她就和她一个十岁的女儿黛黛住到这幢房子里来了。母女两人制作灯罩，每天最多能赚到四十个苏。

"我的天啊！难道真的就这样完了吗？"她压低声音问。

我知道她走过来了。她看看我，碰碰我，然后满怀怜悯地说：

"我可怜的孩子！我可怜的孩子！"

玛格丽特已经精疲力竭，像孩子般地哭泣着，加贝太太把她扶起来，让她坐在壁炉旁边一只断了腿的椅子上，尽量安慰她。

"真的，您这样要搞坏身子的。不能因为您丈夫去世了您就伤心得活不下去。当然啰，在我失去加贝的时候，我也和您一样，我一连三天连这么大一块东西也没能吃下去。可是我并不因此而好受一些，反而更加痛苦……喂，看在老天爷的份上！想开些吧。"

慢慢地，玛格丽特不出声了。她已经精疲力竭，有时她一阵难过，泪如雨下。这时候，老太太发号施令，粗声粗气，主宰着房间里的一切。

"您什么也别管，"老太太一再说，"正巧黛黛送货去了。再说，邻里之间应该相互帮助……唉，您的箱子还没有全部打开，那么柜子里总有衣衫吧?"

我听见她打开柜子。她准是拿出了一块餐巾，铺在床头柜上。随后她又划了一根火柴，我想她大概是要把壁炉上的一支小蜡烛点着，当作祭烛放在我身边。我注意着她在房间里的一举一动，她在干些什么我完全知道。

"这个可怜的先生!"她低声说，"幸好我听到您的哭叫，我亲爱的。"

突然，我左眼还能看到的一点儿模糊的微光消失了。加贝太太把我的眼睛合上了。我没有感到她的手指碰到我的眼皮。当我明白了以后，一阵微微的阴冷开始使我感到冰凉。

可是，房门又开了。那个十岁的小姑娘黛黛尖声尖气地叫着跑了进来:

"妈妈! 妈妈! 啊! 我知道你准在这儿! ……给，这是你的工钱，三法郎四个苏……我还带回了二十个灯罩……"

"嘘! 嘘! 别说话!"母亲一再说，可是没有用。

小姑娘还在嚷嚷，母亲就向她指指床。黛黛不响了，我感到她有点儿害怕，向门口退去。

"先生睡着了吗?"她悄悄地问。

"是的，你去玩吧。"加贝太太回答说。

可是小姑娘没有走。她睁大眼睛看着我，她有点儿害怕，不明白是怎么回事。突然之间，她像吓疯了似的向外面奔去，还绊倒了一把椅子。

"他死了，啊! 妈妈，他死了。"

房间里异常的静。玛格丽特瘫倒在扶手椅里，她已经不再哭泣。加贝太太一直在房间里踱来踱去，嘴里叽里咕噜地又说了起来:

"现在的孩子什么都懂，您看她! 我把她管教得有多好! 不管是叫她去办事，还是派她去送货，我总是一分钟一分钟地计算时间，免得她在街上闲逛……可是毫无用处，她还是什么都知道。她一眼就能看出是怎么回事。可是，我只有让她看见过一次死人，那是她的叔父弗朗索瓦，那时候她还不到四岁……唉，现在的孩子都不像个孩子，有什么办法呢！"

她歇了一会儿，又接着讲另一件事。

"唉，孩子，想想怎么办手续，到市政府去申报死亡。还有殡葬上的各种事。您办不了这些事，而我也不能让您一个人留在这儿……嗯？如果您同意，我去看看西莫诺先生在不在家。"

玛格丽特没有回答。我仿佛从远处看着这一幕一幕在进行。我有时候觉得自己像是在这个房间的空气里飞舞着的一粒微小的火星，而一动不动地躺在床上的那个形体是另一个人。不过，我还是希望玛格丽特能谢绝西莫诺的帮助。在我短暂的生病期间，我曾见到过他三四次。他住在我们隔壁的房间里，显得很殷勤。加贝太太对我们讲起过，他临时到巴黎来，不过是为了收取几笔他父亲的旧账。他父亲退休在外省，新近去世。西莫诺是个高个儿小伙子，长得英俊、健壮。我讨厌他，也许就是因为他身强力壮。头天他还到我房间里来过，看到他坐在玛格丽特身边，我心里就不好受；在他旁边，玛格丽特显得那么美丽、那么洁白。

在玛格丽特对着他微笑，感谢他来探问我的病情时，他带着多么意味深长的目光看着她啊！

"西莫诺先生来了。"加贝太太回来时低声说。

他轻轻把门推开，玛格丽特看到他时又号啕大哭起来。这个朋友，这个她认识的唯一的男人的出现又引起了她的伤心。他没有安慰她。我看不见他；可是在我周围的一团漆黑之中，我想象得出他的面貌；我清清楚楚地看出是他，他局促不安，因为看到一个可怜的女人这样地悲痛欲绝，他心里难受。而她却应该是很漂亮的啊！她那披散着的美丽的金色秀发，她苍白的脸庞，还有她那因发烧而滚烫的孩子般的可爱的小手。

"我听候您的吩咐，太太，"西莫诺低声说，"如果您愿意把一切都交给我来办……"

她只是抽抽噎噎地回答了几句。在年轻人告辞的时候，加贝太太送他走出，在她经过我旁边时，我听到她谈到了钱的问题。办这种事是很费钱的，她生怕这个可怜的少妇连一文钱也拿不出来了。可是无论如何，问问她总是可以的。西莫诺不让加贝太太说下去，他不愿意让玛格丽特受折磨。他到市政府去申报死亡，并去预定送葬的事。

当四周又静下来后，我心想这场噩梦是不是会这样长时间地延续下去。既然我感觉得出外界的最微小的事情，那么我还在人间。于是我开始对我自己的状况作一个正确的估计。我得的一定是我曾经听说过的那种僵直症。小时候，在我患严重的神经衰弱症时，有时候我一晕过去就是几小时醒不过来。显然，就是这种病的突然发作才使我这样像死人一样四肢僵硬，使我周围的人都以为我已经断气了。可是我的心还会重新跳动，我的血将再次在松弛的肌肉下环流，于是我将苏醒过来，我将安慰玛格丽特。我一面这样推想，一面勉励自己要有耐心。

时间一个小时一个小时地过去。加贝太太已经把她的午餐拿来了。玛格丽特什么东西也不肯吃。后来，下午也过去了。多费纳街上的嘈杂声从开着的窗口传进来。听到铜烛台轻轻地放在床头柜大理石柜面上的声音，我似乎觉得刚有人换过蜡烛。最后，西莫诺又来了。

"怎么样？"老妇人轻声问他。

"一切都办妥了，"他回答说，"明天十一点钟出殡……您什么也别担心，也别在这个可怜的女人面前提这些事情。"

加贝太太还是接着说：

"检查死人的医生还没有来。"

西莫诺在玛格丽特旁边坐下，安慰她几句，后来就不说话了。明天十一点钟出殡，这句话像丧钟似的在我的脑子里嗡嗡地响着。还有这个医生、这个加贝太大称之为检查死人的医生，却迟迟不来！他肯定会看出我只不过是失去知觉，他会做应该做的事，会把我救醒。我心急如焚地等着他。

白天就这样过去了。加贝太太为了不浪费自己的时间，把灯罩活儿也拿了来。在征得了玛格丽特的同意以后，把黛黛也叫了来，因为她说，她不愿意让孩子们在一起玩的时间太长。

"喂，进来，"她领着小姑娘进来，一面轻声说，"别调皮，别看那边，不然你可要小心点。"

她不准小姑娘朝我看，她觉得这样更合适。可是黛黛肯定在不时地偷看我，因为我听到她母亲一下一下地拍打她的胳膊。她怒气冲冲地一再对小姑娘说：

"干活儿，不然我就撵你出去。今天夜里，这位先生要拉你的脚。"

母女两人都坐在我们的桌子前面。她们用剪刀裁剪灯罩的声音我听得清清楚楚。这些灯罩很精巧，裁剪起来一定很复杂，因为她们的活儿干得不快。我一只只地计算她们裁剪了多少灯罩，为的是消除我越来越强烈的焦急心情。

于是，在这个房间里，只听见剪刀的声音。玛格丽特已经累垮了，准是快睡着了。西莫诺站起来过两次。一想到他会乘玛格丽特瞌睡之机用嘴唇去轻拂她的头发，我就心如刀绞。我不了解这个人，可是我总觉得他爱着我的妻子。小黛黛的笑声更使我又恼又恨。

"小傻瓜，你笑什么？"她母亲问她，"我要把你撵到楼梯口去了……喂，说啊，你笑什么？"

孩子结结巴巴不敢说。她刚才没有笑，只是咳嗽。而我呢，我猜想她大概看到西莫诺向玛格丽特弯下身子去，她觉得这很好笑。

在有人敲门的时候，屋里已点灯了。

"啊！医生来了。"老妇人说。

果然是医生来了。他来得这么晚甚至也不道歉一声。他大概在白天已经爬过不少家楼梯。因为房间里的灯光太暗，他问道：

"人在这儿么？"

"是的，先生。"西莫诺回答。

玛格丽特已经哆哆嗦嗦地站起来，加贝太太把黛黛打发到楼梯平台上去，因为这种场面一个小孩子是不宜观看的。加贝太太一个劲地把我的太太朝窗口拉，为了也不让她看到这一惨相。

这时，医生已快步向我走来。我估计他一定很累，草草了事，很不耐烦。他是不是碰过我的手？他是不是摸过我的胸口？我也不得而知。可是我觉得他似乎只是漫不经心地弯下身来朝我看了看。

"要不要我拿盏灯来替您照个亮？"西莫诺好意地问道。

"不，用不着。"医生平静地说。

什么！用不着！我的生命掌握在他手里，而他竟然认为用不着仔细检查。可是我并没死啊！我真想大声呼喊我还没死！

"他是几点钟死的？"他接着问。

"早晨六点钟。"西莫诺回答。

我心里的愤怒到了极点，可是我却被可怕的束缚捆绑住了。喔！不能开口说话，四肢不能动弹！

医生接着说：

"这种沉闷的天气很难受……再没有比这种初春的天气更累人的了。"

他走了，我的命也走了。叫声、哭泣、谩骂全都涌到我的喉咙口，好像要把我连一丝气息也通不过的痉挛的嗓子撕破了一样。啊，这个混蛋，他的职业习惯已经使他成了一架机器，他来到死人的床边仅仅是为了例行公事！那么说，他是个什么也不懂的人！这个人，他连死活也分不出来，他一肚皮学问全是骗人的！而他走了！他走了啊！

"晚安，医生，"西莫诺说。

这时房里一片沉寂。玛格丽特在加贝太太关窗的时候已经走了回来，医生大概向她行了个礼。接着他走出了房间，我听到他下楼的脚步声。

得，这下完了，我没救啦！我最后的一线希望随着这个人一起消失了。我要是不能在明天十一点钟以前醒来，我就要被活埋了！这个想法太吓人啦，使得我对我四周的知觉都消失了。这就像是在死亡本身里面的一次晕厥。我听到的最后声音是加贝太太和黛黛两人的轻微的剪刀声。夜间守灵开始。大家都不说话了。玛格丽特不愿意到邻居的房间里去睡。她就在这里，半躺在那张椅子上，她的脸苍白而美丽，眼睛闭着，睫毛上还沾着泪珠，而西莫诺则坐在她对面的阴影里，不声不响地瞧着她。

三

我也说不上来第二天早上我的痛苦有多大。对我来说，这好比是一场可怕的梦，在这场梦中，我的感觉是那么奇特和混乱，因此我难以准确地说出我感觉到什么。使我最堪忍受的是我老是在盼望着能突然醒来。随着出殡时间越来越近，恐怖之感使我的心揪得越来越紧！

一直到早上我才对四周的人和物重新有了知觉。一声窗上插销的叽嘎声使我从昏睡中清醒过来。加贝太太把窗户打开了。时间大概是七点钟，因为我听到街上小贩的叫卖声，一个小姑娘的尖嗓子，还有一个嘶哑的声音在叫卖胡萝卜。这种巴黎清晨的喧闹声起初使我的心稍许平静了些。我觉得在这一片勃勃的生机中，似乎不可能把我埋进土里去吧。想到另一件事使我更加放心了。我记得过去在盖朗德医院做职员时，也遇到过和我同样情况的一个人。这个人就像我这样一连昏睡了二十八小时，他睡得这么熟，甚至连医生也犹犹豫豫不敢作出判断。后来，这个人一屁股坐了起来，而且马上还站了起来。我已经睡了二十五个小时。如果我在十点钟左右能醒过来，时间还来得及。

我尽力想弄清楚房间里都是些什么人，他们在干什么。小黛黛大概在楼梯平台上玩，因为门开着，一声孩子的笑声从外面传来。西莫诺大概不在房间里，因为没有任何声音可以向我说明他在这儿。我只听见加贝太太趿着破鞋子走路的声音，最后有人讲话了。

"我亲爱的，"那个老婆子说，"您应该趁热吃，吃了会有力气的。"

她在对玛格丽特说话，壁炉上过滤器里轻微的滴水声告诉我她正在煮咖啡。

"这不是我夸口，"她接着说，"可是我从前是需要这个的……在我现在这把年纪，守夜不算一回事。不过在夜里，家里发生了不幸，有多么伤心……喝点儿咖啡吧，亲爱的，喝一点儿就行。"

于是她逼着玛格丽特喝了一杯。

"嗯？趁热，喝了能提神。您需要有力气度过今天……现在，您要是肯听我的话，您就到我的房间里去，您就等在那儿。"

"不，我要留在这儿。"玛格丽特坚决地回答。

从昨天晚上到现在，我还是第一次听到她说话，她的声音使我很受感动。她悲痛欲绝，连声音也变了。啊，亲爱的妻子！我感到她在我身旁，这是我最后的安慰。我知道她一直在望着我，真心实意地在为我哭泣。

可是时间一分一分地在过去。门口有一种响声，起先我也说不清是什么声音。有点儿像在狭窄的楼梯上搬动家具时碰撞墙壁的声音。后来，听到玛格丽特又哭了起来时，我明白了，那是棺材啊！

"你们来得太早了，"加贝太太不高兴地说，"先把它放在床后面吧。"

该是什么时候了？也许是九点钟。可是，这口棺材已经抬来了。我在深沉的漆黑中看到它，崭新的，木板也是刚刨好的。我的天啊！难道这一切都要结束了吗？是不是他们要把我装在我感到在我脚边的这只箱子里抬走呢？

可是我还是感到了极大的喜悦。玛格丽特尽管疲乏，还要最后照料我一番。是她在老婆子的帮助下，像一个妹妹和妻子那样温柔地替我穿好了衣服。她每替我穿上一件衣服，我就又一次感到我在她的怀抱之中。她停住手，悲痛得支持不住了。她紧紧地抱住我，眼泪流了我一身。我真想也能去抱住她，对她喊道："我没死！"可是我仍旧无能为力，我不得不像一件没有生命的东西一样任人摆布。

"您别这样，这些都没用了。"加贝太太不断地说。

玛格丽特断断续续地回答说：

"别管我，我要把我们最好的衣服给他穿上。"

我懂得她要把我打扮得像我们举行婚礼的那天一样。我还留着那些衣服，原来打算在巴黎有什么重大节日时才穿。后来，因为她太累了，又倒在椅子里。

这时，突然西莫诺说话了，他肯定是刚进来。

"他们都在下面。"他低声说。

"好吧，不算太早了，"加贝太太也压低了声音说，"叫他们上来吧，该结束了。"

"我是怕这个可怜的女人受不了。"

老妇人似乎考虑了一下，后来她接着说：

"听我说，西莫诺先生，您把她硬拖到我房间里去……我不要她留在这儿。这是为她着想……趁这时候，棺材一下子就可以钉好。"

我听到这句话五内如焚！西莫诺向玛格丽特走去，恳求她别再留在这房间里。

"行行好吧，"他恳求说，"跟我走吧，别再经受这次毫无意义的痛苦。"

"不，不，"我妻子一再地说，"我要留在这里，我要留到最后一刻。你想想，在这个世界上我只有他一个，如果他走了，就只剩我一个人啦！"

可是，站在床边的加贝太太对着年轻人的耳朵轻声说：

"走吧，抓住她，把她拖走。"

难道这个西莫诺真要去抓住玛格丽特，把她这样拖走吗？玛格丽特马上叫了起来。我勃然大怒，真想跳起来。可是牵连我肌肉的神经全断了。我还是木然不动，甚至连眼皮也抬不起来，无法看到在我面前发生的事情。我妻子一直在挣扎，她抓住家具，不断地说：

"唷！发发慈悲吧，先生……放开我，我不走。"

他大概已用他有劲的胳膊抱住她了，因为她只是像孩子般地在呜咽地哭。他把她抱走了，哭声听不见了，我在想象中还看见他们：他，高大，结实，把她抱在胸前，搂住她的脖子，而我妻子则心碎欲裂，体乏力竭，不再挣扎，他要把她抱到哪儿去她就跟着去了。

"哎哟！真不容易啊！"加贝太太咕噜着说，"嗨！快来啊！现在她走了，开始干吧！"

我嫉妒得怒火万丈，我认为这样把人拖走简直就是无耻的绑架。我从昨天开始起就看不到玛格丽特，可是我还能听到她的声音。而现在完了，有人把她从我这儿抢走了；一个男人，甚至在我入土之前就把她抢走了。而他们俩就在这层夹板的那边，他一个人在安慰她，也许还在拥抱她！

门又开了，有沉重的脚步声传进房间。

"快点，快点，"加贝太太一再说，"这个小女人就要回来的。"

她在跟一些陌生人讲话，陌生人在瓮声瓮气地回答。

"我告诉你们，我不是他们的亲戚，我只是他们的邻居。我管这些事什么好处也捞不到。我纯粹是出于好心才管他们的事。这可不是什么高兴事……是啊，是啊，我一夜没有睡。早晨四点钟左右天气可真冷啊！我总是办傻事，我心肠太软了。"

这时候，棺材已经拖到房间中央，我懂了。既然我醒不过来，那么我必死无疑了。我的思想开始模糊，我好像陷入了一团黑烟之中；我感到非常厌倦，因此失去了任何指望，对我来说倒反而成了一种宽慰。

"木材倒是没有省，"一个声音嘶哑的殡仪馆工人说，"棺材真长。"

"嘿！那睡着才舒服呢，"另外一个工人乐呵呵地说。

我身体不重，他们挺高兴，因为他们要把我从四层楼抬下去。他们抓住我的肩膀和脚，加贝太太突然发起脾气来。

"该死的小丫头！"她叫道，"她什么地方都要去东张西望，……你等着，我叫你从门缝里看！"

原来是黛黛推开了门，把她蓬头散发的脑袋伸了进来。她想看看是怎样把先生放进棺材的。"啪啪"两记清脆的耳光响起，接着是一阵哭叫。母亲回来后对那些正把我放进棺材的人谈论她的女儿。

"她十岁了，是个好孩子，就是太好奇……我不是每天都打她的。不过，她不听话不行。"

"噢！您知道，"有一个男人说，"所有的小姑娘都是这样……只要哪儿死了人，她们就在哪儿转悠。"

我舒舒服服地躺着，如果不是左胳膊挤在板上有点儿不舒服，我真以为还躺在床上呢。就像他们说的，因为我身材瘦小，我在里面很舒服。

"等等，"加贝太太叫道，"我答应他妻子要放一只枕头在头底下。"

这些人很心急，他们动作粗鲁地把一个枕头塞在我头底下。其中一个人嘴里骂骂咧咧地到处找锤子。他们把锤子忘在楼底下了，还得下楼去拿。棺材盖盖上了，我听到"砰砰"两锤子钉下第一枚钉子的时候，不由得身子也随之一震；一切都完了，我活到头了。接着，钉子一枚一枚地钉了进来，钉得很快，锤子声有节奏地响着，简直就像打包工人在钉一箱干果，动作利索而又漫不经心。在这以后，我听到的声音都是比较低沉和拖长了的，声音响得很奇怪，就像杉木板的棺材已经变成一只巨大的共鸣箱。我耳朵里听到的多费纳街上那个房间里的最后一句话，是加贝太太讲的：

"抬下去时慢一些，三楼的扶梯栏杆不结实，要留神！"

他们把我抬走，我感到好像在波涛汹涌的海上滚来滚去。再说，从这时候起，我的记忆都是迷迷糊糊的。不过我还记得那时候我唯一不由自主地关心的是我们去公墓走的是哪条路；其实这种关心是很愚蠢的，巴黎的路我一条也不认识，我也不知道巴黎那些大公墓的确切位置，我只是有时候听到有人在我面前提起过这些公墓的名字，可是这些并不妨碍我集中我最后的精力去猜测我们究竟是在向右拐还是在向左拐。灵车在街上摇摇晃晃地前进。我听到四周车辆的隆隆声，行人的脚步声，这些混成一片的嘈杂声经过棺材这个共鸣箱在我耳边嗡嗡作响。开始，我对走的路线非常清楚；后来我们停了一会儿，人们把我搬来搬去，我明白我们这是在教堂。可是当灵车继续晃晃荡荡地向前驶去时，我就根本不知道我们走过的是什么地方了。一阵钟鸣声告诉我，我们正经过一座教堂附近；车轮声变得比较轻柔和均匀，我想大概是走上了一条比较平坦的林荫大道。我就像一个被判极刑的人被送上刑场，傻乎乎地在等待着那迟迟不来的最后一枪。

车停了，人们很快就把我从灵车上抬下来了。刚才的各种声音都没有了，我觉得仿佛在旷野之中，在大树底下，头上是无际的天空。大概有几个人跟着灵车，同一幢房子里的房客们，西莫诺和其他一些人，因为我听见有人在窃窃私语。还有诵圣诗的声音，一个教士在不熟练地念拉丁文。周围的脚步声转来转去响了两分钟，突然，我觉得沉了下去，绷紧的绳子像琴弓似的摩擦着棺材的四角，发出一种像拉坏了的大提琴的声音。完了！一下猛烈的震动像一声大炮一样在我头的左侧响起；第二下在我脚下；又一下震动，比刚才的更厉害，我的肚子上挨了一下，声音响得我还以为棺材裂开了，我失去了知觉。

## 四

我这样待了有多少时间？我也说不上来。在虚无之中，永恒和一秒钟的时间是相等的。我不复存在了。逐渐地，我又恍恍惚惚地恢复了活着的知觉。我始终在睡，但是我开始做梦。在我眼前的黑暗中呈现出一个可怕的梦境。这个梦境我从前也经常见到，是一种很奇怪的景象，这景象在我睁着眼睛醒着的时候，时常折磨我。我这个人天生容易产生可怕的幻觉，我体味着这种自己给自己制造灾难的痛苦的乐趣。

我就这样想象着我的妻子在盖朗德某个地方等我，我似乎上了火车去和她会面。当火车穿过一条隧道的时候，突然"哗啦啦"霹雳似的一声巨响，原来是隧道里刚才接连两次塌方。塌下的石头一块也没有碰到我们的火车，车厢全都完好无损，可是在隧道的两端，也就是在我们的前面和后面，隧道的拱顶坍下来了，我们就这样被困在一座大山之中，上下左右堵满了巨大的石块。于是我们开始在漫长的痛苦中等待着末日的来临。没有任何得救的希望；要清除隧道里的碎石需要一个月时间，而且干这个工作需要有巨大的机器，还得非常小心地进行。我们就像被囚禁在一个没有出口的地窖里。我们一个也活不了，死只是个时间问题。

我再说一次，我经常会想到这些可怕的情景，我想象出来的悲惨事件真是各种各样！其中的参与者有男人，有女人，有孩子，有一百多人，一大群可以使我想象出无数新的惊险场面的人。火车里当然还有一些吃的东西，可是很快就吃完了，不过还没有到人吃人的地步，那些不幸的快饿死的人拼命地抢着最后一块面包，这儿是一个老头儿被一拳打倒在角落里奄奄待毙！那儿是一个母亲，为了替她孩子留下三四日食物，她像一头母狼似的在拼命搏斗。在我的车厢里有一对新婚夫妇，他们拥抱在一起发出最后的哀号，他们已经不抱什么希望，他们不再动弹。可是，这一段铁路是可通行的，一些人走下车厢，在火车旁来回踯躅，就像一些被人放走的野兽在寻觅猎物。各种身份的人混在一起，一个大阔佬，据说是个高级官员，抱住一个工人的脖子呜咽哭泣，连一点儿架子也没有了。刚一出事，灯光就暗淡下来，火车头里的炉火最后也熄灭了。从一节车厢向另一节车厢走去的时候，为了免得磕磕碰碰，要用手摸着火车的轮子走，这样可以一直走到火车机车处，摸到它冰凉的传动杆，摸到它巨大的、一动不动的侧车身，它瘫在黑暗中，无声息、无动静，已经变成无用的力量。整列火车被活活地埋在地底下，旅客一个一个死去，没有比这更可怕的事了。

我倒觉得有点高兴，很想深入了解这件惨事的细枝末节。黑暗中传来阵阵哀号。突然，旁边有一个人撞在你的肩膀上，你看不见他，也不知道他在你身边。可是，这一次，我感到特别难受的是寒冷和氧气不足。我从来也没有感到这么冷过，我就好像披上了一件冰雪做的披风，头上一股浓重的潮气。我只觉得透不过气来，就像岩石的拱顶压在我的胸口上，就像整座大山都压在我身上，要把我压成齑粉。这时，突然响起了一个得救的喊声。好半天，我们仿佛听到远处有一种沉重的声音，我们心中暗暗抱着希望，也许有人在我们近旁挖掘。可是救星根本不是从那个方向来的。我们之中有一个人刚在隧道里发现了一口通风井，我们便全都向那里跑去，去看看那口井，在井的上方，可以看到有一个蓝点，就像封信用的小面团那么大。啊！多么高兴啊，这个蓝点！那就是天空，我们一个个都伸长着脖子向着它呼吸，我们清清楚楚地看到那上面有几个黑点在蠕动，那肯定是一些工人在安装搭救我们的绞车。所有人的嘴里都发出一阵阵狂热的欢呼声："得救了！得救了！"一条条颤抖的胳膊都伸向那个淡蓝色的小点。

就是这阵剧烈的喧闹把我惊醒。我在哪里？当然还在隧道里。我直挺挺地躺着，我感到身子左右两侧都夹在硬邦邦的壁板之间。我想站起来，可是我的头猛烈地撞到了顶。难道我四周全是岩石吗？而那个蓝点已经消失，甚至连那遥远的天空也不见了。我始终感到窒息，我一阵哆嗦，牙齿格格作响。

蓦地，我记起来了。我吓得毛发直竖，我觉得这个可怕的现实，像一块冰从脚到头流经我的全身。难道我终于从这种长达几十个小时的、像僵硬的死尸般的昏迷状态中醒过来了吗？是的，我在动弹，我的手沿着棺材板摸向前去。我还要做一个最后的试验。我张开嘴，我说话，本能地呼唤玛格丽特的名字。我嚎叫过了，可是我的声音，在这杉木箱子里面听起来凄厉异常，连我自己都感到害怕。我的天啊！难道这是真的吗？我可以行走，可以呼喊我还活着，可是没有人能听到我的声音，我已经被关闭，被压在土下了！

我作出了非凡的努力，让自己平静下来，进行思考。难道就没有办法可以出去？我又开始梦想，我的思路还不十分清楚，我把刚才想象中的通风井和那个蓝点与我就要闷死在里面的墓穴这一现实混在一起了。我把眼睛瞪得大大的瞧着黑暗。或许我会发现一个窟窿，一条缝隙，一线光明！可是在这黑夜里只有几颗火花掠过，一些红色的光芒逐渐扩大，后来又逐渐消失。什么也没有，这是一个深不可测的漆黑深渊。后来，我的头脑清醒过来，我要抛开这愚蠢的梦幻。如果我想得救，就得让我的脑袋保持完全清醒。

起先，我觉得最大的危险是越来越憋气。我之所以能在没有空气的条件下活到现在，是因为昏迷状况使我身上的生命机能都暂时停止了活动；而现在呢，我的心脏开始跳动，我的肺开始呼吸，如果我不尽快离开这里，我就要闷死。同时我也觉得很冷，我真怕像倒在雪地里的人一样慢慢地麻木僵硬，从此就再也起不来了。

我一面不断地告诫自己要镇静，一面感到各种疯狂的念头涌上我的头脑。于是，我鼓励我自己，竭力回忆我所知道的人是怎样埋葬死者的。我大概被埋在一块租期五年的坟地里，这就使我失去了一个希望，因为我过去在南特时曾看到过，公共墓地的坑穴由于一层一层地填，最后埋进土里的棺材的尾端是露在墓穴外面的。如果是这样，我只消打破一块板，就可以钻出去，而如果我被埋在一个填得严严实实的墓穴里，那我上面准盖着厚厚的一层土，这个障碍可就大了。我不是听说过，巴黎的习惯要把人埋到六尺以下吗？怎么才能穿过这么厚的一大堆土呢？即使我能把棺材盖捅破，泥土不也要像沙子一样塞满我的眼睛和嘴巴吗？而这同样也是死，一种更悲惨的死，被泥土闷死！

这时候，我仔细地在我周围探索。棺材很大，我的胳膊可以行动自如。我感到棺材盖上连一条缝也没有，左右两侧的板刨得很粗糙，可是很坚实。我在胸前收起胳膊，想把手臂举到头上。我发现头顶处的那块板上有一个节子，轻轻一按就会动；我花了好大力气捅它，最后把节子捅了出去，我把手指伸出去，摸到了泥土，一种潮湿的很黏的土。可是这对我毫无用处。我甚至后悔不该把这个节子捅掉，仿佛外面的泥土会从这个窟窿眼里钻进来似的。我又做了一会儿另一种尝试，我在棺材四壁轻轻敲着，想知道会不会哪儿碰巧是空的，敲敲右边又敲敲左边。可是，到处的声音都一样。这时，我也用脚轻轻地踢，我觉得那里的声音似乎比较清脆。也许这只是木板本身声音不同而已。

于是，我开始轻轻地推，攥紧拳头，用胳膊顶。木板一动也不动。接着我踮起脚，弓着腰用两个膝盖顶，可是连一点儿碎裂的声响也没有。我最后使出所有的劲，用全身顶，用这么大的劲，以致连骨头都格格地像碎了似的响。就是在这个时候我精神失常了。

一直到这时候为止，我克制住了晕眩、克制住了像阵阵袭来的醉意似的涌上心头的怒火。尤其是我忍住了不让自己叫出声来，因为我懂得，如果我叫喊，我就完了。然而这时我突然呼喊起来，嚎叫起来。我克制不住了，嚎叫声从我紧缩的嗓子眼里冲出来。我呼救的声音全变了，连我自己也听不出来是我的声音，我越叫越疯狂，我叫嚷我不愿意死。我用指甲挠木板，像一只关在笼子里的狼似的浑身抽搐，缩成一团。我这样发作了多久？我也不知道，可是我直到今天还感到我在挣扎时碰到的棺材板有多么坚硬，直到今天我还听到在这四块棺材板壁中间回响的喊叫声和哭泣声。在最后一刻的理智中，我还想克制自己，可是办不到。

接着我觉得十分疲惫，我在痛苦的迷茫中等死。这口棺材像是石头做的，我永远不可能把它砸开，这种必败的信念使我全身懒散，没有勇气作新的尝试。在寒冷和窒息之外又加上了另一种痛苦——饥饿。我衰竭下去。不多一会儿，这种痛苦变得难以忍受。我设法用手指从我捅开的那节子眼儿里挖进一些土来吃，这使我感到更加痛苦。我咬我的胳膊，可是不敢咬出血来，我想吃自己的肉，我吮吸着皮肤，真想一口咬下去。

啊，在这个时候我是多么想死啊！我一生都害怕这种虚无境界；而现在我却要它，我要得到它，它从来都不那么黑。惧怕这种无梦的睡眠、惧怕这种永恒的沉寂和黑暗是多么孩子气啊！死亡之所以美好，只是因为它能一下子使生命不存在，永远地不存在！啊！睡得死死的，埋入土中，不再存在，那有多好啊！

我的手还是继续不停地、机械地在木板上摸着。突然，我左手大拇指被刺了一下，这一下轻微的疼痛使我从麻木状态中醒过来。这究竟是什么东西？我又去摸了一下，我摸出是一枚钉子，这是一枚殡葬工人钉歪了的钉子，它没有钉进棺材的边沿。这枚钉子很长、挺尖。钉帽虽在棺材盖上面，可是我感到钉子有点儿松动。从这时候起，我头脑里只有一个念头：拔出这枚钉子。我把右手移到肚皮上面，开始摇晃这枚钉子。钉子不肯下来，这很费事。我不时地换手，因为我的左手放的位置不好，使不上劲，没摇几下就累了。我一面拼命地拔这枚钉子，一面在脑子里酝酿一个全面的计划。这枚钉子将成为我的救星，我无论如何要把它拔下来。就不知道时间还来得及吗？我饿得心里发慌，一阵头晕，使我双手发软，神志迷糊，我不得不停下来。我吸吮了刚被扎破的大拇指上的血。这时，我咬破了自己的胳膊，喝自己的血，疼痛刺激了我，湿润我嘴唇的这种温暖和辛辣的血酒使我兴奋起来。我两只手抓住这枚钉子，终于把它拔了下来。

从这时候起，我相信自己要成功了。我的计划很简单，我把钉尖戳进棺材盖，笔直划过去，尽量划得长些，随后我不停地沿着这道痕迹划，一直划到棺材盖裂开一道口子。我两只手麻木了，还是不折不挠地使劲划。当我认为已经划得够深的时候，我念头一转翻了个身，背朝上，膝盖和手臂用力往下撑，用腰顶。棺材盖"格格"地响，可是还没有裂开。划得还不够深。我不得不翻过身来重新再划；这个活儿花了我很多力气。最后我又试了一下，这一次棺材盖裂开了，从这头到那头一裂两半。

当然，我还没有得救，可是我心中充满了希望。我不再往外顶，身体也不动弹，怕动了上面的土，塌下来把我活埋。我的计划是把棺材盖当作屏障，在黏土里挖出一个像竖井似的通道来。不幸这工作困难重重：大团大团的泥块掉下来压住棺材盖，使我无法工作。我永远也到不了地面啦！塌下来的泥块已经把我的脊梁压弯，把我的脸也压到泥里去了。我又害怕起来，我躺下去想找一个支撑点，突然我感到棺材那头，也就是我脚踩着的那块棺材板有点儿松动。于是我用脚跟猛蹬，心想那个地方可能有一个正在挖掘的墓穴。

突然间，我的脚蹬了个空。我的估计没有错，那儿果然有一个新挖的墓穴。我只需掏穿一层薄薄的泥土就能滚落到那个墓穴里去，伟大的天主！我得救了！

我仰面朝天，在那个墓穴里躺了一会儿，眼睛望着天空。时间是晚上。群星在蓝天鹅绒般的天幕上闪闪发光。阵风不时地吹来，给我带来春天的温暖和树木的芳香。伟大的天主，我得救了，我呼吸，我觉得暖和，我哭了！我双手虔诚地伸向天空，嘴里结结巴巴地开始说话。啊！活着有多么美好啊！

## 五

我的第一个念头是到守墓人那里去，叫他派人把我送回家。可是我又模模糊糊地想到一些事情，我止步了。我这样会把大家都吓坏的。既然我现在可以自己做主，何必匆忙行事？我摸摸我的四肢，只是左胳膊上稍许有点儿咬伤，因而有点儿发烧，但这反而使我很兴奋，产生了一股不可思议的力量。我肯定可以自己一个人走。

这时候我一点也不着急。各种各样模模糊糊的想法掠过我的脑海。我觉得在墓穴里在我身边还放着掘墓人的工具，我感到有必要把我刚才造成的破坏修补好，把掏开的那个窟窿填好，不让别人发现我已经复活。这时候，我没有任何肯定的想法，只是感到没有必要公开我这次奇遇。全世界的人都以为我已经死去，再活下去我感到羞耻。干了半个小时，我把刚才留下的痕迹全都打扫干净。我跳出了墓穴。

多么美好的夜晚！公墓里死一般的宁静。黑色的树木在白色的墓石之间投下一动不动的阴影。在我想着该往哪里去的时候，我发现半边天空红得像火烧一样。那边就是巴黎。我沿着一条林荫道，在枝叶婆娑的黑影下，向那个方向走去。可是刚走出五十步，我就气喘吁吁，不得不停下来。我坐在一条石凳上。这时我看了看自己，我上下衣服穿得好好的，鞋子也不缺，只不过少了顶帽子。我是多么感谢我亲爱的玛格丽特啊，她对我的感情有多么真挚，是她叫人替我穿扮的啊！由于我突然想起玛格丽特，我自然而然地站了起来。我要去见她。

走到林荫道的尽头，一堵围墙挡住了我的去路。我爬上一座坟墓，攀住墙顶，一松手摔了下去。这一跤摔得不轻。接着我在围绕公墓的一条冷冷清清的大街上走了几分钟。我根本不知道自己在什么地方，可是我总是固执地对自己说，我要回巴黎去，我肯定能找到多费纳街。有几个人经过这儿，我甚至连问也不问他们，我疑虑重重，什么人也不相信。今天我才知道那时候我正在发高烧，我已经神志不清。后来，我走到一条大路上，我一阵头晕，就重重地摔倒在人行道上。

这儿，我记忆中有一段空白。我失去知觉有三个星期之久。我最后终于醒来，发现自己在一个陌生的房间里。有一个男人在照料我。他只是简单地对我说，有一天早上他在蒙帕纳斯大街上发现了我，就把我弄到他家里住了下来。那是一个已经不再给人看病的老医生。在我感谢他的时候，他语气生硬地回答我说，他只是觉得我的病情很罕见，想研究研究。而且，在我病体恢复的头几天，他不准我提出任何问题，后来，他什么也不问我。我在床上又躺了一个星期，脑袋昏昏沉沉的，也不去想过去的事情，因为回忆是很累人的，也是痛苦的。我感到非常难为情，也非常害怕。等我能起床的时候再说吧。在我发高烧说胡话的时候，也许我嘴里曾经漏出过什么人的名字，可是这个医生从来没有暗示过他也许听到过我讲的事情。他做好事，可是不喜欢多嘴。

后来，夏天到了。六月的一个早上，我终于得到允许出去稍许散散步。那是一个天气晴朗的早晨，明媚的阳光照得古老的巴黎街道上生机盎然。我漫步往前走，在每一个街口向行人打听多费纳街怎么走。后来我终于走到了，可是我几乎认不出那座我们过去住过的、带家具出租的房子了。我像一个孩子似的害怕起来。如果我突然出现在玛格丽特面前，我怕会把她吓死的。最好的办法也许是预先告诉一下住在那儿的那个老婆子加贝太太。可是我又不喜欢在我们之间另外插进个人。我踌躇不决。在内心深处，我似乎感到无限惆怅，仿佛很久以前，我曾作出了一个牺牲。

那座房子被太阳照得黄灿灿的，我从开设在它底层的一家蹩脚饭馆认出了它，从前我们的一日三餐都是这家饭馆送上来的。我抬头向四楼左面的最后一个窗口望去。窗户打开着。突然有一个蓬头散发的少妇，上衣歪扭着，趴到窗口上；在这个少妇后面，有一个青年男子跟过来，伸着头吻她的脖子。那不是玛格丽特。我一点也不觉得奇怪。我觉得我已经梦见过这样的景象和其他我就要了解的事情了！

我在街上待了一会儿，犹豫不决，想上楼去问问这一对在阳光下面欢笑的恋人。后来，我打定主意走进下面那家小饭馆。别人准该认不出我了：在我失去知觉发高烧的时候，我的胡子长出来了，脸颊深陷下去了。我在一张桌子边坐了下来。这时我看到加贝太太拿着一只杯子来买两个苏的咖啡。她站在柜台前面，和饭馆老板娘瞎聊天。我伸长耳朵听。

"喂!"老板娘问，"四楼那个可怜的小姐拿定主意了没有？"

"有什么办法呢？"加贝太太回答说，"这是她最好的出路。西莫诺先生对她那么亲切! ……西莫诺也很走运，事情办得很顺利，得了一大笔遗产，他向她提出，要把她带到他家乡去，和他姑妈一起住，姑妈需要一个可靠的人。"

坐在柜台上的老板娘微微一笑。我低头看着报纸，脸色发白，双手颤抖。

"当然啰，最后总要结婚的，"加贝太太接着说，"可是我可以用我的荣誉向您担保，我看这件事没有什么不好。丈夫死了以后，女的哭得很伤心，那个年轻人也非常规矩……总之，他们昨天已经走了。等她脱了孝服以后，他们愿意怎么办就怎么办，不是吗？"

这时候，饭馆通向走廊的那扇门突然打开，黛黛走了进来。

"妈妈，你不上去吗？……我，我在等你，快。"

"等一会，真讨厌！"母亲说。

孩子等着，带着那种在巴黎街上长大的早熟的女孩子的神气听这两个女人谈话。

"当然啰，总之，"加贝太太解释道，"那个死去的还真比不上这位西莫诺先生……这个瘦猴，我看着就不顺眼，一天到晚唉声叹气。一个钱也没有！啊！不，说真的！像这样一个丈夫，对一个身强力壮的妻子来说，真是够窝囊的了……西莫诺先生，有钱，身体又结实得很……"

"哎！"黛黛插嘴说，"我，有一天在他洗脸的时候，我看见他胳膊上全是毛！"

"你滚开！"老婆子推着她叫道，"你总是往你不该去的地方钻。"

接着，她像下结论似的说：

"哎！那一个死得好。死得正是时候。"

我又走到街上的时候走得很慢，两条腿像断了似的。可是心里并不觉得过分难过。看到阳光下自己的影子，我甚至笑了。我的确太瘦弱，我当初娶玛格丽特真是个怪主意。我想起了在盖朗德时她感到很苦恼，很不耐烦，还有她那单调和辛苦的生活。这个可爱的女人心地善良。可是我从来也不是她的爱人，她哭的不过是个哥哥。为什么我还要去妨碍她的生活呢？死人是没有嫉妒心的。我抬起头来时，看到卢森堡公园就在眼前。我走进公园，坐在阳光下，满怀柔情地沉思着。现在，我一想到玛格丽特心里就感到同情。我想象她在外省的一座小城里，非常幸福，很受宠爱，深受恭维；她越来越漂亮了，生了三男两女。好吧！我死，我的死使我成了好人，我当然不想再活过来，不然我也太愚蠢、太狠心了。

从此以后，我经常旅行，到处为家。我是一个平凡的人，像所有的人一样工作和吃饭。我从此不再怕死，现在我已经没有任何再活下去的理由，可是死神仿佛不要我了，我真怕它已经把我忘了。

（王振孙　译）

# 谁知道呢?

[法] 居伊·德·莫泊桑

我的天主!我的天主!这么说,我终于要把我遇到的事写出来了!可是我能够吗?我敢吗?这件事是如此离奇,如此怪诞,如此费解,如此不可思议!

如果我不是确信我亲眼所见的事实,不是确信我的推论里没有任何疏忽,我的观察里没有任何错误,我的一系列坚定的看法里没有缺陷,我就会相信我仅仅是一个幻觉者,是受到奇怪的幻觉的愚弄。话说回来,谁知道呢?

我今天是在精神病院里,不过我是出于谨慎,出于害怕,自愿进来的!只有一个人知道我的故事。这儿的医生。我要把它写出来。我不太明白是为什么。为了摆脱它?因为我感觉到它就在我心里,好像一场难以忍受的噩梦。

以下就是这段故事。

我一向是一个遁世者,一个梦想者,一个孤独的、和蔼的、很容易知足的、对人不尖刻、对天也不怨恨的哲学家。有别人在场,我心里就会产生一种不自在的感觉,因此我一直独自一个人生活。怎么来解释这一点呢?我无能为力。我并不拒绝跟人来往,也不拒绝聊天,和朋友一起吃饭,但是我感觉到他们在我旁边待的时间长了,哪怕是最熟悉的人,也会使我厌烦,疲惫,恼火,于是想看见他们离开或者我自己走掉的愿望,想一个人待着的愿望,变得越来越强烈,越来越折磨得我苦不堪言。

这种愿望超过了一般的需要，成了一种无法抗拒的急需。我和一些人在一起，如果他们继续在场，如果我必须还要长时间地听他们的谈话，即使不是用心去听，毫无疑问，我一定也会出事故。出什么事故呢？啊！谁知道呢？也许是一般的昏厥？是的！很可能！

我是那么喜爱孤独，甚至在我的家里旁边有人睡觉，我也不能忍受；我不能住在巴黎，因为在那里我始终处在一种痛苦的临终状态。我精神上在死亡，肉体上和神经上也在遭受着生活在我周围的、密密麻麻的人群的折磨，即使他们睡熟了，也是如此。啊！其他人的睡眠比他们的语言还要使我感到难以忍受。当我知道，当我感觉到，隔着一堵墙有一些由于意识的这种有规律的消失而中断的生命，我就永远得不到安宁。

为什么我会这样呢？谁知道呢？原因也许非常简单：我对在我自身以外发生的一切很快地感到厌倦。像我这种情况的人事实上也有不少。

在世界上有两种人。一种人需要其他的人，其他的人使他们得到消遣，使他们没有空闲，使他们得到休息，孤独像攀登可怕的冰川或者穿越沙漠一样，使他们疲惫，使他们衰竭，使他们颓丧。还有一种人正相反，其他的人使他们疲倦，使他们厌烦，使他们局促不安，使他们感到极度疲劳，而孤独却使他们平静，使他们在独立自主和他们的头脑产生的幻想中得到充分的休息。

总之，这是一个正常的精神现象。有些人天生适宜于过外在生活，有些人天生适宜于过内在生活。我呢，我对外在世界的注意力是短暂的，而且很快就枯竭，一旦它达到极限，我的整个身体和整个精神都会感到难以忍受的不舒服。

结果是我依恋，曾经非常依恋无生命的东西，它们对我说来具有与有生命的东西同样的重要性，我的房子变成，曾经变成一个我在其中过着孤独而又活跃的生活的世界，包围着我的是东西，家具，熟悉的摆设；它们像人脸一样让我看了喜欢。我渐渐地使我的房子里塞满它们，我用它们来装饰它，在它们中间我感到高兴，满意，十分幸福，就像有人在一个可爱的女人的怀抱里一样，她的经常的爱抚已经变成了他们的一个平静的、温柔的需要。

我让人把这座房子盖在一片把它和大路隔离开的花园里，但是又坐落在一座城市的城门口，在偶尔心动的时候，使我能有机会在城里找到社交场所。所有的仆人都睡在菜园深处、离得很远的一所房子里，菜园四周有高墙围着。在我的这个消失、隐藏、淹没在大树绿叶下的住所的寂静中，夜晚的黑暗包围，对我说来，是那么舒适，那么美好，为了能多享受享受它，我每天晚上都要推迟好几个钟头才上床睡觉。

那一天，城里的戏院上演《西古尔》[1]。这是我头一次听这出精彩的、美妙的音乐剧，我从中得到了极大的快乐。

我迈着轻快的步子走回家，脑袋里充满响亮的乐句，眼前萦绕着好看的幻象。天很黑很黑，黑得我几乎连公路都看不见，有好几次我差点儿栽到沟里去。从市税征收处到我家有一公里左右，也许还要稍微多一点，也就是说慢慢走的话，二十分钟可以到。这时候是半夜一点钟，一点钟或者一点半钟，我前面的天空渐渐有点亮了，蛾眉月出来了，凄凉的下弦的蛾眉月。上弦的蛾眉月，傍晚四五点钟升起来的蛾眉月，是明亮的，欢快的，薄薄地抹上一层银色，但是午夜以后升起的蛾眉月是淡红色的，忧郁的，令人不安的，这是地地道道的那种巫魔夜会时的蛾眉月。凡是夜间游荡的人一定会注意到这一点。上弦月，哪怕它细得像一根线，也会射出一道快乐的、使人的心里充满喜悦的微弱光芒，在地面上勾画出一些清晰的影子。下弦月仅仅洒下一种即将消逝的光，是那么暗淡，几乎照不出任何影子。

我远远地看到我那黑黝黝的一片花园，一想到要走进那里，不知为什么突然感到一阵不舒服。我放慢脚步。天气很暖和。那一大堆树看上去像一座坟墓，我的房子就埋藏在里面。

我打开栅栏门，走进一条两边栽着桐叶槭的长林荫路，这条林荫路通到住宅，交错的枝叶在顶上形成像高高的隧道一样的拱顶，穿过一些幽暗的树丛，绕过一些草坪，在灰蒙蒙的夜色中，那些镶嵌在草坪里的花坛宛如一块块色彩模糊的椭圆形斑痕。

离房子近了，我突然产生了一种奇怪的心绪不宁的感觉。我停下来。什么也听不见。树叶间没有一丝风。"我这是怎么了？"我心里想。

---

1 《西古尔》：法国作曲家雷耶尔（1823—1909）的歌剧，一八八五年六月十二日在巴黎歌剧院上演，在这以前曾在布鲁塞尔、伦敦和马赛上演，五年中屡获成功。

十年来我这样回来，从没有感到一点不安。我没有感到害怕。我在夜里也从来没有感到过害怕。如果一个人，一个偷庄稼的人，一个贼，出现在我眼前，我一定会在狂怒中，毫不犹豫地朝他扑过去。况且我带着武器。我有我的手枪。但是我没有碰它，因为我希望顶住这种开始在我心里产生的恐怖感。

这是什么呢？是一种预感吗？是人将要看见什么无法解释的事以前，左右人的感官的那种神秘预感吗？也许是吧？谁知道呢？

随着我朝前走去，我的皮肤上起了一阵阵战栗。等我到了我那座宏伟的、护窗板关着的住宅的墙跟前，我感到我需要等几分钟再开门进去。于是我在我的客厅窗子底下的一张长凳上坐下。我待在那儿，略微有点发抖，头靠在墙上，睁大眼睛望着树叶的影子。在这最初的片刻间，我没有注意到在我的周围有什么不寻常的情况。我的耳朵里有一些嗡嗡声，不过这在我是常有的事。有时候我好像听见火车开过，钟当当敲响，或者一群人走过。

接着这种嗡嗡声很快地就变得比较清晰，比较明确，比较容易辨认。我搞错了。我耳朵里充满的这种嘈杂声不是平时我的动脉跳动的嗡嗡声，而是一种很特殊，然而又很混乱的声音，毫无疑问，它来自我的房子内部。

我隔着墙辨别这种持续不断的声音，它宁可说是混乱而不是声音，是一堆东西隐隐约约的移动声，好像有人在摇动、搬动、轻轻地拖动所有我的那些家具。

啊！在一段相当长的时间里我对我耳朵的可靠性感到怀疑。但是为了把房子里的这种混乱的声音听得更清楚一些，我把耳朵贴在一扇护窗板上，这一下我确信在我家里发生了不正常和不可理解的事了。我并不感到恐惧，但是我……怎么来解释呢……惊讶得不知所措了。我没有给我的手枪上膛——我十分有把握地推测到我不会用上它。我等着。

我等了很长时间，却不能做出任何决定，我的头脑很清楚，但是心里惶惶不安。我站在那儿等候，耳朵始终听着那越来越响的声音，声音有时响到极其强烈的高度，仿佛变成了一片不耐烦、愤怒和神秘的骚乱的轰轰声。

接着我突然对自己的怯懦感到了羞耻，拿起我的一串钥匙，挑出我需要的那把，插进锁里，我把钥匙转了两转，使出全身力气推开门，门扇被我推得撞到隔墙上。

这一下碰撞响得像步枪的枪声。紧接着从我的住宅的楼上到楼下，响起一片巨大的嘈杂声。它是那么突然，那么可怕，那么震耳，我不由得朝后退了几步，尽管我知道没有用处，我还是把手枪从套子里拔了出来。

我继续等待，啊！只一会儿。现在我听出在我楼梯的梯级上，在地板上，在地毯上，有一种奇怪的踏步声，不是活人穿着的皮鞋便鞋的踏步声，而是木头拐杖和铁拐杖的敲击声，而且像铙钹那样响得震耳。哎呀，我猛然看见我的门口有一把扶手椅，我看书时坐的那把大扶手椅，摇摇摆摆地走出来。它穿过花园朝前走去。其余的扶手椅，我的客厅里的那些扶手椅，跟在它后面，接着是像鳄鱼那样用短腿爬行的、低矮的长沙发，接着是我的所有的像山羊一样蹦蹦跳跳的椅子，还有像野兔一样奔跑的小凳子。

啊！有多么紧张哟！我钻进树丛，蹲下来，继续望着我的家具成纵队行进，因为它们全都走了，一个跟着一个，根据它们的大小和重量，有的走得快，有的走得慢。我的钢琴，我的大三角钢琴，像一匹烈马那样狂奔而过，肚子里还有隐隐约约的音乐声；那些最小的物件，刷子、玻璃器皿、高脚酒杯像蚂蚁一样在沙子上滑动，月光照上去，闪出萤火虫般的点点磷光。那些帷幔像海里的章鱼一样摊开，慢慢爬行。我看见我的书桌出现了，这是上个世纪的一件罕见的摆设，里面收藏着我收到的全部信件，我的全部爱情故事，一个我曾经为之感到那么痛苦的老故事！里面还有一些照片。

突然间我不再感到恐惧，我向它冲过去，像抓小偷抓逃走的女人那样一把抓住它；但是它那不可阻挡的奔跑还在继续，尽管我做出努力，尽管我发脾气，我却连减慢它的速度都办不到。我不顾一切地抵抗这股可怕的力量，扑倒在地上跟它搏斗。于是它把我推翻，拖着我在沙子上走，那些跟在它后面的家具开始朝我身上走过来，它们踩我的大腿，把我的大腿踩伤了，接着我撒手放开它，其余的家具像骑兵部队发动进攻时从一个落马的士兵身体上踏过去那样，从我的身体上踏过去。

我吓得发了疯，最后终于能够爬到宽阔的林荫路的外面，重新躲到树丛里，望着那些最微不足道的东西，那些属于我的最小的、最不重要的、连我自己也不知道的东西，——消失得无影无踪。

接着我远远地听见，在我那座现在像空房子一样回声很响的住宅里，发出响得可怕的关门声。从楼上到楼下，门一扇扇"砰砰"关上，最后甚至连我自己在精神失常中为它们逃走打开的前厅的门也关上了。

我也逃走了，朝城里奔去，一直到了大街上，遇到一些深夜行路的人，这才恢复了平静。我去拉一家认识我的旅馆的门铃。我用手拍掉衣服上的尘土，我推说我遗失了自己的那串钥匙，其中也有菜园的钥匙，我的仆人们睡在菜园里一所孤零零的房子里，隔着一道防止偷庄稼的小偷光临的围墙。

我把自己连眼睛埋在他们给我的那张床里面。但是我睡不着，我听着怦怦的心跳，等候着天亮。我曾经盼咐天一亮就通知我的仆人、我的贴身男仆，早晨七点钟就来敲我的门。

他脸上好像带着惊慌失措的神色。

"昨天夜里发生了一件非常不幸的事，老爷，"他说。

"什么事？"

"老爷的家具，所有的家具，甚至连最小的物件都被人偷走了。"

这个消息使我感到高兴。为什么？谁知道呢？我完全能控制住自己，确信自己能够佯作不知，能够不把我亲眼看见的事告诉任何人，把它藏起来，像一桩可怕的秘密一样埋在内心深处。我回答：

"这么说，他们就是偷走我的钥匙的那些人。应该立刻到警察局报案。我这就起来，过一会儿就上那儿去找你。"

侦查持续了五个月，什么也没有发现，既没有找到最小的一件我的摆设，也没有找到盗贼的最细微的一点踪迹。当然！如果我说出我知道的情况……如果我说出来……他们关起来的不是盗贼，而是我这个居然会看见这样一件事的人。

啊！我能够保持沉默。但是我没有给我的房子重新添置家具。这是徒劳无益的。发生的事还会重新发生。我不愿意再回去。我没有回去。我至今没有再见到它。

我来到巴黎的旅馆里，就我在那个可悲的夜晚以后使我十分担心的神经不安的状态，向一些医生求教。

他们劝我去旅行。我听从了他们的意见。

我开始先游览意大利。太阳对我大有好处。在半年的时间里我从热那亚漫游到威尼斯，从威尼斯漫游到佛罗伦萨，从佛罗伦萨漫游到罗马，从罗马漫游到那不勒斯。接着我跑遍了西西里，这块土地由于它的自然景色和它的文物古迹，希腊人和诺曼人留下的遗物而令人仰慕。我到了非洲，平平安安地穿过黄色的、平静的大沙漠，在这片沙漠里游荡着骆驼、羚羊和流浪的阿拉伯人；在轻盈、透明的空气里，黑夜和白天一样，没有飘浮着任何摆脱不开的烦恼。

我从马赛回到了法国，尽管有普罗旺斯的欢乐，但是天上的阳光减少了，使我感到忧伤。回到欧洲大陆以后，我有了一种奇怪的感觉，和一个自以为痊愈，可是隐隐约约的疼痛却又通知他病灶并没有完全消失的病人的感觉完全一样。

接着我回到了巴黎。一个月以后我感到了厌倦。这是在秋天；我没有到过诺曼底，我希望在冬天以前做一次横跨诺曼底的旅行。

我当然是从鲁昂开始，我无牵无挂，心醉神迷，欣喜若狂地在这个中世纪的城市里，在这个有着许多卓越的哥特式古建筑的、令人惊异的陈列馆里，游览了整整一个星期。

可是，一天下午四点钟左右，我走进一条怪里怪气的街道，那儿淌着一条黑得像墨水的小河沟，叫做"罗贝克水"，我的注意力完全集中在那些房屋奇特而古老的外貌上，突然间我的注意力被引开了，因为我看见了一家紧挨一家的一连串的旧货店。

啊！这些做旧货买卖的商人，他们把地方选在这条古怪的小街上，真是选得不错！下面是那条阴森的水沟，上面是那些瓦和石板瓦的尖屋顶，过去时代的风标还在屋顶上发出"嘎吱嘎吱"的响声！

黑暗的铺子里面可以看到雕花的衣柜，鲁昂、纳韦尔、穆斯吉埃的陶器，基督、圣母、圣人的彩色塑像，还有他们的橡木雕像，教堂的装饰品，祭披，无袖长袍，甚至还有祭器和一个圣体已经搬掉的镀金的木圣体龛。啊！这些高房子里的、这些大房子里的奇怪的巢穴，从地下室到顶楼，装满了各种类别的东西，它们的生命似乎已经结束，却比它们原来的主人、比它们的世纪、比它们的时代、比它们的式样活得长，作为古玩珍品为一代代人所购买。

我对小摆设的爱好在这个古董商的集中区里又觉醒了。我从一家铺子走到另一家铺子，两步跨过一座座用四块腐烂的木板架设在"罗贝克水"的令人恶心的水流上的桥梁。

天哪！多么令人震惊啊！我的一口最漂亮的衣橱出现在一条拱廊的边上，这条拱廊里塞满物件，看上去像埋葬旧家具的地下墓穴的入口。我四肢发抖地走过去，抖得那么厉害，甚至不敢碰它。我伸出手去却又犹豫不决。不过，这确实是它：一口极珍贵的路易十三式的衣橱，只要见过它一次的人就肯定能认出来。我忽然朝略微远一点的地方，这条走廊的比较黑暗的深处望了一眼，发现了我的三把用单线挑针绣满绒绣的扶手椅，接着，在更远一点的地方，又发现了我的两张亨利二世式的桌子，这两张桌子非常稀罕，曾经有人从巴黎赶来看过。

请您想想！想想我当时的心情！

我朝前走，目瞪口呆，紧张得只剩下一口气，但是我朝前走，因为我是勇敢的，我朝前走，就像黑暗时代的一个骑士深入到巫术魔法的渊薮。随着我一步步向前迈进，我找到了所有属于我的东西，我的分枝吊灯、我的书、我的画、我的帷幔、我的武器，所有的东西，只有那张装满我信件的写字台，我没有发现。

我走着，往下爬到一些阴暗的长廊，接着又往上爬到上面几层楼。只有我一个人。我叫人，没有人应声。只有我一个人；这幢庞大的、像迷宫一样弯弯曲曲的房子里没有一个人。

夜晚来临，我不得不在黑暗中我的一把椅子上坐下，因为我不愿意离开。我不时地叫喊着："喂！喂！来人啦！"

我在那里，肯定有一个多小时了，忽然听见脚步声，又轻又慢，也不知道是从哪儿发出来的。我差点儿拔脚逃走，但是我坚强地顶住，重新叫喊，我发现隔壁房间里有亮光。

"谁在那儿?"有一个声音说。

我回答：

"一个顾客。"

那个声音又说：

"这时候到铺子里来太晚了。"

我说：

"我等您已经有一个多小时了。"

"您可以明天再来。"

"明天，我离开鲁昂啦。"

我不敢朝前走，他也不过来。我一直看见他照在一幅挂毯上的灯光，挂毯上有两个天使在战场的死亡者的上空飞翔。它也是属于我的。我说：

"怎么！您来不来？"

他回答：

"我等您。"

我立起身，向他走去。

在一间大屋子中央，是一个非常矮的人，非常矮，却又很胖，胖得像一个畸形人，丑恶的畸形人。

他的胡子稀稀拉拉，长短不齐，淡黄色，头上没有一根头发！没有一根头发！他高高举起蜡烛看我时，他的脑袋瓜在这间摆满旧家具的大房间里我觉得就像一个小月亮。脸满是皱纹，而且是浮肿的，眼睛几乎让人看不见。

我经过讨价还价买下了原来就属于我的三把椅子，并且立刻付了一大笔现钱，不过只讲了我住的旅馆房间号码。椅子应该在第二天早上九点钟以前送到。

接着我走了出去。他非常客气地把我一直送到门口。

我紧跟着去找警察总局局长，把我的家具的失窃和刚才的发现讲给他听。

他立刻打电报向曾经预审过这件盗窃案的检察院了解情况，请我等候答复。一个小时以后，他收到了对我说来是十分满意的答复。

"我要立刻派人把这个人抓来审问，"他对我说，"因为他很可能起了疑心，把属于您的东西藏起来。请您先去吃晚饭，两个小时以后再来，到那时候我已经把他抓到这儿，我要当着您的面再审问他一次。"

"好极了，先生。我衷心感谢您。"

我到我的旅馆去吃晚饭，没想到我吃得这么香。不管怎么说，我还是相当满意的。他给抓住了。

两个小时以后，我再去看警察局长，他在等我。

"嘿，先生，"他一见到我就对我说，"你说的那个人没有找到。我的警察没法把他抓回来。"

"啊！"我感到自己要昏过去了。

"但是……你们一定找到他的房子吧？"我问。

"那当然。房子甚至要受到监视，一直看管到他回来为止。至于他，失踪了。"

"失踪了？"

"失踪了。平时他晚上都是在他的女邻居比多安寡妇家度过，她也是一个旧货商，一个古怪的巫婆。她今天晚上没有见到他，不能提供任何关于他的情况。只好等到明天了。"

我走了。啊！鲁昂的街道我觉得多么阴森可怕，多么令人不安，有多少鬼魂在作祟啊。

我睡得很不好！一次次从噩梦中惊醒。

我不愿意显得太焦躁，太性急，第二天我等到十点钟才上警察局去。

那个商人没有再出现。他的铺子一直关着。

警察局长对我说：

"一切必要的措施我都采取了。检察院已经知道这件事；我们一同去这家铺子，把它打开，您把属于您的东西全都指出来。"

一辆轿式马车把我们载去。几个警察带着一个锁匠等在铺子门口，门被打开了。

我进去以后没有看见我的衣橱、我的扶手椅、我的桌子，一样也没有看见，曾经安放在我家里的家具一样也没有看见，真的，一样也没有看见，可是头一天晚上，我每走一步路都要遇见我的一样东西。

警察总局局长感到惊讶，开始用怀疑的目光看我。

"我的天主，先生，"我对他说，"这些家具的失踪和商人的失踪奇怪地巧合。"

他露出笑容：

"这倒是真的！昨天，您不该买下属于您的摆设，而且还付了钱。这使他有了警惕。"

我又说：

"让我感到不可理解的是，我的家具所占据的地位，现在全都被其他的家具填满了。"

"啊！"局长回答，"有整整一夜的时间，毫无疑问还有一些同谋犯。这幢房子一定和旁边的房子相通。请不要担心，先生，我会积极地办这个案子。这个强盗逃脱我们掌心的时间不会很长。因为我们守住了巢穴。"

啊！我的心脏，我的心脏，我可怜的心脏，它跳得多么厉害！

我在鲁昂逗留了十五天。那个人没有回来。啊！啊！那个人，有谁能够阻拦他或者抓住他呢？

然而在第十六天的早上我接到我的园丁，我的那所遭到抢劫、一直空关着的房屋的看守人的一封奇怪的信，内容如下：

老爷：

我荣幸地通知老爷，昨天夜里发生了一件没有人理解，警察局和我们一样不理解的事。所有的家具都回来了，所有的，毫无例外，所有的，甚至连最小的物件。房子里现在和它遭窃的前一天完全一样了。真能把人吓疯了。这件事是发生在星期五到星期六的夜间。路上出现了许多坑坑洼洼，好像每一样东西都是从栅栏门拖到房子门口的。家具失踪的那一天情况也是这样。

我们恭候老爷归来。

您的十分谦卑的仆人
菲利普·罗丹

啊！不，啊！不，啊！不。我不回去！

我把信送给鲁昂的警察局长。

"这是一次干得很巧妙的完璧归赵，"他说，"我们应该不动声色。几天之内我们可以逮住这个人。"

但是没有逮住他。没有，他们没有逮住他，而我现在还是对他感到恐惧，就像他是一头被放出来跟在我身后的猛兽。

无法寻找！这个脑袋瓜像月亮的怪物，无法寻找！他们永远逮不住他。他永远不会回家。他根本不在乎。只有我一个人可能遇见他，可是我不愿意。

我不愿意！我不愿意！我不愿意！

如果他回来，如果他回到他的铺子里，谁能证明我的家具曾经出现在他的铺子里？只有我的证词对他不利，而我清楚地知道它已被认为是可疑的。

啊！不！这种生活没法忍受下去。我不能保守我亲眼看到的秘密。我不能怀着怕相同的事再发生的恐惧，和大家一样地生活。

我来找主持这家精神病院的医生，把一切都讲给他听。

在对我问了很长时间以后，他对我说：

"先生，您同意在这儿住一段时间吗？"

"当然愿意，先生。"

"您有财产吗？"

"是的，先生。"

"您愿意住一幢单独的小病房吗？"

"是的，先生。"

"您愿意接待朋友吗？"

"不，先生，不，任何人也不愿意接待。鲁昂的那个人很可能为了报复，敢于追到这儿来的。"


我一个人，单独一个人过了有三个月。我几乎可以说是平静的。我只有一个顾虑……如果那个古董商发疯了……如果他也被送到这个精神病院来……监狱本身也不是安全的。

（郝　运　译）

# 变形记

[奥地利] 弗朗兹·卡夫卡

一

一天早晨，格里高尔·萨姆沙从不安的睡梦中醒来，发现自己躺在床上变成了一只巨大的甲虫。他仰卧着，那坚硬得像铁甲一般的背贴着床，他稍稍抬了抬头，便看见自己那穹顶似的棕色肚子分成了好多块弧形的硬片，被子几乎盖不住肚子尖，都快滑下来了。比起偌大的身躯来，他那许多条腿真是细得可怜，都在他眼前无可奈何地舞动着。

"我出了什么事啦？"他想。这可不是梦。他的房间，虽是嫌小了些，的确是普普通通人住的房间，仍然安静地躺在四堵熟悉的墙壁当中。在摊放着打开的衣料样品——萨姆沙是个旅行推销员——的桌子上面，还是挂着那幅画，这是他最近从一本画报上剪下来装在漂亮的金色镜框里的。画的是一位戴皮帽子、围皮围巾的贵妇人，她挺直身子坐着，把一只套没了整个前臂的厚重的皮手筒递给看画的人。

格里高尔的眼睛接着又朝窗口望去，天空很阴暗——可以听到雨点敲打在窗槛上的声音——他的心情也变得忧郁了。"要是再睡一会儿，把这一切晦气事统统忘掉那该多好。"他想。但是完全办不到，平时他习惯于侧向右边睡，可是在目前的情况下，再也不能采取那样的姿势了。无论怎样用力向右转，他仍旧滚了回来，肚子朝天。他试了至少一百次，还闭上眼睛免得看到那些拼命挣扎的腿，到后来他的腰部感到一种从未体味过的隐痛，才不得不罢休。

"啊，天哪，"他想，"我怎么单单挑上这么一个累人的差使呢！长年累月到处奔波，比坐办公室辛苦多了。再加上还有经常出门的烦恼，担心各次火车的倒换，不定时而且低劣的饮食，而萍水相逢的人也总是些泛泛之交，不可能有深厚的交情，永远不会变成知心朋友。让这一切都见鬼去吧！"他觉得肚子上有点痒，就慢慢地挪动身子，靠近床头，好让自己头抬起来更容易些；他看清了发痒的地方，那儿布满白色的小斑点，他不明白这是怎么回事，想用一条腿去搔一搔，可是马上又缩了回来，因为这一碰使他浑身起了一阵寒颤。

他又滑下来恢复到原来的姿势。"起床这么早，"他想，"会使人变傻的。人是需要睡觉的。别的推销员生活得像贵妇人。比如，我有一天上午赶回旅馆登记取回定货单时，别的人才坐下来吃早餐。我若是跟我的老板也来这一手，保准当场就给开除。也许开除了倒更好一些，谁说得准呢。如果不是为了父母亲而总是谨小慎微，我早就辞职不干了，我早就会跑到老板面前，把肚子里的气出个痛快。那个家伙准会从写字桌后面直蹦起来！他的工作方式也真奇怪，总是那样居高临下地坐在桌子上面对职员发号施令，再加上他的耳朵又偏偏重听，大家不得不走到他跟前去。但是事情也未必毫无转机，只要等我攒够了钱还清父母欠他的债——也许还得五六年——可是我一定能做到。到那时我就会时来运转了。不过眼下我还是起床为妙，因为火车五点钟就要开了。"

他看了看柜子上滴滴答答响着的闹钟。天哪！他想道。已经六点半了，而时针还在悠悠然向前移动，连六点半也过了，马上就要七点差一刻了。闹钟难道没有响过吗？从床上可以看到闹钟明明是拨到四点钟的；显然它已响过了。是的，不过在那震耳欲聋的响声里，难道真的能安宁地睡着吗？嗯，他睡得并不安宁，可是却正说明他还是睡得不坏。那么他现在该干什么呢？下一班车七点钟开；要搭这一班车他得发疯似的赶才行，可是他的样品都还没有包好，他也觉得自己的精神不佳。而且即使他赶上这班车，还是逃不过上司的一顿申斥，因为公司的听差一定是在等候五点钟那班火车，这时早已回去报告他没有赶上了。那听差是老板的心腹，既无骨气又愚蠢不堪。那么，说自己病了行不行呢？不过这将是最最不愉快的事，而且也显得很可疑，因为他服务五年以来没有害过一次病。老板一定会亲自带着医药顾问一起来，一定会责怪他的父母怎么养出这样懒惰的儿子，他还会引证医药顾问的话，粗暴地把所有的理由都反驳掉，在那个大夫看来，世界上除了健康之至的假病号，再也没有第二种人了。再说今天这种情况，大夫的话是不是真的不对呢？格里高尔觉得身体挺不错，只除了有些困乏，这在如此长久的一次睡眠以后实在有些多余，另外，他甚至觉得特别饿。

这一切都飞快地在他脑子里闪过，他还是没有下决心起床——闹钟敲六点三刻了——这时，他床头后面的门上传来了轻轻的一下叩门声。"格里高尔，"一个声音说——这是他母亲的声音——"已经七点差一刻了。你不是还要赶火车吗？"好温和的声音！格里高尔听到自己的回答声时不免大吃一惊。没错，这分明是他自己的声音，可是却有另一种可怕的叽叽喳喳的尖叫声同时发了出来，仿佛是陪音似的，使他的话只有最初几个字才是清清楚楚的，接着马上就受到了干扰，弄得意义含混，使人家说不上到底听清楚没有。格里高尔本想回答得详细些，好把一切解释清楚，可是在这样的情形下他只得简单地说："是的，是的，谢谢你，妈妈，我这会儿正在起床呢。"隔着木门，外面一定听不到格里高尔声音的变化，因为他母亲听到这些话也满意了，就拖着步子走了开去。然而这场简短的对话使家里人都知道格里高尔还在屋子里，这是出乎他们意料之外的，于是在侧边的一扇门上立刻就响起了他父亲的叩门声，很轻，不过用的却是拳头。"格里高尔，格里高尔，"他喊道，"你怎么啦？"过了一小会儿他又用更低沉的声音催促道："格里高尔！格里高尔！"在另一侧的门上他的妹妹也用轻轻的悲哀的声音问："格里高尔，你不舒服吗？要不要什么东西？"他同时回答了他们两个人："我马上就好了。"他把声音发得更清晰，说完一个字，过一会儿才说另一个字，竭力使他的声音显得正常。于是他父亲走回去吃他的早饭了，他妹妹却低声地说："格里高尔，开开门吧，求求你。"可是他并不想开门，所以暗自庆幸自己由于时常旅行，养成了晚上锁住所有门的习惯，即使回到家里也是这样。

首先他要静悄悄地不受打扰地起床，穿好衣服，最要紧的是吃饱早饭，再考虑下一步该怎么办，因为他非常明白，躺在床上瞎想一气是想不出什么名堂来的。他还记得过去也许是因为睡觉姿势不好，躺在床上时往往会觉得这儿那儿隐隐作痛，及至起来，就知道纯属心理作用，所以他殷切地盼望今天早晨的幻觉会逐渐消逝。他也深信，他的声音之所以会改变不是因为别的而仅仅是重感冒的征兆，这是旅行推销员的职业病。

要掀掉被子很容易，他只需把身子稍稍一抬，被子就自己滑下来了。可是下一个动作就非常之困难，特别是因为他的身子宽得出奇。他得要有手和胳膊才能让自己坐起来，可是他有的只是无数细小的腿，它们一刻不停地向四面八方挥动，而他自己却完全无法控制。他想屈起其中的一条腿，可是它偏偏伸得笔直；等他终于让它听从自己的指挥时，所有别的腿却莫名其妙地乱动不已。"总是待在床上有什么意思呢。"格里高尔自言自语地说。

他想，下身先下去一定可以使自己离开床，可是他还没有见过自己的下身，脑子里根本没有概念，不知道要移动下身真是难上加难，挪动起来是那样的迟缓；所以到最后，他烦死了，就用尽全力鲁莽地把身子一甩，不料方向算错，重重地撞在床脚上，一阵彻骨的痛楚使他明白，如今他身上最敏感的地方也许正是他的下身。

于是他就打算先让上身离床，小心翼翼地把头一点点挪向床沿。这却毫不困难，他的身躯虽然又宽又大，也终于跟着头部移动了。可是，等到头部终于悬在床边上，他又害怕起来，不敢再前进了，因为，老实说，如果他就这样让自己掉下去，不摔坏脑袋才怪呢。他现在最要紧的是保持清醒，特别是现在；他宁愿继续待在床上。

可是重复了几遍同样的努力以后，他深深地叹了一口气，还是恢复了原来的姿势躺着，一面瞧着他那些细腿在难以置信地更疯狂地挣扎；格里高尔不知道如何才能摆脱这种荒唐的混乱处境，他就再一次告诉自己，待在床上是不行的，最最合理的做法还是冒一切风险来实现离开床这个极渺茫的希望。可是同时他也没有忘记提醒自己，冷静地、极其冷静地考虑到最最微小的可能性还是比不顾一切地蛮干强得多。这时，他竭力集中眼光望向窗外，可是不幸得很，早晨的浓雾把狭街对面的房子也都裹上了，看来天气一时不会好转，这就使他更加得不到鼓励和安慰。"已经七点钟了，"闹钟再度敲响时，他对自己说，"已经七点钟了，可是雾还这么重。"有片刻工夫，他静静地躺着，轻轻地呼吸着，仿佛这样一养神什么都会恢复正常似的。

可是接着他又对自己说："七点一刻前我无论如何非得离开床不可。到那时一定会有人从公司里来找我，因为不到七点公司就开门了。"于是他开始有节奏地来回晃动自己的整个身子，想把自己甩下床去。倘若他这样翻下床去，可以昂起脑袋，头部不至于受伤。他的背似乎很硬，看来跌在地毯上并不打紧。他最担心的还是自己控制不了的巨大响声，这声音一定会在所有的房间里引起焦虑，即使不是恐惧。可是，他还是得冒这个险。

当他已经半个身子探到床外的时候——这个新方法与其说是苦事，不如说是游戏，因为他只需来回晃动，逐渐挪过去就行了——他忽然想起如果有人帮忙，这件事该是多么简单。两个身强力壮的人——他想到了他的父亲和那个使女——就足够了；他们只需把胳臂伸到他那圆鼓鼓的背后，抬他下床，放下他们的负担，然后耐心地等他在地板上翻过身来就行了，一碰到地板，他的腿自然会发挥作用的。那么，姑且不管所有的门都是锁着的，他是否真的应该叫人帮忙呢？尽管处境非常困难，想到这一层，他却禁不住露出一丝微笑。

他使劲地摇动着，身子已经探出不少，快要失去平衡了，他非得鼓足勇气采取决定性的步骤了，因为再过五分钟就是七点一刻——正在这时，前门的门铃响了起来。"是公司里派什么人来了。"他这么想，身子就随之而发僵，可是那些细小的腿却弹得更快了。一时之间周围一片静默。"他们不愿开门。"格里高尔怀着不合常情的希望自言自语道。可是使女当然还是跟往常一样踏着沉重的步子去开门了。格里高尔听到客人的第一声招呼就马上知道这是谁——是秘书主任亲自出马了。真不知自己生就什么命，竟落到给这样一家公司当差，只要有一点小小的差池，马上就会招来最大的怀疑！在这一个所有的职员全是无赖的公司里，岂不是只有他一个人忠心耿耿吗？他早晨只占用公司两三个小时，不是就给良心折磨得几乎要发疯，真的下不了床吗？如果确有必要来打听他出了什么事，派个学徒来不也够了吗——难道秘书主任非得亲自出马，以便向全家人，完全无辜的一家人表示，这个可疑的情况只有他自己那样的内行来调查才行吗？与其说格里高尔下了决心，倒不如说他因为想到这些事非常激动，因而用尽全力把自己甩出了床外。"砰"的一声很响，但总算没有响得吓人。地毯把他坠落的声音减弱了几分，他的背也不如他所想象的那么毫无弹性，所以声音很闷，不惊动人。只是他不够小心，头翘得不够高，还是在地板上撞了一下。他扭了扭脑袋，痛苦而愤懑地把头挨在地板上磨蹭着。

"那里有什么东西掉下来了。"秘书主任在左面房间里说。格里高尔试图设想，今天他身上发生的事有一天也让秘书主任碰上了；谁也不敢担保不会出这样的事。可是仿佛给他的设想一个粗暴的回答似的，秘书主任在隔壁房间里坚定地走了几步，他那漆皮鞋子发出了"吱嘎吱嘎"的声音。从右面的房间里，他妹妹用耳语向他通报消息："格里高尔，秘书主任来了。""我知道了。"格里高尔低声嘟哝道，但是没有勇气提高嗓门让妹妹听到他的声音。

"格里高尔，"这时候，父亲在左边房间里说话了，"秘书主任来了，他要知道为什么你没能赶上早晨的火车。我们也不知道怎么跟他说。另外，他还要亲自和你谈话。所以，请你开门吧。他度量大，对你房间里的凌乱不会见怪的。""早上好，萨姆沙先生。"与此同时，秘书主任和蔼地招呼道。"他不舒服呢，"母亲对客人说，这时他父亲继续隔着门在说话，"他不舒服，先生，相信我吧。他还能为了什么原因误车呢！这孩子只知道操心公事。他晚上从来不出去，连我瞧着都要生气了；这几天来他没有出差，可他天天晚上都守在家里。他只是安安静静地坐在桌子旁边，看看报，或是把火车时刻表翻来覆去地看。他唯一的消遣就是做木工活儿。比如说，他花了两三个晚上刻了一个小镜框，你看到它那么漂亮一定会感到惊奇；这镜框挂在他房间里，再过一分钟，等格里高尔打开门你就会看到了。你的光临真叫我高兴，先生。我们怎么也没法使他开门。他真是固执。我敢说他一定是病了，虽然他早晨硬说没病。"——"我马上来了。"格里高尔慢吞吞地小心翼翼地说，可是却寸步也没有移动，生怕漏过他们谈话中的每一个字。"我也想不出有什么别的原因，太太，"秘书主任说，"我希望不是什么大病。虽然另一方面我不得不说，不知该算福气呢还是晦气，我们这些做买卖的往往就得不把这些小毛小病当作一回事，因为买卖嘛总是要做的。"——"喂，秘书主任现在能进来了吗？"格里高尔的父亲不耐烦地问，又敲起门来了。"不行。"格里高尔回答。这声拒绝以后，在左面房间里是一阵令人痛苦的寂静；右面房间里他妹妹啜泣起来了。

他妹妹为什么不和别的人在一起呢？她也许是刚刚起床，还没有穿衣服吧。那么，她为什么哭呢？是因为他不起床让秘书主任进来吗？是因为他有丢掉差使的危险吗？是因为老板又要开口向他的父母讨还旧债吗？这些显然都是眼前不用担心的事情。格里高尔仍旧在家里，丝毫没有弃家出走的念头。的确，他现在暂时还躺在地毯上，知道他的处境的人当然不会盼望他让秘书主任走进来。可是这点小小的失礼以后尽可以用几句漂亮的辞令解释过去，格里高尔不见得会马上就被辞退。格里高尔觉得，就目前来说，他们与其对他抹鼻子流泪苦苦哀求，还不如别打扰他的好。可是，当然啦，他们的不明情况使他们大惑不解，也说明了他们为什么有这样的举动。

"萨姆沙先生，"秘书主任现在提高了嗓门说，"你这是怎么回事？你这样把自己关在房间里，光是回答'是'和'不是'，毫无必要地引起你父母极大的忧虑，又极严重地疏忽了——这我只不过顺便提一句——疏忽了公事方面的职责。我现在以你父母和你经理的名义和你说话，我正式要求你立刻给我一个明确的解释。我真没想到，我真没想到。我原来还认为你是个安分守己、稳妥可靠的人，可你现在却突然决心想让自己丢丑。经理今天早晨还对我暗示你不露面的原因可能是什么——他提到了最近交给你管的现款——我还几乎要以自己的名誉向他担保这根本不可能呢。可是现在我才知道你真是执拗得可以，从现在起，我丝毫也不想袒护你了。你在公司里的地位并不是那么稳固的。这些话我本来想私下里对你说的，可是既然你这样白白糟蹋我的时间，我就不懂为什么你的父母不应该听到这些话了。近来你的工作叫人很不满意；当然，目前买卖并不是旺季，这我们也承认，可是一年里整整一个季度一点买卖也不做，这是不行的，萨姆沙先生，这是完全不应该的。"

"可是，先生，"格里高尔喊道，他控制不住了，激动得忘记了一切，"我这会儿正要来开门。一点小小的不舒服，一阵头晕使我起不了床。我现在还躺在床上呢。不过我已经好了。我现在正要下床。再等我一两分钟吧！我不像自己所想的那样健康。不过我已经好了，真的。这种小毛病难道就能打垮我不成！我昨天晚上还好好儿的，这我父亲母亲也可以告诉你，不，应该说我昨天晚上就感觉到了一些预兆。我的样子想必已经不对劲了。你一定要问为什么我不向办公室报告！可是人总以为一点点不舒服一定能顶过去，用不着请假在家休息。哦，先生，别伤我父母的心吧！你刚才怪罪于我的事都是没有根据的，从来没有谁这样说过我。也许你还没有看到我最近兜来的订单吧。至少，我还能赶上八点钟的火车呢，休息了这几个钟点我已经好多了。千万不要因为我而把你耽搁在这儿，先生，我马上就会开始工作的，这有劳你转告经理，在他面前还得请你多替我美言几句呢！"

格里高尔一口气说着，自己也搞不清楚自己说了些什么，也许是因为有了床上的那些锻炼，格里高尔没费多大气力就来到柜子旁边，打算依靠柜子使自己直立起来。他的确是想开门的，的确是想出去和秘书主任谈话的；他很想知道，大家这么坚持以后，看到了他又会说些什么。要是他们都大吃一惊，那么责任就再也不在他身上，他可以得到安静了。如果他们完全不在意，那么他也根本不必不安，只要真的赶紧上车站去搭八点钟的车就行了。起先，他好几次从光滑的柜面上滑下来，可是最后，在一使劲之后，他终于站直了，现在他也不管下身疼得像火烧一般了。接着他让自己靠向附近一张椅子的背部，用他那些细小的腿抓住了椅背的边。这使他得以控制自己的身体，他不再说话，因为这时候他听见秘书主任又开口了。

"你们听得懂哪个字吗？"秘书主任问，"他不见得在开我们的玩笑吧？""哦，天哪，"他母亲声泪俱下地喊道，"也许他病害得不轻，倒是我们在折磨他呢。葛蕾特！葛蕾特！"接着她嚷道。"什么事，妈妈？"他妹妹打那一边的房间里喊道。她们就这样隔着格里高尔的房间对嚷起来。"你得马上去请医生。格里高尔病了。去请医生，快点儿。你没听见他说话的声音吗？""这不是人的声音。"秘书主任说，跟母亲的尖叫声一比他的嗓音显得格外低沉。"安娜！安娜！"他父亲从客厅向厨房里喊道，一面还拍着手，"马上去找个锁匠来！"于是两个姑娘奔跑得裙子飕飕响地穿过了客厅——他妹妹怎能这么快就穿好衣服的呢？——接着又猛然打开了前门。没有听见门重新关上的声音；她们显然听任它洞开着，什么人家出了不幸的事情就总是这样。

格里高尔现在倒镇静多了。显然，他发出来的声音人家再也听不懂了，虽然他自己听来很清楚，甚至比以前更清楚，这也许是因为他的耳朵变得能适应这种声音了。不过至少现在大家相信他有什么地方不太妙，都准备来帮助他了。这些初步措施将带来的积极效果使他感到安慰。他觉得自己又重新进入了人类的圈子，对大夫和锁匠都寄予了莫大的希望，却没有怎样分清两者之间的区别。为了使自己在即将到来的重要谈话中声音尽可能清晰些，他稍微清了清嗓子，他当然尽量压低声音，因为就连他自己听起来，这声音也不像人的咳嗽。这时候，隔壁房间里一片寂静。也许他的父母正陪着秘书主任坐在桌旁，在低声商谈，也许他们都靠在门上细细谛听呢。

格里高尔慢慢地把椅子推向门边，接着便放开椅子，抓住了门来支撑自己——他那些细腿的脚底上倒是颇有黏性的——他在门上靠了一会儿，喘过一口气来。接着他开始用嘴巴来转动插在锁孔里的钥匙。不幸的是，他并没有什么牙齿——他得用什么来咬住钥匙呢？——不过他的下颚倒好像非常结实，靠着这下颚他总算转动了钥匙，他准是不小心弄伤了什么地方，因为有一股棕色的液体从他嘴里流出来，淌过钥匙，滴到地上。"你们听，"门后的秘书主任说，"他在转动钥匙了。"这对格里高尔是个很大的鼓励；不过他们应该都来给他打气，他的父亲母亲都应该喊："加油，格里高尔。"他们应该大声喊道："坚持下去，咬紧钥匙！"他相信他们都在全神贯注地关心自己的努力，就集中全力死命咬住钥匙。钥匙需要转动时，他便用嘴巴衔着它，自己也绕着锁孔转了一圈，好把钥匙扭过去，或者不如说，用全身的重量使它转动。终于屈服的锁发出响亮的"咔哒"一声，使格里高尔大为高兴。他深深地舒了一口气，对自己说："这样一来我就不用锁匠了。"接着就把头搁在门柄上，想把门整个打开。

门是向他自己这边拉的，所以虽然已经打开，人家还是瞧不见他。他得慢慢地从对开的那半扇门后面把身子挪出来，而且得非常小心，以免背脊直挺挺地跌倒在房间里。他正在困难地挪动自己，顾不上作任何观察，却听到秘书主任"哦"的一声大叫——发出来的声音像一股狂风——现在他可以看见那个人了，他站得最靠近门口，一只手遮在张大的嘴上，慢慢地往后退去，仿佛有什么无形的强大压力在驱逐他似的。格里高尔的母亲——虽然秘书主任在场，她的头发仍然没有梳好，还是乱七八糟地竖着——她先是双手合掌瞧瞧他父亲，接着向格里高尔走了两步，随即倒在地上，裙子摊了开来，脸垂到胸前，完全看不见了。他父亲握紧拳头，一副恶狠狠的样子，仿佛要把格里高尔打回到房间里去，接着他又犹豫不决地向起居室扫了一眼，然后用双手遮住眼睛，哭泣起来，连他那宽阔的胸膛都在起伏不定。

格里高尔没有接着往起居室走去，却靠在那半扇关紧的门的后面，所以他只有半个身子露在外面，还侧着探在外面的头去看别人。这时候天更亮了，可以清清楚楚地看到街对面一幢长得没有尽头的深灰色的建筑——这是一所医院——上面惹眼地开着一排排呆板的窗子；雨还在下，不过已成为一滴滴看得清的大颗粒了。大大小小的早餐盆碟摆了一桌子，对于格里高尔的父亲，早餐是一天里最重要的一顿饭，他一边看各式各样的报纸，一边吃，要吃上好几个钟点。在格里高尔正对面的墙上挂着一幅他服兵役时的照片，当时他是中尉，他的手按在剑上，脸上挂着无忧无虑的笑容，分明要人家尊敬他的军人风度和制服。前厅的门开着，大门也开着，可以一直看到住宅前的院子和最下面的几级楼梯。

"好吧，"格里高尔说，他完全明白自己是唯一多少保持着镇静的人，"我立刻穿上衣服，等包好样品就动身。您是否还容许我去呢？您瞧，先生，我并不是冥顽不化的人，我很愿意工作；出差是很辛苦的，但我不出差就活不下去。您上哪儿去，先生？去办公室是吗？我这些情形您能如实地反映上去吗？人总有暂时不能胜任工作的时候，不过这时正需要想起他过去的成绩，而且还要想到以后他又恢复了工作能力的时候，他一定会干得更勤恳更用心。我一心想忠诚地为老板做事，这您也很清楚。何况，我还要供养我的父母和妹妹。我现在景况十分困难，不过我会重新挣脱出来的。请您千万不要火上加油。在公司里请一定帮我说几句好话。旅行推销员在公司里不讨人喜欢，这我知道。大家以为他们赚的是大钱，过的是逍遥自在的日子。这种成见也犯不着特地去纠正。可是您呢，先生，比公司里所有的人看得都全面，是的，让我私下里告诉你，您比老板本人还全面，他是东家，当然可以凭自己的好恶随便不喜欢哪个职员。您知道得最清楚，旅行推销员几乎长年不在办公室，他们自然很容易成为闲话、怪罪和飞短流长的目标，可他自己却几乎完全不知道，所以防不胜防。直待他精疲力竭地转完一个圈子回到家里，这才亲身体验到连原因都无法找寻的恶果落到了自己的身上。先生，先生，您不能不说我一句好话就走啊，请表明您觉得我至少还有几分是对的呀！"

可是格里高尔才说头几个字，秘书主任就已经在跟跄倒退，只是张着嘴唇，侧过颤抖的肩膀直勾勾地瞪着他。格里高尔说话时，他片刻也没有站定，却偷偷地向门口蹩去，眼睛始终盯紧了格里高尔，只是每次只移动一寸，仿佛存在某项不准离开房间的禁令一般。好不容易退入了前厅，他最后一步跨出起居室时动作好猛，真像是他的脚跟刚给火烧着了。他一到前厅就伸出右手向楼梯跑去，好似那边有什么神秘的救星在等待他。

格里高尔明白，如果要保住他在公司里的职位，不砸掉饭碗，那就绝不能让秘书主任抱着这样的心情回去。他的父母对这一点还不太了然；多年以来，他们已经深信格里高尔在这家公司里要待上一辈子的，再说，他们的心思已经完全放在当前的不幸事件上，根本无法考虑将来的事。可是格里高尔却考虑到了。一定得留住秘书主任，安慰他，劝告他，最后还要说服他；格里高尔和他一家人的前途全系在这上面呢！要是妹妹在场就好了！她很聪明；当格里高尔还安静地仰在床上的时候她就已经哭了。总是那么偏袒女性的秘书主任一定会乖乖地听她的话。她会关上大门，在前厅里把他说得不再惧怕。可是她偏偏不在，格里高尔只得自己来应付当前的局面。他没有想到自己的身体究竟有什么活动能力，也没有想一想他的话人家仍旧很可能听不懂，而且简直根本听不懂，就放开了那扇门，挤过门口，迈步向秘书主任走去，而后者正可笑地用两只手抱住楼梯的栏杆。格里高尔刚要摸索可以支撑的东西，忽然轻轻喊了一声，身子趴了下来，他那许多条腿着了地。还没等全部落地，他的身子已经获得了安稳的感觉，从早晨以来，这还是第一次；他脚底下现在是结结实实的地板了。他高兴地注意到，他的腿完全听从指挥，它们甚至努力地把他朝他心里所想的任何方向带去；他简直要相信，他所有的痛苦得到解脱的时候终于快来了。可是就在这一刹那间，当他摇摇摆摆一心想动弹的时候，离他不远，事实上就躺在他前面地板上的母亲，本来似乎已经完全瘫痪，这时却霍地跳了起来，伸直两臂，张开了所有的手指，喊道："救命啊，老天爷，救命啊！"一面又低下头来，仿佛想把格里高尔看得更清楚些，同时又偏偏身不由己地一直往后退，根本没顾到她后面有张摆满了食物的桌子；她撞上桌子，又糊里糊涂地坐了上去，似乎全然没有注意她旁边那把大咖啡壶已经打翻，咖啡也汩汩地流到了地毯上。

"妈妈，妈妈。"格里高尔低声地说道，抬起头来看着她。这时他已经完全把秘书主任撇在脑后，他的嘴却忍不住咂巴起来，因为他看到了淌出来的咖啡。这使他母亲再一次尖叫起来。她从桌子旁边逃开，倒在急忙来扶她的父亲的怀抱里。可是格里高尔现在顾不得他的父母；秘书主任已经在走下楼梯了，他的下巴探在栏杆上，扭过头来最后回顾了一眼。格里高尔急走几步，想尽可能追上他，可是秘书主任一定是看出了他的意图，因为他往下蹦了几级，随即消失了，可是还在不断地叫喊："噢！"回声传遍了整个楼梯。

不幸得很，秘书主任的逃走仿佛使一直比较镇定的父亲也慌乱万分，因为他非但自己不去追赶那人，反而阻拦格里高尔去追逐，他右手操起秘书主任连同帽子和大衣一起留在一张椅子上的手杖，左手从桌子上抓起一张大报纸，一面跺脚，一面挥动手杖和报纸，要把格里高尔赶回到房间里去。格里高尔的恳求全然无效，事实上别人根本不理解，不管他怎样谦恭地低下头去，他父亲反而把脚跺得更响。另一边，他母亲不顾天气寒冷，打开了一扇窗子，双手掩住脸，尽量把身子往外探。一阵劲风从街上刮到楼梯，窗帘掀了起来，桌上的报纸吹得"啪哒啪哒"乱响，有几张吹落在地板上。格里高尔的父亲无情地把他往后赶，一面"嘘嘘"叫着，简直像个野人。可是格里高尔还不熟悉怎么往后退，所以走得很慢。如果有机会掉过头来，他能很快回房间的，但他怕转身的迟缓会使他父亲更加生气，他父亲手中的手杖随时会照准他的背上或头上给以狠狠一击的。到后来，他竟不知怎么办才好，因为他绝望地注意到，倒退着走连方向都掌握不了；因此，他一面始终不安地侧过头瞅着父亲，一面开始掉转身子，他想尽量快些，事实上却非常迂缓。也许父亲发觉了他的良好意图，因此并不干涉他，只是在他挪动时远远地用手杖尖拨拨他。只要父亲不再发出那种令他无法忍受的"嘘嘘"声就好了，这简直要使格里高尔发狂。他已经完全转过去了，只是因为给嘘声弄得心烦意乱，甚至转得过了头。最后他总算对准了门口，可是他的身体又偏巧宽得过不去。但是在目前精神状态下的父亲，当然不会想到去打开另外半扇门好让格里高尔得以通过。他父亲脑子里只有一件事，尽快把格里高尔赶回房间。让格里高尔直立起来，侧身进入房间，就要做许多麻烦的准备，父亲是绝不会答应的。他现在发出的声音更加响亮，他拼命催促格里高尔往前走，好像他前面没有什么障碍似的；格里高尔听来他后面响着的声音不再像是父亲一个人的了，现在更不是闹着玩的了，所以格里高尔不顾一切狠命向门口挤去。他身子的一边拱了起来，倾斜地卡在门口，腰部挤伤了，在洁白的门上留下了可憎的斑点，不一会儿他就给夹住了，不管怎么挣扎，还是丝毫动弹不得，他一边的腿在空中颤抖地舞动，另一边的腿却在地上被压得十分疼痛——这时，他父亲从后面使劲地推了他一把，实际上这倒是支援，使他一直跌进了房间中央，汩汩地流着血。在他后面，门"砰"的一声用手杖关上了，屋子里终于恢复了寂静。

## 二

直到薄暮时分格里高尔才从沉睡中苏醒过来，这与其说是沉睡还不如说是昏厥。其实再过一会儿他自己也会醒的，因为他觉得睡得很长久，已经睡够了，可是他仍觉得仿佛有一阵疾走的脚步声和轻轻关上通向前厅房门的声音惊醒了他。街上的电灯，在天花板和家具的上半部投下一层淡淡的光晕，可是在低处他躺着的地方，却是一片漆黑。他缓慢而笨拙地试了试他的触须，只是到了这时，他才初次学会运用这个器官，接着便向门口爬去，想知道那儿发生了什么事。他觉得有一条长长的、绷得紧紧的不舒服的伤疤，他的两条腿事实上只能瘸着走了。而且有一条细小的腿在早晨的事件里受了重伤，现在是毫无用处地曳在身后——仅仅坏了一条腿，这倒真是个奇迹。

他来到门边，这才发现把他吸引过来的事实上是什么：食物的香味。因为那儿放了一只盆子，盛满了甜牛奶，上面还浮着切碎的白面包。他险些儿要高兴得笑出声来，因为他现在比早晨更饿了，他立刻把头浸到牛奶里去，几乎把眼睛也浸没了。可是很快他又失望地缩了回来；他发现不仅吃东西很困难，因为柔软的左侧受了伤——他要全身抽搐地配合着才能把食物吃到口中——而且他也不喜欢牛奶了，虽然牛奶一直是他喜爱的饮料，他妹妹准是因此才给他准备的；事实上，他几乎是怀着厌恶的心情把头从盆子边上扭开，爬回到房间中央去的。

他从门缝里看到起居室的煤气灯已经点亮了，在平日，到这时候，他父亲总要大声地把晚报读给母亲听，有时也读给妹妹听，可是现在却没有丝毫声息。也许是父亲新近抛弃大声读报的习惯了吧，他妹妹在谈话和写信中经常提到这件事。可是到处都那么寂静，虽然家里显然不是没有人。"我们这一家日子过得多么平静啊。"格里高尔自言自语道，他一动不动地瞪视着黑暗，心里感到很自豪，因为他能够让他的父母和妹妹在这样一套挺好的房间里过着满不错的日子。可是如果这一切的平静、舒适与满足都要恐怖地告一结束，那可怎么办呢？为了使自己不致陷入这样的思想，格里高尔活动起来了，他在房间里不断地爬来爬去。

在这个漫长的夜晚，有一次一边的门打开了一道缝，但马上又关上了，后来另一边的门也发生了这样的事；显然是有人打算进来但是又犹豫不决。格里高尔现在紧紧地伏在起居室的门边，打算劝那个踌躇不决的人进来，至少也想知道那人是谁，可是门再也没有开过，他白白地等待着。清晨那会儿，门锁着，他们全都想进来，可是如今他打开了一扇门，另一扇门显然白天也是开着的，却又谁都不进来了，而且连钥匙都插到外面去了。

一直到深夜，起居室的煤气灯才熄灭，格里高尔很容易就推想到，他的父母和妹妹久久地清醒地坐在那儿，因为他清晰地听见他们蹑手蹑脚走开的声音。没有人会来看他了，至少天亮以前是不会了，这是肯定的，因此他有充裕的时间从容不迫地考虑他该怎样重新安排生活。可是他匍匐在地板上的这间高大空旷的房间使他充满了一种不可言喻的恐惧，虽然这就是他自己住了五年的房间——他自己还不大清楚是怎么回事，就已经毫不害臊地急急钻到沙发底下去了，他马上就感到这儿非常舒服，虽然他的背稍有点被压住，他的头也抬不起来。他唯一感到遗憾的是身子太宽，不能整个藏进沙发底下。

他在那里待了整整一夜，一部分的时间消磨在假寐上，腹中的饥饿时时刻刻使他惊醒，而另一部分时间里，他一直沉浸在担忧和渺茫的希望中，但他想来想去，总是只有一个结论：那就是目前他必须静静地躺着，用忍耐和极度的体谅来协助家庭克服他在目前的情况下必然会给他们造成的不方便。

拂晓时分，其实还简直是夜里，格里高尔就有机会考验他的新决心是否坚定了，因为他的妹妹衣服还没有完全穿好就打开了通往客厅的门，表情紧张地向里面张望。她没有立刻看见他，可是一等她看到他躲在沙发底下——说到底，他总得待在什么地方，他又不能飞走，是不是？——她大吃一惊，不由自主就把门"砰"地重新关上。可是仿佛是后悔自己刚才的举动似的，她马上又打开了门，踮起脚尖走了进来，似乎她来看望的是一个重病人，甚至是陌生人。格里高尔把头探出沙发的边缘看着她。她会不会注意到他并非因为不饿而留着牛奶没喝，她会不会拿别的更合他的口味的东西来呢？除非她自动注意到这一层，他情愿挨饿也不愿唤起她的注意，虽然他有一股强烈的愿望，想从沙发底下冲出来，伏在她脚下，求她拿点食物来。可是妹妹马上就注意到了，她很惊讶，发现除了泼了些出来以外，盆子还是满满的，她立即把盆子端了起来，虽然不是直接用手，而是用手里拿着的布，她把盆子端走了。格里高尔好奇得要命，想知道她会换些什么来，而且还作了种种猜测。然而心地善良的妹妹实际上所做的却是他怎么也想象不到的。为了弄清楚他的嗜好，她给他带来了许多种食物，全都放在一张旧报纸上。这里有不新鲜的一半腐烂的蔬菜，有昨天晚饭剩下来的肉骨头，上面还蒙着已经变稠硬结的白酱油；还有些葡萄干和杏仁；一块两天前格里高尔准会说吃不得的乳酪；一块陈面包，一块抹了黄油的面包，一块撒了盐的黄油面包。除了这一切，她又放下了那只盆子，往里倒了些清水，这盆子显然算是他专用的了。她考虑得非常周到，生怕格里高尔不愿当她的面吃东西，所以马上就退了出去，甚至还锁上了门，让他明白他可以安心地随意进食。格里高尔所有的腿都"嗖"地向食物奔过去。而他的伤口也准是已经完全愈合了，因为他并没有感到不方便，这使他颇为吃惊，也令他回忆起，一个月以前，他用刀稍稍割伤了一只手指，直到前天还觉得疼痛。"难道现在我感觉迟钝些了？"他想，紧接着便对着乳酪狼吞虎咽起来，在所有的食物里，这一种立刻强烈地吸引了他。他眼中含着满意的泪水，逐一地把乳酪、蔬菜和酱油都吃掉；可是新鲜的食物却一点也不给他以好感，他甚至都忍受不了那种气味，事实上他是把可吃的东西都叼到远一点的地方去吃的。他吃饱了，正懒洋洋地躺在原处，这时他妹妹慢慢地转动钥匙，仿佛是给他一个暗示，让他退走。他立刻惊醒了过来，虽然他差不多睡着了，就急急地重新钻到沙发底下去。可是藏在沙发底下需要相当的自我克制力量，即使只是妹妹在房间里这短短的片刻，因为这顿饱餐使他的身子有些膨胀，他只觉得地方狭窄，连呼吸也很困难。他因为透不过气，眼珠也略略鼓了起来，他望着没有察觉任何情况的妹妹在用扫帚扫去不光是他吃剩的食物，甚至也包括他根本没碰的那些东西，仿佛这些东西现在根本没人要了，扫完后又急匆匆地全都倒进了一只桶里，把木盖盖上就提走了。她刚扭过身去，格里高尔就从沙发底下爬出来舒展身子，"呼哧呼哧"喘了几口气。

格里高尔就是这样由他妹妹喂养着，一次在清晨他父母和使女还睡着的时候，另一次是在他们吃过午饭，他父母睡午觉而妹妹把使女打发出去随便干点杂事的时候。他们当然不会存心叫他挨饿，不过也许是他们除了听妹妹说一声以外对于他吃东西的情形根本不忍心知道吧，也许是他妹妹也想让他们尽量少操心吧，因为眼下他们心里已经够烦的了。

至于第一天上午大夫和锁匠是用什么借口打发走的，格里高尔就永远不得而知了，因为他说的话人家既然听不懂，他们——甚至连妹妹在内——就不会想到他能听懂大家的话，所以每逢妹妹来到他的房间里，他听到她不时发出的几声叹息，和向圣者作的喁喁祈祷，也就满足了。后来，她对这种情形略微有点习惯了——当然，完全习惯是绝对不可能的——这时，她间或也会让格里高尔听到这样好心的或者可以作这样理解的话。"唔，他喜欢今天的饭食。"要是格里高尔把东西吃得一干二净，她会这样说。但是近来下面的情形越来越多了，她总是有点忧郁地说："又是什么都没有吃。"

虽然格里高尔无法直接得到任何消息，他却从隔壁房间里偷听到一些，只要听到一点点声音，他就急忙跑到那个房间的门后，把整个身子贴在门上。特别是在头几天，几乎没有什么谈话不牵涉到他，即使是悄悄话。整整两天，一到吃饭时候，全家人就商量该怎么办；就是不在吃饭时候，也老是谈这个题目，那阵子家里至少总有两个人，因为谁也不愿孤单单地待在家里，至于全都出去那更是不可想象的事。就在第一天，女仆——她对这件事到底知道几分还弄不太清楚——来到母亲跟前，跪下来哀求让她辞退工作，当她一刻钟之后离开时，居然眼泪盈眶，感激不尽，仿佛得到了什么大恩典似的，而且谁也没有逼她，她就立下重誓，说这件事她永远一个字也不对外人说。

女仆一走，妹妹就得帮着母亲做饭了；其实这事也并不太麻烦，因为事实上大家都简直不吃什么。格里高尔常常听到家里一个人白费力气地劝另一个人多吃一些，可是回答总不外是："谢谢，我吃不下了。"或是诸如此类的话。现在似乎连酒也不喝了。他妹妹总是一次又一次地问父亲要不要喝啤酒，并且好心好意地说要亲自去买，她见父亲没有回答，便建议让看门的女人去买，免得父亲觉得过意不去，这时父亲断然地说一个"不"字，大家就再也不提这事了。

在头几天里，格里高尔的父亲便向母亲和妹妹解释了家庭的经济现状和远景。他常常从桌子旁边站起来，去取一些文件和账目，这都放在一只小小的保险箱里，这是五年前他的公司破产时保存下来的。他打开那把复杂的锁、窸窸窣窣地取出纸张又重新锁上的声音格里高尔都一一听得清清楚楚。他父亲的叙述是格里高尔幽禁以来所听到的第一个愉快的消息。他本来还以为父亲的买卖什么也没有留下呢，至少父亲没有说过相反的话；当然，他也没有直接问过。那时，格里高尔唯一的愿望就是竭尽全力，让家里人尽快忘掉父亲事业崩溃使全家沦于绝望的那场大灾难。所以，他以不寻常的热情投入工作，很快就不再是个小办事员，而成为一个旅行推销员，赚钱的机会当然更多，他的成功马上就转化为亮晃晃圆滚滚的硬币，好让他当着惊诧而又快乐的一家人的面放在桌子上。那真是美好的时刻啊，这种时刻以后就没有再出现过，至少是再也没有那种光荣感了，虽然后来格里高尔挣的钱已经够维持一家的生活，事实上家庭也的确是他在负担。大家都习惯了，不论是家里人还是格里高尔，收钱的人固然很感激，给的人也很乐意，可是再也没有那种特殊的温暖感觉了。只有妹妹和他最亲近，他心里有个秘密的计划，想让她明年进音乐学院，她跟他不一般，爱好音乐，小提琴拉得很动人，进音乐学院费用当然不会小，这笔钱一定得另行设法筹措。他逗留在家的短暂期间，音乐学院这一话题在他和妹妹之间经常提起，不过总把它当作一个永远无法实现的美梦，只要听到关于这件事的天真议论，他的父母就感到沮丧；然而格里高尔已经痛下决心，准备在圣诞节之夜隆重地宣布这件事。

　　这就是他贴紧门站着倾听时涌进脑海的一些想法，这在目前当然都是毫无意义的空想了。有时他实在疲倦了，便不再倾听，而是懒懒地把头靠在门上，不过总是立即又得抬起来，因为他弄出的最轻微的声音隔壁都听得见，谈话也因此完全停顿下来。"他现在又在干什么呢？"片刻之后他父亲会这样问，而且显然把头转向了门，这以后，被打断的谈话才会逐渐恢复。

　　由于他父亲很久没有接触经济方面的事，他母亲也总是不能一下子就弄清楚，所以他父亲老是一遍又一遍地反复解释，使格里高尔了解得非常详细：他的家庭虽然破产，却有一笔投资保存了下来——款子当然很小——而且因为红利没有动用，钱数还有些增加。另外，格里高尔每个月给的家用——他自己只留下几个零用钱——没有完全花掉，所以到如今也积成了一笔小数目。格里高尔在门背后拼命点头，为这种他没料到的节约和谨慎而高兴。当然，本来他也可以用这些多余的款子把父亲欠老板的债再还掉些，使自己可以少替老板卖几天命，可是无疑还是父亲的做法更为妥当。

　　不过，如果光是靠利息维持家用，这笔钱还远远不够；这项款子可以使他们生活一年，至多两年，不能再多了。这笔钱根本就不能动用，要留着以备不时之需；日常的生活费用得另行设法。他父亲身体虽然还算健壮，但已经老了，他已有五年没做事，也很难期望他能有什么作为了；在他劳累的却从未成功过的一生里，他还是第一次过安逸的日子，在这五年里，他发胖了，连行动都不方便了。而格里高尔的老母亲患有气喘病，在家里走动都很困难，隔一天就得躺在打开的窗户边的沙发上喘得气都透不过来，又怎能叫她去挣钱养家呢？妹妹还只是个十七岁的孩子，她的生活直到现在为止还是一片欢乐，关心的只是怎样穿得漂亮些，睡个懒觉，在家务上帮帮忙，出去找些不太花钱的娱乐，此外最重要的就是拉小提琴，又怎能叫她去给自己挣面包呢？只要话题转到挣钱养家的问题，最初格里高尔总是放开了门，扑倒在门旁冰凉的皮沙发上，羞愧与焦虑得忧心如焚。

　　他往往躺在沙发上，彻夜不眠，一连好几个小时在皮面子上蹭来蹭去。他有时也集中全身力量，将扶手椅推到窗前，然后爬上窗台，身体靠着椅子，把头贴到玻璃窗上，他显然是企图回忆过去临窗眺望时所感到的那种自由。因为事实上，随着日子一天天过去，稍稍远一些的东西他就看不清了；从前，他常常诅咒街对面的医院，因为它老是逼近在他眼面前，可是如今他却看不见了，倘若他不知道自己位在虽然僻静，却完全是市区的夏洛蒂街，他真要以为自己的窗子外面是灰色的天空与灰色的土地浑然成为一体的荒漠世界了。他那细心的妹妹看见扶手椅两回都靠在窗前，就明白了；此后她每次打扫房间总把椅子推回到窗前，甚至还让里面那层窗子开着。

如果他能开口说话，感激妹妹为他所做的一切，他也许还能多少忍受她的怜悯，可现在他却受不了。她工作中不太愉快的那些方面，她显然想尽量避免；日子一天天过去，她的确逐渐达到了目的，可是格里高尔也渐渐地越来越明白了。她走进房间的样子就使他痛苦。她一进房间就冲到窗前，连房门也顾不上关，虽然她往常总是小心翼翼不让旁人看到格里高尔的房间。她仿佛快要窒息了，用双手匆匆推开窗子，甚至在严寒中也要当风站着做深呼吸。她这种吵闹急促的步子一天总有两次使得格里高尔心神不定；在这整段时间里，他都得蹲在沙发底下，打着哆嗦。他很清楚，她和他待在一起时，若是不打开窗子也还能忍受，她是绝对不会如此打扰他的。

有一次，大概在格里高尔变形一个月以后，其实这时她已经没有理由见到他再吃惊了，她比平时进来得早了一些，发现他正在一动不动地向着窗外眺望，所以模样更像妖魔了。要是她光是不进来格里高尔倒也不会感到意外，因为既然他在窗口，她当然不能立刻开窗了，可是她不仅退出去，而且仿佛是大吃一惊似的跳了回去，并且还"砰"地关上了门；陌生人还以为他是故意等在那儿要扑过去咬她呢。格里高尔当然立刻就躲到了沙发底下，可是他一直等到中午她才重新进来，看上去比平时更显得惴惴不安。这使他明白，妹妹看见他依旧那么恶心，而且以后也势必一直如此。她看到他身体的一小部分露出在沙发底下而不逃走，该是作出了多大的努力呀。为了使她不致如此，有一天他花了四个小时的劳动，用背把一条被单拖到沙发上，铺得使它可以完全遮住自己的身体，这样，即使她弯下身子也不会看到他了。如果她认为被单放在那儿根本没有必要，她当然会把它拿走，因为格里高尔这样把自己遮住又蒙上自然不会舒服。可是她并没有拿走被单，当格里高尔小心翼翼地用头把被单拱起一些看她怎样对待新情况的时候，他甚至仿佛看到妹妹眼睛里闪出了一丝感激的光芒。

在最初的两个星期里，他的父母亲鼓不起勇气进他的房间，他常常听到他们对妹妹的行为表示感激，而以前他们是常常骂她的，说她是个不中用的女儿。可是现在呢，在妹妹替他收拾房间的时候，老两口往往在门外等着，她一出来就问她房间里的情形，格里高尔吃了什么，他这一次行为怎么样，是否有些好转的迹象。过了不多久，母亲想要来看他了，起先父亲和妹妹都用种种理由劝阻她，格里高尔留神地听着，暗暗也都同意。后来，他们不得不用强力拖住她了，而她却拼命嚷道："让我进去瞧瞧格里高尔，他是我可怜的儿子！你们就不明白我非进去不可吗？"听到这里，格里高尔想也许还是让她进来的好，当然不是每天都来，每星期一次也就差不多了；她毕竟比妹妹更周到些，妹妹虽然勇敢，总还是个孩子，再说她之所以担当这件苦差事恐怕还是因为年轻稚气、少不更事罢了。

格里高尔想见见他母亲的愿望很快就实现了。在大白天，考虑到父母的脸面，他不愿趴在窗子上让人家看见，可是他在几乎方米的地板上没什么好爬的，漫漫的长夜里他也不能始终安静地躺着不动，此外他很快就失去了对于食物的任何兴趣，因此，为了锻炼身体，他养成了在墙壁和天花板上纵横交错地爬来爬去的习惯。他特别喜欢倒挂在天花板上，这比躺在地板上强多了，呼吸起来也轻松多了，而且身体也可以轻轻地晃来晃去；倒悬的滋味使他乐而忘形，他忘乎所以地松了腿，直挺挺地掉在地板上。可是如今他对自己身体的控制能力比以前大有进步，所以即使摔得这么重，也没有受到损害。他的妹妹马上就注意到了格里高尔新发现的娱乐——他的脚总要在爬过的地方留下一种黏液——于是她想到应该让他有更多地方可以活动，得把挡路的家具搬出去，首先要搬的是五斗橱和写字台。可是一个人干不了，她不敢叫父亲来帮忙；家里的佣人又只有一个十六岁的使女，女仆走后她虽说有勇气留下来，但是她求主人赐给她一个特殊的恩惠，让她把厨房门锁着，只有在人家特意叫她时才打开，所以她也是不能帮忙的。这样，除了趁父亲出去时求母亲帮忙之外，也没有别的法子可想了。老太太真的来了，一边还兴奋地叫喊着，可是这股劲头没等她来到格里高尔房门口就烟消云散了。格里高尔的妹妹当然先进房间，她来看看是否一切都很稳妥，然后再招呼母亲。格里高尔赶紧把被单拉低些，并且把它弄得皱折更多些，让人看了以为这是随随便便扔在沙发上的。这一回他也不从沙发底下往外张望了，他放弃了见到母亲的快乐，她终于来了，这就已经使他喜出望外了。"进来吧，他躲起来了，"妹妹说，显然是搀着母亲的手在领她进来。此后，格里高尔听到了两个赢弱的女人使劲把那口旧柜子从原来的地方拖出来的声音，他妹妹只管挑重活儿干，根本不听母亲叫她当心累坏身子的劝告。她们搬了很久。在拖了至少一刻钟之后，母亲提出相反的意见，说这口橱还是放在原处的好，因为首先它太重了，在父亲回来之前是绝对搬不走的，而这样立在房间的中央当然只会更加妨碍格里高尔的行动，况且把家具搬出去是否就合格里高尔的意，这可谁也说不上来。她甚至还觉得恰恰相反呢；她看到墙壁光秃秃的，只觉得心里堵得慌，为什么格里高尔就没有同感呢！既然好久以来他就用惯了这些家具，一旦没有，当然会觉得很凄凉。最后她又压低了声音说——事实上自始至终她都几乎是用耳语在说话，她仿佛连声音都不想让格里高尔听到——他到底藏在哪儿她并不清楚——因为她相信他已经听不懂她的话了——"再说，我们搬走家具，岂不等于向他表示，我们放弃了他好转的希望，硬着心肠由他去了吗？我想还是让他房间保持原状的好，这样，等格里高尔回到我们中间，他就会发现一切如故，也就能更容易忘掉这其间发生的事了。"

听到了母亲这番话，格里高尔明白两个月不与人交谈以及单调的家庭生活，已经把他的头脑弄糊涂了，否则他就无法解释，为什么会把房间里的家具清出去看成一件严肃认真的事。难道他真的要把那么舒适地放满祖传家具的温暖的房间变成光秃秃的洞窟，好让自己不受阻碍地往四面八方乱爬，同时还要把做人的时候的回忆忘得干干净净作为代价吗？他的确已经濒于忘却一切，只是靠了好久没有听到的母亲的声音，才把他拉了回来。什么都不能从他房间里搬出去，一切都得保持原状，他不能丧失这些家具对他精神状态的良好影响；即使在他无意识地到处乱爬的时候家具的确挡住他的路，这也绝不是什么妨碍，而是大大的好事。

不幸的是，妹妹却有不同的看法。她已经惯于把自己看成是格里高尔事务的专家了，自然认为自己要比父母高明，这当然也有点道理，所以母亲的劝说只能使她决心不仅仅搬走柜子和书桌，这只是她的初步计划，而且还要搬走一切，只剩那张不可缺少的沙发。她作出这个决定当然不仅仅是出于孩子气的倔强和她近来自己也没料到的、花了艰苦代价而获得的自信心；她的确觉得格里高尔需要许多地方爬动，另一方面，他又根本用不着这些家具，这也是不言而喻的。另一个原因也可能是她这种年龄的少女的热烈气质，她们无论做什么事总要迷在里面，这个原因使得葛蕾特夸大哥哥环境的可怕，这样，她就能给他做更多的事了。对于一间由格里高尔一个人主宰的光有四堵空墙的房间，除了葛蕾特是不会有别人敢于进去的。

因此，她不因为母亲的一番话而动摇自己的决心，母亲在格里高尔的房间里越来越不舒服，所以也拿不稳主意，旋即不作声了，只是竭力帮她女儿把柜子推出去。如果不得已，格里高尔也可以不要柜子，可是写字台是非留下不可的。这两个女人哼哼着刚把柜子推出房间，格里高尔就从沙发底下探出头来，想看看该怎样尽可能温和妥善地干预一下。可是真倒霉，是他母亲先回进房间来的，她让葛蕾特独自在隔壁房间攥住柜子摇晃着往外拖，柜子当然是一动也不动。母亲没有看惯他的模样；为了怕她看了吓出病来，格里高尔马上退到沙发另一头去，可是还是使被单在她前面晃动了一下。这就已经使她大吃一惊了。她愣住了，站了一会儿，这才往葛蕾特那儿跑去。

虽然格里高尔不断地安慰自己，说根本没有出什么大不了的事，只是挪动了几件家具，但他很快就不得不承认，这两个女人跑过来跑过去，她们的轻声叫喊以及家具在地板上的拖动，这一切给了他很大影响，仿佛动乱从四面八方同时袭来，尽管他拼命把头和腿都蜷成一团贴紧在地板上，他也不得不承认他忍受不了多久了。她们在搬清他房间里的东西，把他所喜欢的一切都拿走；安放他的钢丝锯和各种工具的柜子已经给拖走了，她们这会儿正在把几乎陷进地板去的写字台抬起来。他在商学院念书时所有的作业就是在这张桌子上做的，更早的还有中学的作业，还有，对了，小学的作业——他再也顾不上体会这两个女人的良好动机了，他几乎已经忘了她们的存在，因为她们太累了，干活时连声音也发不出来，除了她们沉重的脚步声以外，旁的什么也听不见。

因此他冲出去了——两个女人在隔壁房间正靠着写字台略事休息——他换了四次方向，因为他真的不知道应该先拯救什么；接着，他看见了对面的那面墙，靠墙的东西已被搬得七零八落了，墙上那幅穿皮大衣的女士的画像吸引了他，格里高尔急忙爬上去，紧紧地贴在镜面玻璃上，这地方倒挺不错，他那火热的肚子顿时觉得惬意多了。至少，这张完全藏在他身子底下的画是谁也不许搬走的。他把头转向起居室，以便两个女人重新进来的时候可以看到她们。

她们休息了没多久就已经往里走来了，葛蕾特用胳膊围住她母亲，简直是在抱着她。"那么，我们现在再搬什么呢？"葛蕾特说，向周围扫了一眼，她的眼睛遇上了格里高尔从墙上射来的眼光。大概因为母亲也在场的缘故，她保持住了镇静，她向母亲低下头去，免得母亲的眼睛抬起来，说道："走吧，我们要不要再回起居室去待一会儿？"她的意图格里高尔非常清楚；她是想把母亲安置到安全的地方，然后再来把他从墙上赶下来。好吧，让她来试试看吧！他抓紧了他的图片绝不退让。他还想对准葛蕾特的脸飞扑过去呢。

可是葛蕾特的话却已经使母亲感到不安了，她向旁边跨了一步，看到了印花墙纸上那一大团棕色的东西，她还没有真的理会到她看见的正是格里高尔，就用嘶哑的声音大叫起来："啊，上帝，啊，上帝！"接着就双手一摊倒在沙发上，仿佛听天由命似的，一动也不动了。"唉，格里高尔！"他妹妹喊道，对他又是挥拳又是瞪眼。自从变形以来这还是她第一次直接对他说话。她跑到隔壁房间去拿什么香精来使母亲从昏厥中苏醒过来。格里高尔也想帮忙——要救那张图片以后还有时间——可是他已经紧紧地粘在玻璃上，不得不使点劲儿才让身子能够移动；接着他就跟在妹妹后面奔进房间，好像他像过去一样，真能给她什么帮助似的，可是他马上就发现，自己只能无可奈何地站在她后面。妹妹正在许许多多小瓶子堆里找来找去，等她回过身来一看到他，真的又吃了一惊；一只瓶子掉到地板上，打碎了；一块玻璃片划破了格里高尔的脸，不知什么腐蚀性的药水溅到了他身上。葛蕾特才愣住一小会儿，就马上抱起所有拿得了的瓶子跑到母亲那儿去了，她用脚"砰"地把门关上。格里高尔如今和母亲隔开了，她就是因为他，也许快要死了；他不敢开门，生怕吓跑了不得不留下来照顾母亲的妹妹。目前，除了等待，他没有别的事可做；他被自我谴责和忧虑折磨着，就在墙壁、家具和天花板上到处乱爬起来，最后，在绝望中，他觉得整个房间竟在他四周旋转，就掉了下来，跌落在大桌子的正中央。

过了一小会儿，格里高尔依旧软弱无力地躺着，周围寂静无声；这也许是个吉兆吧。接着门铃响了。使女当然是锁在她的厨房里的，只能由葛蕾特去开门。进来的是他的父亲。"出了什么事？"他一开口就问；准是葛蕾特的神色把一切都告诉他了。葛蕾特显然把头埋在父亲胸口上，因为她的回答听上去闷声闷气的："妈妈刚才晕过去了，不过这会儿已经好点了。格里高尔逃了出来。"——"果然不出我的所料，"他父亲说，"我不是告诉过你们吗，可是你们这些女人根本不听。"格里高尔清楚地感觉到他父亲把葛蕾特过于简单的解释想到最坏的方面去了，他大概以为格里高尔做了什么凶狠的事呢。格里高尔现在必须设法使父亲息怒，因为他既来不及也无法替自己解释。因此他赶忙爬到自己房间的门口，蹲在前面，好让父亲从客厅里一进来便可以看见自己的儿子乖得很，一心想立即回自己房间，根本不需要赶，要是门开着，他马上就会进去的。

可是父亲目前的情绪完全无法体会他那细腻的感情。"啊！"他一露面就喊道，声音里既有狂怒，同时又包含了喜悦。格里高尔把头从门上缩回来，抬起来瞧他的父亲。啊，这简直不是他想象中的父亲了；显然，最近他太热衷于爬天花板这一新的消遣，对家里别的房间里的情形就不像以前那样感兴趣了，他真应该预料到某些新的变化才行。不过，不过，这难道真是他父亲吗？从前，每逢格里高尔动身出差，他父亲总是疲累不堪地躺在床上；格里高尔回来过夜总看见他穿着睡衣靠在一张长椅子里，他连站都站不起来，把手举一举就算是欢迎。一年里有那么一两个星期天，还得是盛大的节日，他也偶尔和家里人一起出去，总是走在格里高尔和母亲的当中，他们走得已经够慢的了，可是他还要慢，他裹在那件旧大衣里，靠着那把弯柄的手杖的帮助艰难地向前移动，每走一步都先要把手杖小心翼翼地支好，逢到他想说句话，往往要停下脚步，让护卫的人靠拢来。难道那个人就是他吗？现在他身子笔直地站着，穿一件有金色纽扣的漂亮的蓝制服，这通常是银行的杂役穿的；他那厚实的双下巴鼓出在上衣坚硬的高领子外面；从他浓密的睫毛下面，那双黑眼睛射出了神气十足、咄咄逼人的光芒；他那头本来乱蓬蓬的头发如今从当中整整齐齐、一丝不苟地分了开来，两边都梳得又光又平。他把那顶绣有金字——肯定是哪家银行的标记——的帽子远远地往房间那头的沙发上一扔，把大衣的下摆往后一甩，双手插在裤袋里，板着严峻的脸朝格里高尔冲来。他大概自己也不清楚要干什么，但是他却把脚举得老高，格里高尔一看到他那大得惊人的鞋后跟简直吓呆了。不过格里高尔不敢冒险听任父亲摆布，他知道从自己新生活的第一天起，父亲就是主张对他采取严厉措施的。因此他就在父亲的前头跑了起来，父亲停住他也停住，父亲稍稍一动他又急急地奔跑。就这样，他们绕着房间转了好几圈，并没有真出什么事；事实上这简直都不太像是追逐，因为他们都走得很慢。所以格里高尔也没有离开地板，生怕父亲把他的爬墙和上天花板看成是一种特别恶劣的行为。可是，即使就这样跑他也支持不了多久，因为他父亲迈一步，他就得动好多下。他已经感到喘不过气来了，他从前做人的时候，肺也不太好。他跌跌撞撞地向前冲，因为要把精力全部集中在奔走上，连眼睛都几乎不睁开来；在昏乱的状态中，除了向前冲以外，他根本没有想到还有别的出路。他几乎忘记自己是可以随便上墙的，而且在这个房间里，靠墙放着精雕细镂的家具，凸出来和凹进去的地方多得是——正在这时，突然有一样扔得不太有力的东西飞了过来，落在他紧后面，又滚到他前面去。这是一只苹果，紧接着第二只苹果又扔了过来，格里高尔惊慌地站住了；再跑也没有用了，因为他父亲决心要轰炸他了。他把碗橱上盘子里的水果装满了衣袋，也没有好好地瞄准，只是把苹果一只接一只地扔出来。这些小小的红苹果在地板上滚来滚去，仿佛有吸引力似的，都在互相碰撞。一只扔得不太用力的苹果轻轻擦过格里高尔的背，没有带给他什么损害就飞走了。可是紧跟着马上飞来了另一只，正好打中了他的背并且还陷了进去；格里高尔挣扎着往前爬，仿佛能把这种可怕的莫名其妙的痛苦留在身后似的，可是他觉得自己好像被钉住在原处，就六神无主地瘫倒在地上。在清醒的最后一刹那，他瞥见他的房门猛然打开，母亲抢在尖叫着的妹妹前头跑了过来，身上只穿着内衣，她女儿为了让她呼吸舒畅，好缓过气来，已经把她的衣服都解开了，格里高尔看见母亲向父亲扑过去，解松了的裙子一条接着一条都掉在地板上，她绊着裙子径直向父亲奔去，抱住他，紧紧地搂住他，双手围在父亲的脖子上，求他别伤害儿子的生命——可是这时，格里高尔的眼光已经逐渐暗淡了。

## 三

格里高尔所受的重创使他有一个月不能行动——那只苹果还一直留在他身上，没人敢去取下来，仿佛这是一个公开的纪念品似的——他的受伤好像使父亲也想起了他是家庭的一员，尽管他现在很不幸，外形使人看了恶心，但是也不应把他看成是敌人，相反，家庭的责任正需要大家把厌恶的心情压下去，而用耐心来对待，只能是耐心，别的都无济于事。

虽然他的创伤损害了，而且也许是永久地损害了他行动的能力，目前，他从房间的一端爬到另一端也得花好多好多分钟，活像个老弱的病人——说到上墙在目前更是谈也不用谈——可是，在他自己看来，他的受伤还是得到了足够的补偿，因为每到晚上——他早在一两个小时以前就一心一意等待着这个时刻了。起居室的门总是大大地打开，这样他就可以躺在自己房间的暗处，家里人看不见他，他却可以看到三个人坐在点上灯的桌子旁边，可以听到他们的谈话，这大概是他们全都同意的。比起早先的偷听，这可要强多了。

的确，他们的关系中缺少了先前那种活跃的气氛。过去，当他投宿在客栈狭小的寝室里，疲惫不堪，要往潮滋滋的床铺上倒下去的时候，他总是以一种渴望的心情怀念这种气氛的。他们现在往往很沉默。晚饭吃完不久，父亲就在扶手椅里打起瞌睡来；母亲和妹妹就互相提醒谁都别说话；母亲把头低低地俯在灯下，在给一家时装店做精细的针线活。他妹妹已经当了售货员，为了将来找更好的工作，在利用晚上的时间学习速记和法文。有时父亲醒了过来，仿佛根本不知道自己已经睡了一觉，还对母亲说："你今天干了这么多针线活呀！"话才说完又睡着了，于是娘儿俩又交换一下疲倦的笑容。

父亲脾气真执拗，连在家里也一定要穿上那件制服，他的睡衣一无用处地挂在钩子上，他穿得整整齐齐，坐着坐着就睡着了，好像随时要去应差，即使在家里也要对上司唯命是从似的。这样下来，虽则有母亲和妹妹的悉心保护，他那件本来就不是簇新的制服已经开始显得脏了，格里高尔常常整夜整夜地望着纽扣老是擦得金光闪闪的外套上的一摊摊油迹，老人就穿着这件外套极不舒服却又是极安宁地坐在那里沉入了睡乡。

一等钟敲十下，母亲就设法用婉言款语把父亲唤醒，劝他上床去睡，因为坐着睡休息不好，可他最需要的就是休息，因为他六点钟就得去上班。可是自从他在银行里当了杂役以来，不知怎的得了犟脾气，他总想在桌子旁边再坐上一会儿，可是又总是重新睡着，到后来得花九牛二虎之力才能把他从扶手椅上弄到床上去。不管格里高尔的母亲和妹妹怎样不断用温和的话一个劲儿地催促他，他总要闭着眼睛，慢慢地摇头，摇上一刻钟，就是不肯站起来。母亲拉着他的袖管，对着他的耳朵轻声说些甜蜜的话，他妹妹也扔下了功课跑来帮助母亲。可是格里高尔的父亲还是不上钩。他一味往椅子深处退去。直到两个女人抓住他的胳肢窝把他拉了起来，他才睁开眼睛，看看这个，又看看那个，而且总要说：“我过的是什么日子呀。这就算是我安宁、平静的晚年了吗？”于是就由两个人搀扶着挣扎站起来，好不费力，仿佛自己对自己都是一个沉重的负担，还要她们一直扶到门口，这才挥挥手叫她们回去，独自往前走，可是母亲还是放下了针线活，妹妹也放下笔，追上去再搀他一把。

在这个操劳过度，疲倦不堪的家庭里，除了做绝对必须的事情以外，谁还有时间替格里高尔操心呢？家计日益窘迫，使女也给辞退了；一个蓬着满头白发、高大瘦削的老妈子一早一晚来替他们做些粗活，其他的一切家务事就落在格里高尔母亲的身上。此外，她还得做一大堆一大堆的针线活。连母亲和妹妹以往每逢参加晚会和喜庆日子总要骄傲地戴上的那些首饰，也不得不变卖了，一天晚上，家里人都在讨论卖得的价钱，格里高尔才发现了这件事。可是最使他们悲哀的就是没法从与目前的景况不相称的住所里迁出去，因为他们想不出有什么法子搬动格里高尔。可是格里高尔很明白，对他的考虑并不是妨碍搬家的主要原因，因为他们满可以把他装在一只大小合适的盒子里，只要留几个通气的孔眼就行了；他们彻底绝望了，还相信他们是注定了要交上这种所有亲友都没交过的厄运,这才是使他们没有迁往他处的真正原因。世界上要求穷人的一切,他们都已尽力做了:父亲在银行里给小职员买早点,母亲把自己的精力耗费在替陌生人缝内衣上,妹妹听顾客的命令在柜台后面急急地跑来跑去,超过这个界限就是他们力所不及的了。把父亲送上了床,母亲和妹妹就重新回进房间,她们总是放下手头的工作,靠得紧紧地坐着,脸挨着脸,接着母亲指指格里高尔的房门说:"把这扇门关上吧,葛蕾特。"于是他重新被关入黑暗中,而隔壁的两个女人就涕泗交流起来,或是眼眶干枯地瞪着桌子;逢到这样的时候,格里高尔背上的创伤总要又一次地使他感到疼痛难忍。

不管是夜晚还是白天,格里高尔都几乎不睡觉。有一个想法老是折磨着他:下一次门再打开时,他就要像过去那样重新挑起一家的担子了;隔了这么久以后,他脑子里重又出现了老板、秘书主任、那些旅行推销员和练习生的影子,他仿佛还看见了那个其蠢无比的听差、两三个在别的公司里做事的朋友,一个乡村客栈里的侍女,这是个一闪即逝的甜蜜的回忆;还有一个女帽店里的出纳,格里高尔殷勤地向她求过爱,但是让人家捷足先登了——他们都出现了,另外还有些陌生的或他几乎已经忘却的人,但是他们非但不帮他和他家庭的忙,却一个个都那么冷冰冰,格里高尔看到他们从眼前消失,心里只有感到高兴。另外,有的时候,他没有心思为家庭担忧,却因为家人那样忽视自己而憋了一肚子的火,他自己也弄不清楚到底爱吃什么,却打算闯进食物储藏室去把本该属于他份内的食物叼走。他妹妹再也不考虑拿什么他可能最爱吃的东西来喂他了,只是在早晨和中午上班以前匆匆忙忙地用脚把食物推进来,手头有什么就给他吃什么,到了晚上只是用扫帚一下子再把东西扫出去,也不管他是尝了几口呢,还是——这是最经常的情况——连动也没有动。她现在总是在晚上给他打扫房间,她的打扫不能再草率了。墙上尽是一缕缕灰尘,到处都是成团的尘土和脏东西。起初格里高尔在妹妹要来的时候总待在特别肮脏的角落里,他的用意也算是以此责难她。可是即使他再蹲上几个星期也无法使她有所改进;她跟他一样完全看得见这些尘土,可就是决心不管。不但如此,她新近脾气还特别暴躁,这也不知怎的传染给了全家人,这种脾气使她认定自己是格里高尔房间唯一的管理人。他的母亲有一回把他的房间彻底扫除了一番,其实不过是用了几桶水罢了——房间的潮湿当然使得格里高尔大为狼狈，他摊开身子阴郁地一动不动地躺在沙发上——可是母亲为这事也受了罪。那天晚上，妹妹刚察觉到他房间所发生的变化，就怒不可遏地冲进起居室，而且不顾母亲举起双手苦苦哀求，竟号啕大哭起来，她的父母——父亲当然早就从椅子里惊醒站立起来了——最初只是无可奈何地愕然看着，接着也卷了进来：父亲先是责怪右边的母亲，说打扫格里高尔的房间本来是女儿的事，她真是多管闲事；接着又尖声地对左边的女儿嚷叫，说以后再也不让她去打扫格里高尔的房间了；而母亲呢，却想把父亲拖到卧室里去，因为他已经激动得不能控制自己了；妹妹哭得浑身发抖，只管用她那小拳头擂打桌子；格里高尔也气得发出很响的"嘶嘶"声，因为没有人想起把门关上，省得他看到这一场好戏，听到这些吵闹。

可是，即使妹妹因为一天工作下来疲累不堪，已经懒得像先前那样去照顾格里高尔了，母亲也没有自己去管的必要，而格里高尔也根本不会被忽视，因为现在有那个老妈子了。这个老寡妇的结实精瘦的身体使她经受了漫长的一生中所有最最厉害的打击，她根本不怕格里高尔。她有一次完全不是因为好奇，而纯粹是偶然地打开了他的房门，看到了格里高尔，格里高尔吃了一惊，便四处奔跑起来，其实老妈子根本没有追他，只是叉着手站在那儿罢了。从那时起，一早一晚，她总不忘记花上几分钟把他的房门打开一些来看看他。起先她还用自以为亲热的话招呼他，比如："来呀，嗨，你这只老屎壳螂！"或者是："瞧这老屎壳螂哪，嗨！"对于这样的攀谈格里高尔置之不理，只是一动不动地待在原处，就当那扇门根本没有开。与其容许她兴致一来就这样无聊地滋扰自己，还不如命令她天天打扫他的房间呢，这粗老妈子！有一次，是在清晨——急骤的雨点敲打着窗玻璃，这大概是春天快来临的征兆吧——她又来啰嗦了，格里高尔好不恼怒，就向她冲去，仿佛要咬她似的，虽然他的行动既缓慢又软弱无力。可是那个老妈子非但不害怕，反而把刚好放在门旁的一张椅子高高举起，她的嘴张得老大，显然是要等椅子往格里高尔的背上砸下去才会闭上。"你又不过来了吗？"看到格里高尔掉过头去，她一面问，一面镇静地把椅子放回墙角。

格里高尔现在简直不吃东西了。只有在他正好经过食物时才会咬上一口，作为消遣，每次都在嘴里嚼上一个小时，然后又重新吐掉。起初他还以为他不愿吃是因为房间里凌乱不堪，使他心烦，可是他很快也就习惯了房间里的种种变化。家里人已经养成习惯，把别处放不下的东西都塞到这儿来，这些东西现在多得很，因为家里有一间房间租给了三个房客。这些一本正经的先生——他们三个全都蓄着大胡子，这是格里高尔有一次从门缝里看到的——什么都要井井有条，不光是他们的房间里得整齐，因为他们既然已经是这个家庭的一员了，他们就要求整个屋子所有的一切都得如此，特别是厨房。他们无法容忍多余的东西，更不要说脏东西了。此外，他们自己用得着的东西几乎都带来了。因此就有许多东西多了出来，卖出去既不值钱，扔掉也舍不得。这一切都千流归大海，来到了格里高尔的房间。同样，连煤灰箱和垃圾箱也来了。凡是暂时不用的东西都干脆被那老妈子扔了进来，她做什么事都那么毛手毛脚；幸亏格里高尔往往只看见一只手扔进来一样东西，也不管那是什么。她也许是想等到什么时机再把东西拿走吧，也许是想先堆起来再一起扔掉吧，可是实际上东西都是她扔在哪儿就在哪儿，除非格里高尔有时嫌它挡路，把它推开一些，这样做最初是出于必须，因为他无处可爬了，可是后来却从中得到越来越多的乐趣，虽则在这样的长途跋涉之后，由于抑郁和极度疲劳，他总要一动不动地一连躺上好几个小时。

由于房客们常常要在家里公用的起居室里吃晚饭，有许多个夜晚房门都得关上，不过格里高尔很容易也就习惯了，因为晚上即使门开着他也根本不感兴趣，只是躺在自己房间最黑暗的地方，家里人谁也不注意他。不过有一次老妈子把门开了一道缝，门始终微开着，连房客们进来吃饭点亮了灯的时候也是如此。他们大模大样地坐在桌子的上首，在过去，这是父亲、母亲和格里高尔吃饭时坐的地方，三个人摊开餐巾，拿起了刀叉。立刻，母亲出现在对面的门口，手里端着一盘肉，紧跟着她的是妹妹，拿的是一盘堆得高高的土豆。食物散发着浓密的水蒸气。房客们把头俯在他们前面的盘子上，仿佛在就餐之前要细细察看一番似的，真的，坐在当中像是权威人士的那一位，等肉放到碟子里就割了一块下来，显然是想看看够不够嫩，是否应该退给厨房。他做出满意的样子，焦急地在一旁看着的母亲和妹妹这才舒畅地吸了口气，笑了起来。

家里的人现在都到厨房去吃饭了。尽管如此，格里高尔的父亲到厨房去以前总要先到起居室来，手里拿着帽子，深深地鞠一躬，绕着桌子转上一圈。房客们都站起来，胡子里含含糊糊地哼出一些声音。父亲走后，他们就简直不发一声地吃他们的饭。格里高尔有个特殊的本事，他竟能从饭桌上各种不同的声音中分辨出他们牙齿的咀嚼声，这声音仿佛在向格里高尔示威：要吃东西就不能没有牙齿，即使是最坚强的牙床，只要没有牙齿，也算不了什么。"我饿坏了，"格里高尔悲哀地自言自语道，"可是又不能吃这种东西。这些房客拼命往自己肚子里塞，可是我却快要饿死了！"

就在这天晚上，厨房里传来了小提琴的声音——格里高尔蛰居以来，就不记得听到过这种声音。房客们已经用完晚餐了，坐在当中的那个拿出一份报纸，给另外那两个人一人一页，这时他们都舒舒服服往后一靠，一面看报一面抽烟。小提琴一响他们就竖起耳朵，站起身来，蹑手蹑脚地走到前厅的门口，三个人挤成一堆，厨房里准是听到了他们的动作声，因为格里高尔的父亲喊道："拉小提琴妨碍你们吗，先生们？可以马上不拉的。""没有的事，"当中那个房客说，"能不能请小姐到我们这儿来，在这个房间里拉，这儿不是方便得多舒服得多吗？""噢，当然可以。"格里高尔的父亲喊道，仿佛拉小提琴的是他似的。于是房客们就回到起居室去等了。很快，格里高尔的父亲端了琴架，母亲拿了乐谱，妹妹挟着小提琴进来了。妹妹静静地做着一切准备；他的父母从来没有出租过房间，因此过分看重对房客的礼貌，都不敢在自己的椅子上坐下来了；父亲靠在门上，右手插在号衣两颗纽扣之间，纽扣全扣得整整齐齐的；有一位房客端了一把椅子请母亲坐，她也没敢挪动椅子，就在椅子角上坐了下来。

格里高尔的妹妹开始拉琴了；在她两边的父亲和母亲用心地瞧着她双手的动作。格里高尔受到吸引，也大胆地向前爬了几步，他的头实际上都已探进了起居室。他对自己越来越不为别人着想几乎已经习以为常了，有一度他是很以自己的知趣而自豪的。这样的时候他实在更应该把自己藏起来才是，因为他房间里灰尘积得老厚，稍稍一动就会飞扬起来，所以他身上也蒙满灰尘，背部和两侧都沾满了绒毛、发丝和食物的残渣，走到哪里就带到哪里；他现在对一切都无动于衷，已经不屑于像过去有个时期那样，一天翻过身来在地毯上擦上几次了。尽管现在这么邋遢，他却老着脸皮地走前几步，来到起居室一尘不染的地板上。

　　显然，谁也没有注意到他。家里人完全沉浸在小提琴的音乐声中；房客们呢，他们起先双手插在口袋里，站得离乐谱那么近，以致都能看清乐谱了，这显然对他妹妹是有所妨碍的，可是过不了多久他们就退到窗子旁边，低着头窃窃私语起来，使父亲向他们投来不安的眼光。的确，他们表示得不能再露骨了，他们对于原以为是优美悦耳的小提琴演奏已经失望，他们已经听够了，只是出于礼貌才让自己的宁静受到打扰。从他们不断把烟从鼻子和嘴里喷向空中的模样，就可以看出他们的不耐烦。可是格里高尔的妹妹琴拉得真美。她的脸侧向一边，眼睛专注而悲哀地追循着乐谱上的音符。格里高尔又往前爬了几步，而且把头低垂到地板上，希望自己的眼光也许能遇上妹妹的视线。音乐对他有这么大的魔力，难道因为他是动物吗？他觉得自己一直渴望着某种营养，而现在他已经找到这种营养了。他决心再往前爬，一直来到妹妹的跟前，好拉拉她的裙子让她知道，她应该带着小提琴到他房间里去，因为这儿谁也不像他那样欣赏她的演奏。他永远也不让她离开他的房间，至少，只要他还活着；他那可怕的形状将第一次对自己有用，他要同时守望着房间里所有的门，谁闯进来就啐谁一口；他妹妹当然不受任何约束，她愿不愿和他待在一起那要随她的便；她将和他并排坐在沙发上，俯下头来听他吐露他早就下定的要送她进音乐学院的决心，要不是他遭到不幸，去年圣诞节——圣诞节准是早就过了吧？——他就要向所有人宣布了，而且他是完全不容许任何反对意见的。在听了这样的倾诉以后，妹妹一定会感动得热泪纵横，这时格里高尔就要爬上她的肩膀去吻她的脖子，由于出去做事，她脖子上现在已经不系丝带，也没有高领子了。

　　"萨姆沙先生！"当中的那个房客向格里高尔的父亲喊道，一面不多说一句话地指着正在慢慢往前爬的格里高尔。小提琴声戛然而止，当中的那个房客先是摇着头对他的朋友笑了笑，接着又瞧起格里高尔来。父亲并没有来赶格里高尔，却认为更要紧的是安慰房客，虽然他们根本没有激动，而且显然觉得格里高尔比小提琴演奏更为有趣。他急忙向他们走去，张开胳膊，想劝他们回到自己房间去，同时也是挡住他们，不让他们看见格里高尔。他们现在倒真的有点儿恼火了，也说不上来到底是因为老人的行为呢，还是因为他们如今才发现住在他们隔壁的竟是格里高尔这样的邻居。他们要求父亲解释清楚，也跟他一样挥动着胳膊，不安地拉着自己的胡子，万般不情愿地向自己的房间退去。格里高尔的妹妹从演奏被突然打断后就呆若木鸡，她拿着小提琴和弓垂着手不安地站着，眼睛瞪着乐谱，这时也清醒了过来。她立刻打起精神，把小提琴往坐在椅子上喘得透不过气来的母亲怀里一塞，就冲进了房客们的房间，这时，父亲像赶羊似的把他们赶得更急了。可以看见被褥和枕头在她熟练的手底下在床上飞来飞去，不一会儿就铺得整整齐齐。三个房客尚未进门她就铺好了床，溜出来了。

老人好像又一次让自己的犟脾气占了上风，竟完全忘了对房客应该尊敬。他不断地赶他们，最后来到卧室门口，那个当中的房客都用脚重重地跺地板了，这才使他停下来。那个房客举起一只手，一边也对格里高尔的母亲和妹妹扫了一眼，他说："我要求宣布，由于这个住所和这家人家的可憎的状况，"——说到这里他斩钉截铁地往地板上啐了一口——"我当场通知退租。我住进来这些天的房钱当然一个也不给；不但如此，我还打算向你提出对你不利的控告，所依据的理由——请你放心好了——也是证据确凿的。"他停了下来，瞪着前面，仿佛在等待什么似的。这时，他的两个朋友也就立刻冲上来助威，说道："我们也当场通知退租。"说完，为首的那个就抓住把手"砰"的一声带上了门。

格里高尔的父亲用双手摸索着跌跌跄跄地往前走了几步，跌进了他的椅子；看上去仿佛打算摊开身子像平时晚间那样打个瞌睡，可是他的头分明在颤抖，好像自己也控制不了，这证明他根本没有睡着。在这些事情发生前后，格里高尔还是一直安静地待在房客发现他的原处。计划失败带来的失望，也许还有极度饥饿造成的衰弱，使他无法动弹。他很害怕，心里算准这样极度紧张的局势随时都会导致对他发起总攻击，于是他就躺在那儿等待着。就连听到小提琴从母亲膝上、从颤抖的手指里掉到地上，发出了共鸣的声音，他还是毫无反应。

"亲爱的爸爸妈妈，"妹妹说话了，一面用手在桌子上拍了拍，算是引子，"事情不能再这样拖下去了。你们也许不明白，我可明白。对着这个怪物，我没法开口叫他哥哥，所以我的意思是：我们一定得把他弄走。我们照顾过他，对他也算是仁至义尽了，我想谁也不能责怪我们有半分不是了。"

"她说得对极了。"格里高尔的父亲自言自语地说。母亲仍旧因为喘不过气来憋得难受，这时候又一手捂着嘴干咳起来，眼睛里露出疯狂的神色。

他妹妹奔到母亲跟前，抱住了她的头。父亲的头脑似乎因为葛蕾特的话而茫然不知所从了，他直挺挺地坐着，手指抚弄着他那顶放在房客吃过饭还未撤下去的盆碟之间的制帽，还不时看看格里高尔一动不动的身影。

"我们一定要把他弄走，"妹妹又一次明确地对父亲说，因为母亲正咳得厉害，根本连一个字也听不见，"他会把你们拖垮的，我知道准会这样。咱们三个人都已经拼了命工作，再也受不了家里这样的折磨了。至少我是再也无法忍受了。"说到这里她痛哭起来，眼泪都落在母亲脸上，于是她又机械地替母亲把泪水擦干。

"我的孩子，"老人同情地说，心里显然非常明白，"不过我们该怎么办呢？"

格里高尔的妹妹只是耸耸肩膀，表示虽然她刚才很有自信心，可是哭过一场以后，又觉得无可奈何了。

"如果他能懂得我们的意思。"父亲半带疑问地说，还在哭泣的葛蕾特猛烈地挥了一下手，表示这是不可思议的。

"如果他能懂得我们的意思，"老人重复说，一面闭上眼睛，考虑女儿的反面意见，"我们倒也许可以和他谈妥。不过事实上——"

"他一定得走，"格里高尔的妹妹喊道，"这是唯一的办法，父亲。你们一定要抛开这个念头，认为这就是格里高尔。我们好久以来都这样相信，这就是我们一切不幸的根源。这怎么会是格里高尔呢？如果这是格里高尔，他早就会明白人是不能跟这样的动物一起生活的，他就会自动地走开。这样，我虽然没有了哥哥，可是我们就能生活下去，并且会尊敬地纪念着他。可现在呢，这个东西把我们害得好苦，赶走我们的房客，显然想独霸所有的房间，让我们都睡到沟壑里去。瞧呀，父亲，"她立刻又尖声叫起来，"他又来了！"在格里高尔所不能理解的惊慌失措中她竟抛弃了自己的母亲，事实上她还把母亲坐着的椅子往外推了推，仿佛是为了离格里高尔远些，她情愿牺牲母亲似的。接着她又跑到父亲背后，父亲被她的激动弄得不知如何是好，也站了起来，张开手臂仿佛要保护她似的。

可是格里高尔根本没有想吓唬任何人，更不要说自己的妹妹了。他只不过是开始转身，好爬回自己的房间去，不过他的动作瞧着一定很可怕，因为在身体不灵活的情况下，他只有昂起头来一次又一次地支着地板，才能完成困难的向后转的动作。他的良好的意图似乎被看出来了，他们的惊慌只是暂时性的。现在他们都阴郁而默不作声地望着他。母亲躺在椅子里，两条腿僵僵地伸直着，并紧在一起，她的眼睛因为疲惫已经几乎全闭上了；父亲和妹妹彼此紧靠地坐着，妹妹的胳膊还围在父亲的脖子上。

也许我现在又有气力转过身去了吧，格里高尔想，又开始使起劲来。他不得不时时停下来喘口气。谁也没有催他；他们完全听任他自己活动。一等他调转了身子，他马上就径直爬回去。房间和他之间的距离使他惊讶不已，他不明白自己身体这么衰弱，刚才是怎么不知不觉就爬过来的。他一心一意地拼命爬，几乎没有注意家里人连一句话或是一下喊声都没有发出，以免妨碍他的前进。只是在爬到门口时他才扭过头来，也没有完全扭过来，因为他颈部的肌肉越来越发僵了，可是也足以看到谁也没有动，只有妹妹站了起来。他最后的一瞥是落在母亲身上的，她已经完全睡着了。

还不等他完全进入房间，门就被仓促地推上，闩了起来，还上了锁。后面突如其来的响声使他大吃一惊，身子下面那些细小的腿都吓得发软了。这么急急忙忙的是他的妹妹。她早已站起身来等着，而且还轻快地往前跳了几步，格里高尔甚至都没有听见她走近的声音，她拧了拧钥匙，把门锁上以后就对父母亲喊道："总算锁上了！"

"现在又该怎么办呢？"格里高尔自言自语地说，向四周围的黑暗扫了一眼。他很快就发现自己已经完全不能动弹了。这并没有使他吃惊，相反，他依靠这些又细又弱的腿爬了这么多路，这倒真是不可思议。其他也没有什么不舒服的地方了。的确，他整个身子都觉得酸疼，不过也好像正在逐渐减轻，以后一定会完全不疼的。他背上的烂苹果和周围发炎的地方都蒙上了柔软的尘土，早就不太难过了。他怀着温柔和爱意想着自己的一家人。他消灭自己的决心比妹妹还强烈呢，只要这件事真能办得到。他陷在这样空虚而安谧的沉思中，一直到钟楼上打响了半夜三点。从窗外的世界透进来的第一道光线又一次地唤醒了他的知觉。接着他的头无力地颓然垂下，他的鼻孔里也呼出了最后一丝摇曳不定的气息。

清晨，老妈子来了——一半因为力气大，一半因为性子急躁，她总把所有的门都弄得乒乒乓乓，也不管别人怎么经常求她声音轻些，别让整个屋子的人在她一来以后就睡不成觉——她照例向格里高尔的房间张望一下，也没发现什么异常之处。她以为他故意一动不动地躺着装模作样；她对他作了种种不同的猜测。她手里正好有一把长柄扫帚，所以就从门口用它来撩格里高尔。这还不起作用，她恼火了，就更使劲地捅，但是只能把他从地板上推开去，却没有遇到任何抵抗，到了这时她才起了疑窦。很快她就明白了事情的真相，于是睁大眼睛，吹了一下口哨，她不多逗留，马上就去拉开萨姆沙夫妇卧室的门，用足气力向黑暗中嚷道："你们快去瞧，它死了。它躺在那踹腿儿了。一点气儿也没有了！"

萨姆沙先生和太太从双人床上坐起身体，呆若木鸡，直到弄清楚老妈子的消息到底是什么意思，才慢慢地镇定下来。接着他们很快就爬下了床，一个人爬一边，萨姆沙先生拉过一条毯子往肩膀上一披，萨姆沙太太光穿着睡衣；他们就这么一副打扮地进入了格里高尔的房间。同时，起居室的房门也打开了，自从收了房客以后葛蕾特就睡在这里；她衣服穿得整整齐齐，仿佛根本没有上过床，她那苍白的脸色更是证明了这一点。"死了吗？"萨姆沙太太说，怀疑地望着老妈子，其实她满可以自己去看个明白的，但是这件事即使不看也是明摆着的。"当然是死了。"老妈子说，一面用扫帚柄把格里高尔的尸体远远地拨到一边去，以此证明自己的话没错。萨姆沙太太动了一动，仿佛要阻止她，可是又忍住了。"那么，"萨姆沙先生说，"让我们感谢上帝吧。"他在身上划了个十字，那三个女人也照样做了。葛蕾特的眼睛始终没离开过那个尸体，她说："瞧他多瘦呀。他已经有很久什么也不吃了。东西放进去，出来还是原封不动。"的确，格里高尔的身体已经完全干瘪了，现在他的身体再也不由那些腿脚支撑着，所以可以不受妨碍地看得一清二楚了。

"葛蕾特，到我们房里来一下。"萨姆沙太太带着忧伤的笑容说道，于是葛蕾特也不回过头来看看尸体，就跟着父母到他们的卧室里去了。老妈子关上门，把窗户大大地打开。虽然时间还很早，但新鲜的空气里也可以察觉一丝暖意。毕竟已经是三月底了。

三个房客走出他们的房间，看到早餐还没有摆出来觉得很惊讶；人家把他们忘了。"我们的早饭呢？"当中的那个房客恼怒地对老妈子说。可是她把手指放在嘴唇上，一言不发很快地做了个手势，叫他们上格里高尔的房间去看看。他们照着做了，双手插在不太体面的上衣的口袋里，围住格里高尔的尸体站着，这时房间里已经大亮了。

卧室的门打开了。萨姆沙先生穿着制服走出来，一只手挽着太太，另一只手挽着女儿。他们看上去有点像哭过似的，葛蕾特时时把她的脸偎在父亲怀里。

"马上离开我的屋子！"萨姆沙先生说，一面指着门口，却没有放开两边的妇女。"你这是什么意思？"当中的房客说，往后退了一步，脸上挂着谄媚的笑容。另外那两个把手放在背后，不断地搓着，仿佛在愉快地期待着一场必操胜券的恶狠狠的殴斗。"我的意思刚才已经说得很明白了。"萨姆沙先生答道，同时挽着两个妇女笔直地向房客走去。那个房客起先静静地坚守着自己的岗位，低了头望着地板，好像他脑子里正在产生一种新的思想体系。"那么咱们就一定走。"他终于说道，同时抬起头来看看萨姆沙先生，仿佛他既然这么谦卑，对方也应对自己的决定作出新的考虑才是。但是萨姆沙先生仅仅睁大眼睛很快地点点头。这样一来，那个房客真的跨着大步走到门厅里去了，好几分钟以来，那两个朋友就一直在旁边听着，也不再摩拳擦掌，这时就赶紧跟着他走出去，仿佛害怕萨姆沙先生会赶在他们前面进入门厅，把他们和他们的领袖截断似的。在门厅里他们三人从衣钩上拿起帽子，从伞架上拿起手杖，默不作声地鞠了个躬，就离开了这套房间。萨姆沙先生和两个女人因为不相信——但这种怀疑马上就证明是多余的——便跟着他们走到楼梯口，靠在栏杆上瞧着这三个人慢慢地然而确实地走下长长的楼梯，每一层楼梯一拐弯他们就消失了，但是过了一会又出现了。他们越走越远，萨姆沙一家人对他们的兴趣也越来越小，当一个头上顶着一盘东西的得意洋洋的肉铺小伙计在楼梯上碰到他们，随之又走过他们身旁后，萨姆沙先生和两个女人立刻离开楼梯口，回进自己的家，仿佛卸掉了一个负担似的。

他们决定这一天完全用来休息和闲逛；他们干活干得这么辛苦，本来就应该有些调剂，再说他们现在也完全有这样的需要。于是他们在桌子旁边坐了下来，写三封请假信，萨姆沙先生写给银行的管理处，萨姆沙太太给她的东家，葛蕾特给她公司的老板。他们正写到一半，老妈子走进来说她要走了，因为早上的活儿都干完了。起先他们只是点点头，并没有抬起眼睛，可是她老在旁边转来转去，于是他们不耐烦地瞅起她来了。"怎么啦？"萨姆沙先生说。老妈子站在门口笑个不停，仿佛有什么好消息要告诉他们，但是人家不寻根究底地问，她就一个字也不说，她帽子上那根笔直竖着的小小的鸵鸟毛，此刻居然轻浮地四面摇摆着，自从雇了她，萨姆沙先生看见这根羽毛就心烦。"那么，到底是怎么回事？"萨姆沙太太发问了，只有她在老妈子的眼里还有几分威望。"哦，"老妈子说，简直乐不可支，都没法把话顺顺当当地说下去，"这么回事，你们不必操心怎么弄走隔壁房里的东西了。我已收拾好了。"萨姆沙太太和葛蕾特重新低下头去，仿佛是在专心地写信；萨姆沙先生看到她一心想一五一十地说个明白，就果断地举起一只手阻止了她。既然不让说，老妈子就想起自己也忙得要紧呢，她满肚子不高兴地嚷道："回头见，东家。"急急地转身就走，临走又把一扇扇的门弄得乒乒乓乓直响。

"今天晚上就告诉她以后不用来了。"萨姆沙先生说，可是妻子和女儿都没有理他，因为那个老妈子似乎重新驱走了她们刚刚获得的安宁。她们站起身来，走到窗户前，站在那儿，紧紧地抱在一起。萨姆沙先生坐在椅子里转过身来瞧着她们，静静地把她们观察了好一会儿。接着他嚷道："来吧，喂，让过去的都过去吧，你们也想想我好不好。"两个女人马上答应了，她们赶紧走到他跟前，安慰他，而且很快就写完了信。

于是他们三个一起离开公寓，已有好几个月没有这样的情形了，他们乘电车出城到郊外去。车厢里充满温暖的阳光，只有他们这几个乘客。他们舒服地靠在椅背上谈起了将来的前途，仔细一研究，前途也并不太坏，因为他们过去从未真正谈过彼此的工作，现在一看，工作都满不错，而且还很有发展前途。目前最能改善他们情况的当然是搬一个家，他们想找一所小一些、便宜一些、地址更适中也更易于收拾的公寓，要比格里高尔选的目前这所更加实用。正当他们这样聊着，萨姆沙先生和他太太在逐渐注意到女儿的心情越来越快活以后，老两口几乎同时突然发现，虽然最近女儿经历了那么多的忧患，脸色苍白，但是她已经成长为一个身材丰满的美丽的少女了。他们变得沉默起来，而且不自觉地交换了个会意的眼光，他们心里打定主意，该给她找个好女婿了。仿佛要证实他们新的梦想和美好的打算似的，在旅途终结时，他们的女儿第一个跳起来，舒展了几下她那充满青春活力的身体。

（李文俊　译　张佩芬　校）

# 梦游者

## ［意大利］阿尔贝托·莫拉维亚

　　我的丈夫是一个游手好闲的人，而我呢，完全相反，整天忙忙碌碌地操劳着。我的职业是律师。不过，说我的丈夫游手好闲也并不确切。是的，我的丈夫无所事事，然而，他可一点儿也不闲着，倒是整天忙得不亦乐乎，他是我所知道的最不闲着的男人中的一个。他忙乎些什么呢？真见鬼！他的精力全花在干那些数不清的偷鸡摸狗的风流勾当上。总而言之，搞背叛我的勾当。难道说，寻欢作乐，而且是轮流地和许多女人——不久前我已数到第八个——寻欢作乐，是意味着游手好闲吗？谁要是这么说，说明他根本不懂得寻欢作乐是怎么一回事。我的丈夫需要花费他的全部时间，不管闲着或者没有闲着，甚至连做梦也不放过。这并不是为了什么别的，而是为着绞尽脑汁，想出些花招来对我隐瞒和欺骗。

　　结婚后的最初五年，对他那些寻花问柳的勾当，我忍受下来了。后来，我终于决定采取报复行动。当然，我完全可以提出离婚的要求，可是，糟糕的是，我爱着他，他越是放荡，我竟然越发爱他。就这样，眼看着离婚的道路遭到爱情的阻挡，我便被一种奇特的、但却又合乎逻辑的感情所驱使，走上了另一条报复的道路。简单地说，我决定杀死我的丈夫。

　　我得了一个奇怪的毛病，就是梦游症。在夜间，我常常一骨碌从床上翻身坐起，苍白的脸孔朝外探着，一双灰色的眼睛睁得大大的，闪烁着忧郁的神情，蓬松的鬈发披散在肩膀上，双手把睡衣敞开，几乎裸露着我那倦怠的身子，在卧室里走来走去。我的丈夫和女仆莲娜知道我患有这个奇怪的毛病，因此总是小心翼翼地不敢惊动我。通常，我的习惯是：从一个房间走到另一个房间，把抽屉一个个打开，挪动房间里的家具，每一次都像创造奇迹似的避开跟家具碰撞，然后回到卧室里，躺下睡觉。这幢房子里的人都知道我是梦游者，因为一天深夜，我竟然走到楼梯口，去按邻居门上的电铃。

众所周知，梦游者在睡梦中能够做出种种令人难以置信的复杂事情，即便是在神智清醒的时候来做这些事情，也需要超乎寻常的意识和才能。总而言之，梦游者就如一个在舞台上表演的演员，他跟自己所扮演的那个角色已经完完全全地融合在一起了。在他身上，某些才能得到最大限度的发挥，另外一些才能则遭到压抑。梦幻对于梦游者来说，恰似艺术虚构对于演员，能够使他的感觉变得敏锐，动作恰到好处，准确无误。现在，我想象着佯装梦游症发作来做一件冒险的事的情景：我一反往常的习惯做法，不去挪动家具，打开房门，在抽屉里翻来翻去，而只是简单地把手枪对准我的丈夫，开枪打死他。梦游症病人是什么事情都能做得出来的，何况开枪比摸黑在屋子里蹑来蹑去要容易得多；然后，就像什么事情也没有发生过似的，我将回到自己的卧室，躺下睡觉。第二天早晨，一觉醒来，我将怀着不准想象的绝望情绪发现，我成了寡妇。

说到做到。我选好了日子。夜幕降临的时候，我独自一人用着晚餐。我的丈夫借口要去参加跟他同一个大学同一个系同一年毕业的清一色男朋友的聚会，虚伪地向我说了声"对不起"，就去跟一个相好的女人幽会了。晚饭后，我坐在客厅里，抽烟，看电视，漫不经心地浏览报纸和画报，消磨了四个小时。我觉得浑身不舒服，肌肉发胀，好像处于麻木状态。我脑子里空空的，什么也不去想；或许，我已经进入了梦游状态。

半夜一点钟，我的丈夫回来了。除了耻辱，我等到的只是委屈；他压根儿没有把我放在眼里，不到客厅里来打个照面，吻吻我，道声晚安，却径直溜回他的卧室里去了。我蜷缩在自己的房间里，脱掉外衣，躺在床上，抽烟，在黑暗中又度过了另外四个小时。我觉得奇怪的是，如果我不是看到卷烟燃烧升起的烟雾，我还不知道我是在抽烟，因为我压根儿没有品尝出卷烟的味道。凌晨五点钟，按照预先设想好的计划，我起床了。

我脱下衬衫，光着身子穿上了睡衣。我在梦游症发作时每次都要做这些例行动作的。可是，这一次却出现了一件新鲜事：我的口袋里沉甸甸地放着我丈夫的一支手枪，这是我从他收藏的小木柜里偷出来的。我犹豫了一会儿，然后，在一个强烈的愿望的推动下，犹如一名登上舞台的演员，大步走到卧室门口，打开了门，进入了走廊。说实在话，与其说这是走廊，还不如说是两排家具和摆满书籍的书架之间的一条狭窄通道。我扭亮了电灯，在昏黄的灯光下，我像一尊大理石雕像，神态严肃，蓬乱的鬈发披散在肩膀上，眼睛瞪得大大的，用双手把睡衣敞开，袒露出胸脯，脑袋略向后仰，直挺挺地朝前走着。我知道，这就是我在梦游症发作时的样子，因为我的丈夫和莲娜曾经多次向我这样形容过。

我一步一步地走到走廊的尽头，这里是女仆莲娜的卧室；她已是半老徐娘，但身躯肥胖，属于斯拉夫血统。我故意想让她瞧见我这副模样，以便事后替我提供有利的证明。我轻轻地转动卧室门的把手，推开了门，像一具尸体似的僵直地站在门槛上。突然，我大吃一惊，借着走廊里射来的灯光，我发现莲娜凌乱不堪的床铺上，竟然连个人影儿也没有。毯子被掀在一边，似乎莲娜是匆忙起床的。不知道什么缘故，顿时，一种心烦意乱的困惑感觉猛然向我袭来，我恍惚觉得，在我的计划中，有些事情失灵了。

我活像一个神情庄严的机器人继续缓慢地、僵直地朝前走，搜索着莲娜的盥洗室，还有我们的盥洗室，但是没有找到她。在凌晨五点钟的时候，我的女仆能到哪里去呢？看来，某种神秘莫测的荒唐事情可能使客观现实出现了裂缝。这种疑惑是有根据的。可是，我仍然决定按原来的计划行事，即使没有莲娜为我作证。

我重新回到走廊里，按照他们平时向我描述的情景，做那些梦游症发作时做的习惯动作：停住脚步，随意从书架上抽出一本书，把它打开，假装浏览，然后又把它放在原处。这一连串的动作都是故意做给某个可能正在窥测我的动静的人看的；不过，这个人可能是谁呢？

我走到丈夫的卧室前，小心翼翼地转动门的把手，打开门，跨了进去。我心中蓦然一惊，愕然失色——莲娜，就是那个夜里失踪的，虽已上了年纪，但精力充沛、过于活跃的莲娜，正躺在我的丈夫的床上。我瞧见，她裸露着丰满的胸脯，长着乱蓬蓬黄麻似的头发的脑袋，枕在我的丈夫的胳膊上，以一种毫不掩饰的得意洋洋的神情注视着他；而我的丈夫，脑袋埋在枕头里，仰面躺在床上，上半身露在被子外面。我又一次觉得，我的计划中出现了不愉快的事情，眼下我所看到的情景确实是我未曾预料的，坦率地说，也是我无法预料得到的。不过，我没有时间去进一步体会这令人不快的感情。我的丈夫这一新的、骇人听闻的卑鄙行为，竟然是发生在他跟女佣人之间，她是一个早已度过了青春年华的女人，也可以说是一个在家庭中得到我的信赖、而且我还一度认为是爱我的人。这种令人难以置信、然而却是千真万确的、可怕却又合乎逻辑的卑鄙行为，自然应当受到惩罚。我紧紧握住口袋里的手枪，慢慢地掏出来，对着床瞄准。"砰"的一声响……我从梦中惊醒了。

我走到窗前，木然地伫立着，胳膊肘儿撑在窗台上，出神地眺望着花园。密密地爬满围墙的墨绿色的常春藤，映入我的眼帘。一盏路灯的光亮，映照出花园的一角：长期受潮湿浸润而呈暗黑色的大理石长凳，四周环绕着一座小小的桂树林，从假山上涌出一股细细的泉水，向上方喷射，闪烁发亮，然后落入泛着黑色的水池中。这是夜间最幽静、最深沉、接近破晓的时刻。如果不是泉水涓涓流动的声响，我很可能以为这是梦幻。夜间的冷空气使我打了一个寒颤。我攥紧胸前的睡衣。蓦地，我突然发现，衣兜里并没有手枪。

很清楚，这是我照例犯的一次梦游症。在梦中，我从床上爬起来，走到窗前，拉开百叶窗，向外眺望。不过，开枪打死我的丈夫的计划，果真是佯装梦游症发作时的行为吗？毫无疑问，这只是梦中之梦。我在梦中假装梦游症发作，在屋子里走来走去，采取行动。可是，梦幻中的某些事情使我明白，我不是假装在犯梦游症，而是千真万确地在做梦。那是怎么回事呢？我的丈夫跟莲娜奇怪的私通，原来是我的病态的、疯狂的嫉妒所引起的一种失去理智的想象。

不过，我仍然一点儿也不明白。我回想起，我的丈夫寻花问柳的行径确实已经发展到跟上了年纪的女人私通的地步，曾经跟一个中年女仆胡搞。或许，我当时果真开了枪；或许，举枪射击以后，我扔下了手枪，回到了我的卧室，然后在这里，我最终清醒了过来。总之，这一切只有天晓得。嫉妒和梦游症糅合在一起，产生海市蜃楼般的奇异幻觉，使我不能否定最后一种假设。

现在，我害怕离开窗户，无法鼓起勇气去看看到底发生了"什么事情"。我木然地伫立着，胳膊肘儿撑在窗台上，眺望着花园。或许，这也是梦境，我还没有醒过来呢。

（吕同六　译）

# 献给爱米丽的一朵玫瑰花

[美] 威廉·福克纳

## 一

爱米丽·格里尔森小姐过世了，全镇的人都去送葬：男子们是出于敬慕之情，因为一座纪念碑倒下了。妇女们呢，则大多数出于好奇心，想看看她屋子的内部。除了一个花匠兼厨师的老仆人之外，至少已有十年光景谁也没进去看看这幢房子了。

那是一幢过去漆成白色的四方形大木屋，坐落在当年一条最考究的街道上，还装点着有十九世纪七十年代风味的圆形屋顶、尖塔和涡形花纹的阳台，带有浓厚的轻盈气息。可是汽车间和轧棉机之类的东西侵犯了这一带庄严的名字，把它们涂抹得一干二净。只有爱米丽小组的屋子岿然独存，四周簇拥着棉花车和汽油泵。房子虽已破败，却还是桀骜不驯，装模作样，真是丑中之丑。现在爱米丽小姐已经加入了那些名字庄严的代表人物的行列，他们沉睡在雪松环绕的墓园之中，那里尽是一排排在南北战争时期杰斐逊战役中阵亡的南方和北方的无名军人墓。

爱米丽小姐在世时，始终是一个传统的化身，是义务的象征，也是人们关注的对象。打一八九四年某日镇长沙多里斯上校——也就是他下了一道黑人妇女不系围裙不得上街的命令——豁免了她一切应纳的税款起，期限从她父亲去世之日开始，一直到她去世为止，这是全镇沿袭下来对她的一种义务。这也并非说爱米丽甘愿接受施舍，原来是沙多里斯上校编造了一大套无中生有的话，说是爱米丽的父亲曾经贷款给镇政府，因此，镇政府作为一种交易，宁愿以这种方式偿还。这一套话，只有沙多里斯一代的人以及像沙多里斯一样头脑的人才能编得出来，也只有妇道人家才会相信。

等到思想更为开明的第二代人当了镇长和参议员时，这项安排引起了一些小小的不满。那年元旦，他们便给她寄去了一张纳税通知单。二月份到了，还是杳无音信。他们发去一封公函，要她到司法长官办公处去一趟。一周之后，镇长亲自写信给爱米丽，表示愿意登门访问，或派车迎接她，而所得回信却是一张便条，写在古色古香的信笺上，书法流利，字迹细小，但墨水已不鲜艳，信的大意是说她已根本不外出。纳税通知附还，没有表示意见。

参议员们开了个特别会议，派出一个代表团对她进行了访问。他们敲敲门，自从八年或者十年前她停止开授瓷器彩绘课以来，谁也没有从这大门出入过。那个上了年纪的黑人男仆把他们迎进阴暗的门厅，从那里再由楼梯上去，光线就更暗了。一股尘封的气味扑鼻而来，空气阴湿而又不透气，这屋子长久没有人住了。黑人领他们到客厅里，里面摆设的笨重家具全都包着皮套子。黑人打开了一扇百叶窗，这时，便更可看出皮套子已经坼裂；等他们坐了下来，大腿两边就有一阵灰尘冉冉上升，尘粒在那一缕阳光中缓缓旋转。壁炉前已经失去金色光泽的画架上面放着爱米丽父亲的炭笔画像。

她一进屋，他们全都站了起来。一个小模小样、腰圆体胖的女人，穿了一身黑服，一条细细的金表链拖到腰部，落到腰带里去了，一根乌木拐杖支撑着她的身体，拐杖头的镶金已经失去光泽。她的身架矮小，也许正因为这个缘故，在别的女人身上显得不过是丰满，而她却给人以肥大的感觉。她看上去像长久泡在死水中的一具死尸，肿胀发白。当客人说明来意时，她那双凹陷在一脸隆起的肥肉之中、活像揉在一团生面中的两个小煤球似的眼睛不住地移动着，时而瞧瞧这张面孔，时而打量那张面孔。

她没有请他们坐下来。她只是站在门口，静静地听着，直到发言的代表结结巴巴地说完，他们这时才听到那块隐在金链子那一端的挂表滴答作响。

她的声调冷酷无情。"我在杰斐逊无税可纳。沙多里斯上校早就向我交代过了。或许你们有谁可以去查一查镇政府档案，就可以把事情弄清楚。"

"我们已经查过档案，爱米丽小姐，我们就是政府当局。难道你没有收到过司法长官亲手签署的通知吗？"

"不错，我收到过一份通知，"爱米丽小姐说道。"也许他自封为司法长官……可是我在杰斐逊无税可交。"

"可是纳税册上并没有如此说明，你明白吧。我们应根据……"

"你们去找沙多里斯上校。我在杰斐逊无税可交。"

"可是，爱米丽小姐——"

"你们去找沙多里斯上校。"（沙多里斯上校死了将近十年了。）"我在杰斐逊无税可纳。托比！"黑人应声而来。"把这些先生们请出去。"


## 二


她就这样把他们"连人带马"地打败了，正如三十年前为了那股气味的事战胜了他们的父辈一样。那是她父亲死后两年，也就是在她的心上人——我们都相信一定会和她结婚的那个人——抛弃她不久的时候。父亲死后，她很少外出；心上人离去之后，人们简直就看不到她了。有少数几位妇女竟冒冒失失地去访问过她，但都吃了闭门羹。她居处周围唯一的生命迹象就是那个黑人男子拎着一个篮子出出进进，当年他还是个青年。

"好像只要是一个男子，随便什么样的男子，都可以把厨房收拾得井井有条似的，"妇女们都这样说。因此，那种气味越来越厉害时，她们也不感到惊异。那是芸芸众生的世界与高贵有势的格里尔森家之间的另一种联系。

邻家一位妇女向年已八十的法官斯蒂芬斯镇长抱怨。

"可是太太，你叫我对这件事又有什么办法呢？"他说。

"哼，通知她把气味弄掉，"那位妇女说。"法律不是有明文规定吗？"

"我认为这倒不必要，"法官斯蒂芬斯说。"可能是她用的那个黑鬼在院子里打死了一条蛇或一只老鼠。我去跟他说说这件事。"

第二天，他又接到两起申诉，一起来自一个男的，用温和的语气提出意见。"法官，我们对这件事实在不能不过问了。我是最不愿意打扰爱米丽小姐的人，可是我们总得想个办法。"那天晚上全体参议员——三位老人和一位年纪较轻的新一代成员在一起开了个会。

"这件事很简单，"年轻人说。"通知她把屋子打扫干净，限期搞好，不然的话……"

"先生，这怎么行？"法官斯蒂芬斯说，"你能当着一位贵妇人的面说她那里有难闻的气味吗？"

于是，第二天午夜之后，有四个人穿过了爱米丽小姐家的草坪，像夜盗一样绕着屋子潜行，沿着墙角一带以及地窖通风处拼命闻嗅，而其中一个人则用手从挎在肩上的袋子中掏出什么东西，不断做着播种的动作。他们打开了地窖门，在那里和所有的外屋里都撒上了石灰。等到他们回头又穿过草坪时，原来暗黑的一扇窗户亮起了灯：爱米丽小姐坐在那里，灯在她身后，她那挺直的身躯一动不动，像是一尊偶像一样。他们蹑手蹑脚地走过草坪，进入街道两旁的槐树树荫之中。一两个星期之后，气味就闻不到了。

而这时人们才开始真正为她感到难过。镇上的人想起爱米丽小姐的姑奶奶韦亚特老太太终于变成了十足疯子的事，都相信格里尔森一家人自视过高，不了解自己所处的地位。爱米丽小姐和跟她一类的女子对什么年轻男子都看不上眼。长久以来，我们把这家人一直看作一幅画中的人物：身段苗条、穿着白衣的爱米丽小姐立在背后，她父亲叉开双脚的侧影在前面，背对爱米丽，手执一根马鞭，一扇向后开的前门恰好嵌住了他们俩的身影。因此当她年近三十，尚未婚配时，我们实在没有喜幸的心理，只是觉得先前的看法得到了证实。即便她家有着疯癫的血液吧，如果真有一个机会摆在她面前，她也不至于断然放过。

父亲死后，传说留给她的全部财产就是那座房子；人们倒也有点感到高兴。到头来，他们可以对爱米丽表示怜悯之情了。单身独处，贫苦无告，她变得懂人情了。如今她也体会到多一便士就激动喜悦、少一便士便痛苦失望的那种人皆有之的心情了。

她父亲死后的第二天，所有的妇女们都准备到她家拜望，表示哀悼和愿意接济的心意，这是我们的习俗。爱米丽小姐在家门口接待她们，衣着和平日一样，脸上没有一丝哀愁。她告诉她们，她的父亲并未死。一连三天她都是这样，不论是教会牧师访问她也好，还是医生想劝她让他们把尸体处理掉也好。正当他们要诉诸法律和武力时，她垮下来了，于是他们很快地埋葬了她的父亲。

当时我们还没有说她发疯。我们相信这样做是控制不了自己。我们还记得她父亲赶走了所有的青年男子，我们也知道她现在已经一无所有，只好像人们常常所做的一样，死死拖住抢走了她一切的那个人。

三

她病了好长一个时期。再见到她时，她的头发已经剪短，看上去像个姑娘，和教堂里彩色玻璃窗上的天使像不无相似之处——有几分悲怆肃穆。

行政当局已订好合同，要铺设人行道，就在她父亲去世的那年夏天开始动工。建筑公司带着一批黑人、骡子和机器来了，工头是个北方佬，名叫荷默·伯隆，个子高大，皮肤黝黑，精明强干，声音洪亮，双眼比脸色浅淡。一群群孩子跟在他身后听他用不堪入耳的话责骂黑人，而黑人则随着铁镐的上下起落有节奏地哼着劳动号子。没有多少时候，全镇的人他都认识了。随便什么时候人们要是在广场上的什么地方听见呵呵大笑的声音，荷默·伯隆肯定是在人群的中心。过了不久，逢到礼拜天的下午我们就看到他和爱米丽小姐一齐驾着轻便马车出游了。那辆黄轮车配上从马驹中挑出的栗色辕马，十分相称。

起初我们都高兴地看到爱米丽小姐多少有了一点寄托，因为妇女们都说："格里尔森家的人绝对不会真的看中一个北方佬，一个拿日工资的人。"不过也有别人，一些年纪大的人说就是悲伤也不会叫一个真正高贵的妇女忘记"贵人举止"，尽管口头上不把它叫做"贵人举止"。他们只是说："可怜的爱米丽，她的亲属应该来到她的身边。"她有亲属在亚拉巴马；但多年以前，她的父亲为了疯婆子韦亚特老太太的产权问题跟他们闹翻了，以后两家就没有来往。他们连丧礼也没派人参加。

老人们一说到"可怜的爱米丽",就交头接耳开了。他们彼此说："你当真认为是那么回事吗?""当然是啰。还能是别的什么事?……"而这句话他们是用手捂住嘴轻轻地说的;轻快的马蹄嗒嗒驶去的时候,关上了遮挡星期日午后骄阳的百叶窗,还可听出绸缎的窸窣声:"可怜的爱米丽。"

她把头抬得高高——甚至当我们深信她已经堕落了的时候也是如此,仿佛她比任何时候更要求人们承认她作为格里尔森家族末代人物的尊严;仿佛她的尊严就需要同世俗的接触来重新肯定她那不受任何影响的性格。比如说,她那次买老鼠药、砒霜的情况。那是在人们已开始说"可怜的爱米丽"之后一年多,她的两个堂姐妹也正在那时来看望她。

"我要买点毒药,"她跟药剂师说。她当时已三十出头,依然是个削肩细腰的女人,只是比往常更加清瘦了,一双黑眼冷酷高傲,脸上的肉在两边的太阳穴和眼窝处绷得很紧,那副面部表情是你想象中的灯塔守望人所应有的。"我要买点毒药,"她说道。

"知道了,爱米丽小姐。要买哪一种?是毒老鼠之类的吗?那么我介——"

"我要你们店里最有效的毒药,种类我不管。"

药剂师一口说出好几种。"它们什么都毒得死,哪怕是大象。可是你要的是——"

"砒霜,"爱米丽小姐说。"砒霜灵不灵?"

"是……砒霜?知道了,小姐。可是你要的是……"

"我要的是砒霜。"

药剂师朝下望了她一眼。她回看他一眼,身子挺直,面孔像一面拉紧了的旗子。"噢噢,当然有,"药剂师说。"如果你要的是这种毒药。不过,法律规定你得说明作什么用途。"

爱米丽小姐只是瞪着他,头向后仰了仰,以便双眼好正视他的双眼,一直看到他把目光移开了,走进去拿砒霜包好。黑人送货员把那包药送出来给她;药剂师却没有再露面。她回家打开药包,盒子上骷髅骨标记下注明:"毒鼠用药"。

# 四

于是，第二天我们大家都说："她要自杀了。"我们也都说这是再好没有的事。我们第一次看到她和荷默·伯隆在一块儿时，我们都说："她要嫁给他了。"后来又说："她还得说服他呢，"因为荷默自己说他喜欢和男人来往，大家知道他和年轻人在麋鹿俱乐部一起喝酒，他本人说过，他是无意于成家的人。以后每逢礼拜天下午他们乘着漂亮的轻便马车驰过：爱米丽小姐昂着头，荷默歪戴着帽子，嘴里叼着雪茄烟，戴着黄手套的手握着马缰和马鞭。我们在百叶窗背后都不禁要说一声："可怜的爱米丽。"

后来有些妇女开始说，这是全镇的羞辱，也是青年的坏榜样。男子汉不想干涉，但妇女们终于迫使浸礼会牧师——爱米丽小姐一家人都是属于圣公会的——去拜访她。访问经过他从未透露，但他再也不愿去第二趟了。下个礼拜天他们又驾着马车出现在街上，于是第二天牧师夫人就写信告知爱米丽住在亚拉巴马的亲属。

原来她家里还有近亲，于是我们坐待事态的发展。起先没有动静，随后我们得到确讯，他们即将结婚。我们还听说爱米丽小姐去过首饰店，订购了一套银质男人盥洗用具，每件上面都刻着"荷·伯"。两天之后人家又告诉我们她买了全套男人服装，包括睡衣在内，因此我们说："他们已经结婚了。"我们着实高兴。我们高兴的是两位堂姐妹比起爱米丽小姐来，更有格里尔森家族的风度。

因此当荷默·伯隆离开本城——街道铺路工程已经竣工好一阵子了——时，我们一点也不感到惊异。我们倒因为缺少一番送行告别的热闹，不无失望之感。不过我们都相信他此去是为迎接爱米丽小姐作一番准备，或者是让她有个机会打发走两个堂姐妹。（这时已经形成了一个秘密小集团，我们都站在爱米丽小姐一边，帮她踢开这一对堂姐妹。）一点也不差，一星期后她们就走了。而且，正如我们一直所期待的那样，荷默·伯隆又回到镇上来了。一位邻居亲眼看见那个黑人在一天黄昏时分打开厨房门让他进去了。

这就是我们最后一次看到荷默·伯隆。至于爱米丽小姐呢，我们则有一段时间没有见到过她。黑人拿着购货篮进进出出，可是前门却总是关着。偶尔可以看到她的身影在窗口晃过，就像人们在撒石灰那天夜晚曾经见到过的那样，但却有整整六个月的时间，她没有出现在大街上。我们明白这也并非出乎意料；她父亲的性格三番五次地使她那作为女性的一生平添波折，而这种性格仿佛太恶毒，太狂暴，还不肯消失似的。

等到我们再见到爱米丽小姐时，她已经发胖了，头发也已灰白了。以后数年中，头发越变越灰，变得像胡椒盐似的铁灰色，颜色就不再变了。直到她七十四岁去世之日为止，还是保持着那旺盛的铁灰色，像是一个活跃的男子的头发。

打那时起，她的前门就一直关闭着，除了她四十岁左右的那段约有六七年的时间之外。在那段时期，她开授瓷器彩绘课。在楼下的一间房里，她临时布置了一个画室，沙多里斯上校的同时代人全都把女儿、孙女儿送到她那里学画，那样的按时按刻，那样的认真精神，简直同礼拜天把她们送到教堂去，还给她们二角伍分钱的硬币准备放在捐献盆子里的情况一模一样。这时，她的捐税已经被豁免了。

后来，新的一代成了全镇的骨干和精神，学画的学生们也长大成人，渐次离开了，她们没有让她们自己的女孩子带着颜色盒、令人生厌的画笔和从妇女杂志上剪下来的画片到爱米丽小姐那里去学画。最后一个学生离开后，前门关上了，而且永远关上了。全镇实行免费邮递制度之后，只有爱米丽小姐一人拒绝在她门口钉上金属门牌号，附设一个邮件箱。她怎样也不理睬他们。

日复一日，月复一月，年复一年，我们眼看着那黑人的头发变白了，背也驼了，还照旧提着购货篮进进出出。每年十二月我们都寄给她一张纳税通知单，但一星期后又由邮局退还了，无人收信。我们不时在楼底下的一个窗口——她显然是把楼上封闭起来了——见到她的身影，像神龛中的一个偶像的雕塑躯干，我们说不上她是不是在看着我们。她就这样度过了一代又一代——高贵，宁静，无法逃避，无法接近，怪僻乖张。

她就这样与世长辞了。在一栋尘埃遍地、鬼影幢幢的屋子里得了病，侍候她的只有一个老态龙钟的黑人。我们甚至连她病了也不知道；

也早已不想从黑人那里去打听什么消息。他跟谁也不说话，恐怕对她也是如此，他的嗓子似乎由于长久不用变得嘶哑了。

她死在楼下一间屋子里，笨重的胡桃木床上还挂着床帷，她那长满铁灰色头发的头枕着的枕头由于用了多年而又不见阳光，已经黄得发霉了。

## 五

黑人在前门口迎接第一批妇女，把她们请进来，她们话音低沉，发出唧唧声响，以好奇的目光迅速扫视着一切。黑人随即不见了，他穿过屋子，走出后门，从此就不见踪影了。

两位堂姐妹也随即赶到，他们第二天就举行了丧礼，全镇的人都跑来看覆盖着鲜花的爱米丽小姐的尸体。停尸架上方悬挂着她父亲的炭笔画像，一脸深刻沉思的表情，妇女们唧唧喳喳地谈论着死亡，而老年男子呢——有些人还穿上了刷得很干净的南方同盟军制服——则在走廊上、草坪上纷纷谈论着爱米丽小姐的一生，仿佛她是他们的同时代人，而且还相信和她跳过舞，甚至向她求过爱，他们把按数学级数向前推进的时间给搅乱了。这是老年人常有的情形。在他们看来，过去的岁月不是一条越来越窄的路，而是一片广袤的连冬天也对它无所影响的大草地，只是近十年来才像窄小的瓶口一样，把他们同过去隔断了。

我们已经知道，楼上那块地方有一个房间，四十年来从没有人见到过，要进去得把门撬开。他们等到爱米丽小姐安葬之后，才设法去开门。

门猛烈地打开，震得屋里灰尘弥漫。这间布置得像新房的屋子，仿佛到处都笼罩着墓室一般的淡淡的阴惨惨的氛围：褪了色的玫瑰色窗帘，玫瑰色的灯罩，梳妆台，一排精细的水晶制品和白银作底的男人盥洗用具，但白银已毫无光泽，连刻制的姓名字母图案都已无法辨认了。杂物中有一条硬领和领带，仿佛刚从身上取下来似的，把它们拿起来时，在台面上堆积的尘埃中留下淡淡的月牙痕。椅子上放着一套衣服，折叠得好好的；椅子底下有两只寂寞无声的鞋和一双扔了不要的袜子。

那男人躺在床上。

我们在那里立了好久，俯视着那没有肉的脸上令人莫测的龇牙咧嘴的样子。那尸体躺在那里，显出一度是拥抱的姿势，但那比爱情更持久、那战胜了爱情的熬煎的永恒的长眠已经使他驯服了。他所遗留下来的肉体已在破烂的睡衣下腐烂，跟他躺着的木床粘在一起，难分难解了。在他身上和他身旁的枕上，均匀地覆盖着一层长年累月积下来的灰尘。

后来我们才注意到旁边那只枕头上有人头压过的痕迹。我们当中有一个人从那上面拿起了什么东西，大家凑近一看——这时一股淡淡的干燥发臭的气味钻进了鼻孔——原来是一绺长长的铁灰色头发。

（杨岂深　译）

# 杀人者

## ［美］欧内斯特·海明威

  亨利那家供应快餐的小饭馆的门一开，就进来了两个人。他们挨着柜台坐下。

  "你们要吃什么？"乔治问他们。

  "我不知道，"其中一个人说，"你要吃什么，艾尔？"

  "我不知道，"艾尔说，"我不知道我要吃什么。"

  外边，天快断黑了。街灯打窗外漏进来。坐在柜台边那两个人在看菜单。尼克·亚当斯打柜台另一端瞅着他们。刚才他们两人进来的时候，尼克正在同乔治谈天。

  "我要一客烤猪排加苹果酱和土豆泥。"头一个人说。

  "烤猪里脊还没准备好。"

  "那你干吗把它写上菜单呢？"

  "那是晚餐的菜，"乔治解释说，"六点钟有得吃。"

  乔治瞄一眼挂在柜台后面墙上那只钟。

  "五点啦。"

  "钟面上是五点二十分。"第二个人说。

  "它快二十分钟。"

  "浑蛋钟，"头一个人说，"那么，你们有些什么吃的？"

  "我可以供应你们随便哪一种三明治，"乔治说，"你们可以要火腿蛋、熏肉蛋、肝加熏肉，或者牛排。"

  "给我来客炸仔鸡饼，配上青豆、奶油生菜和土豆泥。"

  "那是晚餐的菜。"

"我们要的，样样都是晚餐的菜，是吗？你们就是这么做生意的？"

"我可以供应你们火腿蛋、熏肉蛋、肝——"

"我要火腿蛋。"那个叫做艾尔的人说。他戴顶常礼帽，穿一件横纽扣的黑大衣。他那张脸又小又白，绷紧着嘴，围一条丝围巾，戴着手套。

"给我熏肉蛋。"另一个人说。他身材同艾尔差不多。他们的面孔不一样，穿得却像是一对双胞胎。两人都穿着绷得紧紧的大衣。他们坐在那儿，身子前倾，胳膊肘搁在柜台上。

"有啥可喝的？"艾尔问道。

"啤酒、葡萄酒、姜汁酒。"乔治说。

"我是说你有啥好喝的？"

"就是我刚才说的那些。"

"这是个买卖私货的城市，"另一个人说，"人们管它叫什么来着？"

"山高皇帝远——管不着。"

"可听到这说法吗？"艾尔问他的朋友。

"没有。"那个朋友说。

"你们这儿晚上干什么？"艾尔问道。

"人们来吃晚饭，"他的朋友说，"人们全都到这里来吃正餐。"

"对。"乔治说。

"你也认为对吗？"艾尔问乔治。

"当然。"

"你是个相当聪明的小伙子，可不是吗？"

"当然。"乔治说。

"晤，你不是，"另一个小个子说，"他是吗，艾尔？"

"他是个哑巴。"艾尔说。他转身向尼克说。"你叫什么名字？"

"亚当斯。"

"又是个聪明小伙子，"艾尔说，"难道他不是个聪明小伙子吗，麦克斯？"

"这个城尽是些聪明小伙子。"麦克斯说。

乔治把两盆东西放在柜台上，一盆是火腿蛋，另一盆是熏肉蛋。他又放下两碟装着炸土豆的添菜，然后关上通向厨房那扇便门。

"哪一盆是你的？"他问艾尔。

"你不记得吗？"

"火腿蛋。"

"真是个聪明小伙子。"麦克斯说，他探身向前拿了火腿蛋。两个人都戴着手套吃饭。乔治在一旁瞅着他们吃。

"你在看什么？"麦克斯望着乔治说。

"不看什么。"

"浑蛋，你是在看我。"

"也许这小伙子是闹着玩的，麦克斯。"艾尔说。

乔治哈哈一笑。

"你不用笑，"麦克斯对他说，"你根本就不用笑，懂吗？"

"懂，懂。"乔治说。

"他认为懂了，"麦克斯对艾尔说，"他认为懂了。好样的。"

"啊，他是个思想家。"艾尔说。他们继续在吃。

"柜台那头那个聪明小伙子叫什么名字？"艾尔问麦克斯。

"嗨，聪明小伙子，"麦克斯对尼克说，"你同你那个朋友一起到柜台另一边去。"

"什么意思？"尼克说。

"没啥意思。"

"你还是过去吧，聪明小伙子。"艾尔说。尼克走到柜台后面去。

"什么意思？"乔治问道。

"别管闲事，"艾尔说，"谁在厨房里？"

"一个黑鬼。"

"黑鬼是干什么的？"

"那个黑鬼是厨子。"

"叫他进来。"

"什么意思？"

"叫他进来。"

"你们以为你们是在哪儿呀？"

"我们在哪儿，我们最清楚不过，"那个叫做麦克斯的人说，"我们看来像傻瓜蛋吗？"

"你说傻话。"艾尔对他说。"你干吗要同这小子争辩？听着，"他对乔治说，"叫那个黑鬼出来，到这里来。"

"你们打算要怎么对待他？"

"没事儿。聪明小伙子，你想一想。我们会怎么对待一个黑鬼？"

乔治打开通向后边厨房的小洞。"萨姆，"他叫道，"进来一会儿。"

通向厨房那扇门一开，那个黑鬼进来了。"什么事？"他问道。柜台边那两个人朝他一看。

"好，黑鬼。你就站在那儿。"艾尔说。

那个黑鬼萨姆，没有解掉围单就站在那里，眼睛盯着坐在柜台边那两个人看。"是，先生。"他说。艾尔从凳子上下来。

"我同这黑鬼和聪明小伙子一起回到厨房里去，"他说，"回厨房里去，黑鬼。你同他一起走，聪明小伙子。"那个小个子走在尼克和厨子萨姆后面，回到厨房里去。他随手关上门。那个叫做麦克斯的人则和乔治隔着柜台面对面坐在那儿。他眼睛并不看着乔治，而是对着镶在柜台后面那排镜子看。亨利这家快餐小饭馆是由一间酒吧改装起来的。

"唔，聪明小伙子，"麦克斯一边说，一边眼睛望着镜子，"你为什么不开开口？"

"这究竟是怎么回事？"

"嗨，艾尔，"麦克斯高声说，"聪明小伙子要知道究竟是怎么回事。"

"你干吗不告诉他？"艾尔的声音打厨房里传来。

"你认为这是怎么回事？"

"我不知道。"

"你觉得怎样？"

麦克斯在说话的时候，一直望着镜子。

"我说不上来。"

"嗨，艾尔，聪明小伙子说他说不上来究竟是怎么回事。"

"我听到了，行。"艾尔从厨房里说。他用一只番茄汁瓶子把那个小洞口撑开，这个小洞口是用来递盆子进厨房的。"听着，聪明小伙子，"他打厨房里对乔治说，"站过去点，站到卖酒柜台那边去。你往左边移一移，麦克斯。"他像个摄影师在准备拍团体照那样。"同我谈谈呀，聪明小伙子，"麦克斯说，"你以为将要发生什么事情啦？"

乔治一言不发。

"我来告诉你，"麦克斯说，"我们准备杀一个瑞典佬。你可认识一个大个子瑞典佬，叫做奥利·安德烈森的？"

"认识。"

"他每天晚上都到这儿来吃晚饭，可不是吗？"

"他有时候到这儿来。"

"他是在六点钟到这儿来的，可不是吗？"

"如果他来的话，是这时间。"

"我们全都知道，聪明小伙子，"麦克斯说，"谈点别的事儿吧。去看过电影吗？"

"偶尔去一趟。"

"你应该多去看看电影。对像你这样一个聪明小伙子来说，看电影真快活。"

"你们干吗要杀奥利·安德烈森？他有什么对不起你们的地方？"

"他从来没有机会对我们怎样过。他连见也从来没有见到过我们。"

"他只是要和我们见一次面。"艾尔从厨房里说。

"那你们为什么要杀他呢？"乔治问道。

"我们是替一个朋友杀他的。只是受一个朋友之托，聪明小伙子。"

"住口，"艾尔从厨房里说，"你他妈的话太多了。"

"唔，我得叫聪明小伙子乐一乐。可不是吗，聪明小伙子？"

"你他妈的话太多啦，"艾尔说，"这个黑鬼和我这个聪明小伙子就会自得其乐。我把他们捆得像修道院里的一对女朋友那样。"

"我还以为你真是在修道院里呢。"

"你懂得什么。"

"你是在一个清净的修道院里，你就是待在那儿。"

乔治抬头看看时钟。

"如果有什么人进来，你就对他们说，厨子出去啦，如果他们还是赖着不走，你就告诉他们，你可以进去亲自烧给他们吃。懂吗，聪明小伙子？"

"懂，"乔治说，"那么，过后你打算怎么处置我们呢？"

"那得看情况喽，"麦克斯说，"这是你们一时间绝不会知道的许多事情之一。"

乔治抬头看看时钟。六点一刻。临街那扇门开开来了。一个市内电车司机进来。

"喂，乔治，"他说，"有晚饭吃吗？"

"萨姆出去啦，"乔治说，"他大约要半个钟头才回来。"

"那我还是上别的地方去吧。"那个司机说。乔治看看时钟。六点二十分。

"真是个呱呱叫的聪明小伙子，"麦克斯说，"你真是个地道的小绅士。"

"他知道我会要他的脑袋瓜子。"艾尔从厨房里说。

"不，"麦克斯说，"不是这么回事。聪明小伙子呱呱叫。他是个呱呱叫的小伙子。我喜欢他。"

到了六点五十五分的时候，乔治说："他不来了。"

这时候，小饭馆里已经来过另外两个人。其中一个人要买一客"袋装"的火腿蛋三明治随手带走，乔治曾到厨房里去过一会儿。他在厨房里，看到艾尔那顶常礼帽搭在后脑勺，坐在便门旁边一只凳子上，一支锯断了的散弹枪枪口搁在架子上。尼克和那厨子背靠背待在角落里，嘴里各塞着一条毛巾。乔治做好了三明治，用油纸包好，放进袋里，拿了进来，那人付了钱后就走。

"聪明小伙子样样事情都会做，"麦克斯说，"他能烧能煮，样样都行。你一定会使一个姑娘变成个贤妻良母，聪明小伙子。"

"是吗？"乔治说，"你们那个朋友奥利·安德烈森不打算来了。"

"我们再等他十分钟。"麦克斯说。

麦克斯看看镜子，又看看时钟。钟面是七点钟，接着是七点零五分。

"出来，艾尔，"麦克斯说，"我们还是走吧。他不来了。"

"还是再等他五分钟吧。"艾尔打厨房里说。

到了五分钟的时候，有个人进来，乔治说，厨子生病了。

"那你干吗不另找一个厨子？"那人问道，"你不是在开快餐小饭馆吗?"他走了出去。

"出来,艾尔。"麦克斯说。

"这两个聪明小伙子和这个黑鬼怎么样啦?"

"他们没问题。"

"是吗?"

"当然。咱们这就好啦。"

"我不喜欢这玩意儿,"艾尔说,"不干脆。你话太多了。"

"啊,有啥道理,"麦克斯说,"我们总得乐一乐嘛,可不是吗?"

"总之,你话太多了。"艾尔说。他打厨房里出来。那支锯掉了枪筒的散弹枪在他那件太紧的大衣腰部显得有点鼓鼓囊囊的。他用套着手套的手把上衣拉拉挺。

"再见,聪明小伙子,"他对乔治说,"你运气大大的好。"

"这倒是实话,"麦克斯说,"你应该去赌赌赛马,聪明小伙子。"

他们俩走出门去。乔治透过窗门瞅着他们从弧光灯下面走过去,穿过大街。他们穿着那么包紧的大衣,戴着常礼帽,样子真像两个耍杂技的。乔治回身穿过转门,走进厨房,为尼克和那个厨子松绑。

"我可再也不要这玩意儿,"厨子萨姆说,"我可再也不要这玩意儿。"

尼克站了起来,他以前嘴里从来没有塞进过毛巾。

"哼,"他说,"啥个道理?"他正想把这事情用豪言壮语打发了。

"他们打算杀死奥利·安德烈森,"乔治说,"他们准备趁他进来吃饭的时候,把他枪杀了。"

"奥利·安德烈森?"

"当然。"

那个厨子用两只拇指摸摸嘴角。

"他们都走啦?"他问道。

"走啦,"乔治说,"他们这会儿都走啦。"

"我可不喜欢这玩意儿,"那个厨子说,"我可完全不喜欢这玩意儿。"

"你听好,"乔治对尼克说,"你还是去看一下奥利·安德烈森吧。"

"行。"

"你对这事情还是一点也别去插手为好，"厨子萨姆说，"你最好还是别卷进去。"

"如果你不想去，就别去。"乔治说。

"同这种事情搅在一起，对你并没有什么好处，"那个厨子说，"你别卷进去。"

"我去看他，"尼克对乔治说，"他住在哪儿？"

那个厨子转身就走。

"小孩子也总会知道自己要干什么。"他说。

"他住在赫希的小公寓里。"乔治对尼克说。

"我上他那儿去。"

外面的弧光灯照过光秃秃的树枝。尼克沿着车轨向街上走去，在另一盏弧光灯下拐弯，向一条小路走去。走到街上的第三幢房子就是赫希的小公寓。尼克走上两个踏级，按一按门铃。一个妇女来开门。

"奥利·安德烈森住在这儿吗？"

"你要看他吗？"

"是呀，如果他在的话。"

尼克跟着那妇女登上楼梯，又折回到走廊的尽头。她敲敲门。

"谁呀？"

"有人要看你，安德烈森先生。"那个妇女说。

"我是尼克·亚当斯。"

"进来。"

尼克打开门，走进房里。奥利·安德烈森和衣躺在床上。他本来是个重量级职业拳击家，他个子高，床太短。他头枕着两只枕头。他并没有朝尼克看。

"怎么啦？"他问道。

"我在亨利小饭铺那儿，"尼克说，"有两个人进来，把我和那个厨子捆了起来，他们说准备杀死你。"

他说这话的时候，听起来有点儿傻里傻气。奥利·安德烈森一言不发。

"他们把我们弄到了厨房里，"尼克继续说下去，"他们打算趁你走进去吃饭的时候，打死你。"

奥利·安德烈森望着墙壁，什么也不说。

"乔治认为还是让我来把这番情况告诉你的好。"

"这种事情，叫我有什么办法。"奥利·安德烈森说。

"我来说给你听，他们是啥个样子。"

"我不想知道他们是啥个样子，"奥利·安德烈森说。他望着墙壁。"谢谢你来告诉我这番情况。"

"没什么，没什么。"

尼克望着躺在床上的那个大汉。

"你要我去警察局跑一趟吗？"

"不，"奥利·安德烈森说，"去了也没什么用。"

"没有什么事要我帮忙的吗？"

"是呀，没啥好帮的。"

"那也许只是一种恐吓吧。"

"不，那不光光是恐吓。"

奥利·安德烈森翻过身去，面对着墙壁。

"唯一的事情是，"他向着墙壁说，"我就是不能拿定主意出去一下。我整天躺在这儿。"

"你不能离开这个城吗？"

"不能，"奥利·安德烈森说，"这样奔来赶去，我已经跑够了。"

他望着墙壁。

"现在没有什么办法。"

"你不能想个办法，把这事情了结掉吗？"

"不，我已经叫人家不高兴啦。"他用同样平板的声音说。"没有什么办法。再过一会，我会打定主意出去一下。"

"我还是回去看看乔治。"尼克说。

"再见，"奥利·安德烈森说，他眼睛并没有朝尼克那边看，"感谢你跑来一趟。"

尼克出去了。他关门时，看到奥利·安德烈森和衣躺在床上，眼睛望着墙壁。

"他整天待在房里，"女房东在楼下说，"我想他身体不大舒服。我跟他说：'奥利·安德烈森先生，像这样秋高气爽的日子，你应该出去散散步。'可是，他不喜欢这样做。"

"他不想出去。"

"他身体不大舒服，真叫人难过，"那妇女说，"他是个极好的人。他是吃拳击饭的，你知道。"

"我知道。"

"你除了从他脸上的样子看得出以外，你是绝不会知道的。"那个妇女说。他们就站在临街的门廊里谈话。"他实在和气。"

"好吧，晚安，赫希太太。"尼克说。

"我不是赫希太太，"那妇女说，"这地方是她的。我不过是给她照顾房子。我是贝尔太太。"

"啊，晚安，贝尔太太。"尼克说。

"晚安。"那妇女说。

尼克打暗黑的大街走到弧光灯下面的拐角处，然后沿着车轨走到亨利那家小饭馆。乔治在里头，在柜台后面。

"你看到奥利啦？"

"看到了，"尼克说，"他在屋子里，他不愿意出去。"

那个厨子一听到尼克的声音，就打开厨房那扇门。

"这种话我连听也不要听。"

"你可把情况都告诉他了吗？"乔治问道。

"当然。我告诉他了，可是，他什么情况都知道了。"

"他打算怎么办？"

"他什么打算也没有。"

"他们要杀他呀。"

"我想是这样。"

"他一定是在芝加哥搅上了什么事情。"

"我也这样想。"尼克说。

"这真是糟糕的事情。"

"这是桩可怕的事情。"尼克说。

他们不再说什么。乔治伸手到下面取了一条毛巾，揩揩柜台。

"我不知道他干了些什么。"尼克说。

"出卖了什么人。因此他们要杀死他。"

"我准备离开这个城市。"尼克说。

"好呀,"乔治说,"这是一桩值得干的好事情。"

"他这样等在屋子里,同时知道自己眼看就要碰上什么事情,简直叫人不忍心想象。这太他妈的可怕了。"

"唔,"乔治说,"你还是别想这事情为好。"

（曹　庸　译）

# 相　遇

［阿根廷］霍尔赫·路易斯·博尔赫斯

　　人们在早晨漫不经心地翻阅当天的报纸，不是为了逃避旁人的纠缠，就是为了给白天寻找一点谈话的资料，所以，毫不为奇，现在无人再会记得——甚或在梦里也不会记起——那一度曾被人纷纷议论而赫赫有名的关于马尼科·尤利阿特和邓肯的事件了。况且，那事件发生在大约1910年，就是彗星出现和纪念独立一百周年的那一年，而从那一年以后，我们经历了许许多多事情，也遗忘了许许多多事情。两个传奇人物现在都已死了，那些目击事件的旁观者则立誓要守口如瓶。我呢，也曾举手发誓，保证在九至十年之间只字不提那事件的任何细枝末节。我不知道，那些人是否曾听到我说过一个字；我也不知道，他们自己是否遵守了自己的诺言。总之，那事情还是传开了，而且越传越变样，那些好好坏坏的文章呢，又不可避免地要给事情添枝加叶。

　　事情是这样的：那天晚上，我表兄拉菲纳邀我到一个酒吧间去，那酒吧间设在一所叫做"乐乐尔"的乡间别墅里，是他的几个朋友开设的。至于酒吧间的确切位置，我讲不清楚；就算它是在城北郊外的任何一个小镇上吧，那些小镇都斜卧在河边，又阴凉又安宁，和伸手摊脚的布宜诺斯艾利斯城以及城周围的大草原比较起来，它们倒别具风味。路上坐了很长时间的火车，对我来说简直像漫无尽头，因为人人知道，孩子总是觉得时间过得很慢。我们走进那别墅大门时，天色已经暗了。我感觉到，这地方尽是些古里古气、原始粗糙的东西：烤得焦黄的肉气味、那些树、那些狗、那些点火木，还有诱人团团围坐的火。

　　大约有十几个来客，全是大人。我后来才知道，那当中最大的也

不过三十岁。我很快就发现，他们谈起有些事来很起劲，什么名种马
啦，好裁缝啦，摩托车啦，还有臭名昭著的华贵女人，这些我当时还都
懵然无知。谁也不来抚慰一下我的尴尬相，也没有人对我稍加注意。有
个雇来的侍者慢吞吞地、讲究地准备好了羊肉，这使我们在大餐厅里待
了很久。关于佳酿酒的陈度又来来回回地争个不休。还有一只吉他；要
是我没记错，我表兄唱了两首埃利亚·罗杰斯作的关于乌拉圭僻乡牧人
生活的民歌，还朗诵了几首方言诗，诗中写的是乔因街窑子里的一场白
刃战。咖啡和哈瓦那雪茄烟送了进来。谁也没有想到回家。我感到那种
（用诗人路格尼斯的话来说）失落于惶乱中的恐惧。我不敢看那只挂钟。
为了掩饰一下在大人中间自己孩子气的孤独感，我灌下了——并非真喜
欢———两杯酒。尤利阿特大声邀请邓肯打双人扑克牌。有人反对，说
那种打法太没劲，建议四个人打一盘。邓肯同意，但尤利阿特态度固
执，坚持要两个人打。他为什么要这样固执，我不理解，也不想理解。
不要说 truco——这种其实是用恶作剧和口角来消磨时间的游戏——就
是温文尔雅的单人扑克，我也从来不玩。我溜了出去，谁也没注意。一
所古老而又杂乱无章的屋子，既陌生又黑暗（只有大餐厅里亮着灯光），
这对一个孩子，就好比异国他乡对一个旅行者一样神奇。我一步步地窥
探那些房间。记得有一间弹子房，一条装着长方形和菱形玻璃橱窗的长
走廊，一对摇摇欲坠的扶手椅，还有一扇窗，一看就知道，这是一幢避
暑别墅。在黑暗中我迷了路，不知怎么一来，别墅的主人后来走到了我
面前。已过了那么多年，他的名字我记不大清了，大概叫阿塞维多，或
者就是叫阿塞贝尔。不知出于好心呢还是出于收藏家的虚荣心，他把我
领到一个陈列柜前。借着灯光，我看见有钢铁在闪闪发光。这里收藏着
的尽是些勇士武将使用过的刀剑。他对我说，在帕格密诺省北面一带的
某个地方，他有一些地产，这些东西就是他在那里费了很大劲收集来
的。他打开陈列柜，也不看标签上的字，就一一向我介绍陈列品；除了
出产日期和产地名称不同，这些东西或多或少有点相像。我问他，这
些武器中是否有胡安·莫雷拉的短剑，其人和后来的马丁·费洛以及
堂·塞耿多·森伯拉一样，生前可算是南方牧人中的佼佼者。他抱憾地
说没有，不过他倒可以给我看一把和莫雷拉的很相像的短剑，剑柄上
也有 U 形护手。一阵愤怒的叫喊声打断了他的话。他赶紧关好陈列柜，

转身走了，我跟在他后面。

尤利阿特在大声叫喊，说他的对手企图欺骗他。其他的人都站在周围观看。我记得，这群人中间身材最高的要数邓肯，他肩膀虽有点耷拉，体格却很魁梧，脸部很有表情，发色很淡，看上去几乎是白色的。马尼科·尤利阿特则是个暴躁易怒的人，肤色黝黑，说不定有点印第安人的血统，还蓄着乱七八糟的小胡子，样子很任性。显然，每个人都喝醉了；我弄不清楚地板上放着的空酒瓶是两只呢还是三只，也不知道这种乱哄哄的场面对我来说是否像一种错觉。尤利阿特辱骂不停；起先骂得很刺耳，后来越骂越下流。邓肯看上去似乎没有在听，但后来，他好像是听腻了似的站起身，对准尤利阿特就是一拳。尤利阿特倒在地上，咆哮着说他受不了这样的侮辱，要和邓肯决斗。

邓肯说不行，还像解释似的说："真可惜，我有点怕你。"

大家都狂笑起来。

尤利阿特爬起身回答说："我和你拼个死活，现在就拼。"

有人——此人为此应得宽恕——说决斗用的武器倒很现成。

我不知道是谁去开了那只玻璃陈列柜。尤利阿特捡了一把最长也最惹人注目的短剑，就是那把有 U 形护手的；邓肯呢，似乎心不在焉，随手捡了一把刀背上刻着一棵小树的木柄腰刀。有人还说，尤利阿特选中一把短剑来使是再合适不过的了。他的手开始颤抖，但谁也不觉得惊奇；使人惊奇的却是邓肯，他的手也竟和尤利阿特一样，也在颤抖。

按照惯例，决斗者要到他们不熟悉的地方去进行决斗，于是他们走了出去。我们呢，半是为了纵乐，半是出于认真，也都走到了潮湿的夜雾里。我没有喝酒——至少没有喝烈酒——但我也浑身来劲；我衷心希望有一个人被杀，因为这样事后我就可以和人谈论这件事，而且可以一辈子不忘记。或许，当时在场的其他人也并不比我想得更多一些。我还有一种感觉，觉得有一股强大无比的洪流在冲击着我们，而且把我们给淹没了。没有一个人相信马尼科有丝毫的过错；每一个人都酒性发作了，都把这事看作是传统的竞技。

我们熙熙攘攘涌过一片小树林，那幢避暑别墅落到了身后。尤利阿特和邓肯走在前面，相互提防着。其他人围在一片开阔的草地边上。到了那儿，邓肯在月光下站定了，用温和而威严的口气说："这地方看来挺合适。"

两个人站在中央，一下子竟忘了动手。一个声音传来："把武器扔下，用手打吧！"

但是两个人已经打起来了。他们起先打得笨手笨脚，简直怕伤害了对方似的；他们起先只看着自己的刀背，但后来两双眼睛相互对视了。尤利阿特的愤怒已消失；邓肯呢，也不再现出那种不以为然的神情来了。危险的威胁多少使他们变了样，现在进行的是两个男子的决斗，不是男孩的儿戏。我想象得到，这场决斗将是一种真枪实剑的混战；尽管如此，我能看下去，或者尽可能看下去，虽然这和下一盘棋没有什么两样。当时我看到的情景，由于时隔多年，现在回忆起来当然会有点变样、有点模糊的。我不知道决斗进行了多久；有些事情是不能用普通的时间尺度来衡量的。

他们没有穿披风，如果穿着倒可以当作盾牌，他们用手肘抵挡对方的每一次斩劈。他们的衣袖很快变成筋筋条条，又被血渐渐地染成殷红。我想，大家肯定是想错了，还以为他们根本不懂自卫法哩。我一下子就注意到他们各有各的路数。他们的武器各不相同。为了克服自己武器上的短处，邓肯试图贴近对方；尤利阿特则步步后退，以保持距离，再从下面给对方以打击。这时，刚才那个要大家去开陈列柜的人用了同样的声音喊起来："他们要相互残杀啦！快制止他们！"

然而谁也不敢上前劝阻。尤利阿特已乱了方寸；邓肯又步步紧逼。现在，他们几乎是身贴身了。尤利阿特的短剑对准了邓肯的脸。突然，剑身好像短了一截，原来剑已刺进了高个子的胸膛。邓肯瘫倒在草地上。与此同时，嘴里又喃喃地在说："多么奇怪啊，简直像在梦中。"

他没有闭眼，但也没有动，而我已经看见了，一个人杀了另一个人。

马尼科·尤利阿特屈身俯在那具尸体上，大声抽泣，乞求宽恕。他刚才做的事并非他有意做的。我这时才明白，他并不承认自己有罪，而只承认他身不由己地失了手。

我不想再看下去了。我希望看到的一切，现在全都发生了，但又使我浑身颤抖。拉菲纳后来告诉我，他们花了很大劲才把那短剑拔出来。还成立了一个临时议会。他们决定尽可能少说谎，只把这场用佩刀进行的决斗宣扬为是用长剑进行的。有四个人还自愿充当第二手材料的听说者，阿塞贝尔也是其中之一。在布宜诺斯艾利斯，什么事情都会惹人注意；而无论何人，也总能找到朋友。

在两个决斗者打过牌的那张餐桌上，一副英国扑克牌和一堆账单乱七八糟地放在那儿，谁也不想瞧它一眼，谁也不想去碰它一碰。

到了第二年，我时常想把这事情披露给某个朋友，但我始终觉得，与其把它说出去，不如作为秘密留在心里来得有趣。然而，到了1929年前后，有一天，在一次偶然的谈话中，我突然改变了主意，打破了为时已久的沉默。退休警长堂·约塞·奥莱弗在向人讲述关于来自雷特洛附近沿河的荒野地区的人们的事情，那些人很会使腰刀。他说，要是他们出来是为了杀死自己人的话，这些原始部落的残剩者是毫不遵守比武规则的；他又说，现在人们在舞台上看到的短剑表演全然是想象出来的，因为短剑格斗老早就绝迹了。我说，我就亲眼见到过一次；于是我便把那将近二十年前发生的事一五一十地告诉了他。

他带着那种职业性的注意力听我讲，随后问："你能肯定，尤利阿特和那个叫什么名字来着的人过去从来没有碰过腰刀、短剑之类的武器吗？说不定，他们在父亲的牧场附近捡到过这类东西。"

"我想不可能，"我回答，"那天夜里在场的人相互都非常熟悉，而我可以对你说，当大家看到他们两人决斗的各种动作时，每个人都惊呆了。"

奥莱弗保持他那种不露声色的样子，似乎在竭力思索："一种柄上有U形护手的武器。这类武器中有两种是非常出名的——就是莫雷拉使用的那种和胡安·阿尔马德使用的那种。阿尔马德出生于东南部，在塔帕昆。"

有什么东西仿佛在我记忆中觉醒了。奥莱弗接着说："你又说到那种木柄腰刀，上面还有小树标记。这类武器有成千上万种，但有一种……"

他沉默了一会儿，随后说："阿塞维多先生在帕格密诺省一带有地产，另一个有名的坏蛋在那儿也有地产——他的名字叫胡安·阿曼扎。这大概是一百年前的事情了。当时他十四岁，他杀死的第一个人使用的就是这种腰刀。打那以后，真是天意，他一直使用着那把腰刀。胡安·阿曼扎和胡安·阿尔马德相互仇视，原因是人们往往会把他们认错，所以两人相互嫉恨。他们都到处奔走，相互寻找了很长时间，但始终没有相遇。胡安·阿曼扎后来不知在哪次比武会上被人趁乱用手枪暗杀了。阿尔马德呢，我想，大概是死在拉斯弗洛利斯的医院病床上的吧。"

他不再说下去了。我们每个人都带着自己的结论走散了。

那次决斗时，在场的大约有九个人，或者是十个人，这些人现在全都死了，而那些迅猛的刺杀和那具躺在夜空下的尸体，是我亲眼目睹的，然而很可能，我们当时亲眼看到的是另一个故事，一个古老得多的故事的结局。我疑惑了，这到底是尤利阿特杀死了邓肯呢，还是那两件武器通过某种不可思议的途径在相互格斗，而与人无关。我记起来了，当时尤利阿特一握住那把短剑，手就颤抖得那么厉害，邓肯的手也一样颤抖，看来，那刀和剑在陈列柜里并排沉睡了多年之后开始苏醒了。使用过它们的那两个草原牧人业已化成灰烬，但刀和剑——是刀和剑，不是人，人只是刀和剑的工具而已——却依然懂得如何进行格斗。那天夜里它们打得真精彩啊！

人去物留。谁也不知道，这刀和剑是否还会相遇。谁也不知道，这故事是否到此结束。

（刘文荣　译）

# 后 记

本书有些篇目选用现存译文，有些译者一时无法找到，故未及商谈著作权事宜，甚为抱歉。望译者见此书后与我们联系，以便及时奉上样书与薄酬。